中国うさぎ　ドイツの草

作

周鋭

周双寧

訳

寺前君子

てらいんく

中国うさぎ　ドイツの草

前書き

周鋭

二十数年前、寺前君子から私の作品『爸爸的紅門』（父さんの赤門）を翻訳したいという申しいれがあった。この作品は私の農村生活を描いた中編小説である。当時の細かい状況を理解するために、寺前君子は私と大量の手紙のやり取りをした。この作品は結局日本で出版されることはなかったが、私と寺前君子との間に忘れがたい友情を育んだ。

今年の五月、私は妻子と日本へ旅行し、寺前君子と再会した。この度の再会では、私たちは、彼女の案内で関西の美しい景色を心ゆくまで楽しんだだけでなく、さらに、彼女から新しい共同プロジェクト――日本語版『中国うさぎ　ドイツの草』の出版の申しいれを受けたのだった。

今回の出版は、二〇年前のように挫折することなく、順調に進んだ。

『中国うさぎ　ドイツの草』はドイツで暮らす私の甥をモデルとしたシリーズで、中国では続けて七冊出版されている。なぜ、「続けて出版」されたのか。それは、このシリーズが主人公の成長につれて成長していったからである。アイルアンが生まれたとき、父親がへその緒をきったのに始まり――いや、彼が生まれる前に、年長者たちが彼の命名について話し合ったことに始まったのだが、第七冊目では彼はすでに大学生になっている。

日本語版『中国うさぎ　ドイツの草』はこのシリーズの始まりの部分である。時の経つのは早い。私の甥は現在すでに三十二歳だ。彼は冗談でこういう、『中国うさぎ　ドイツの草』は自分の命だと。というのも、ドイツ語では「生命」と「生活」とは同じ単語なのだ。彼は一九八七年生まれで、その年は中国のうさぎ年であった。だから、このような書名にした。一羽の中国のうさぎがドイツの草地で学び、育っていく、と。

このシリーズを書きはじめたばかりのころ、私はまだドイツに行ったことがなかった。私は、大量のメールで私の妹である周双寧（「アイルアン」の母さん）に取材した。当時、寺前君子が私からさまざまな中国の細かい事情を理解しようとしたように、私も妹からドイツの細かい事情を理解しようとした。

確かに、このシリーズを読んだ中国の子どもの多くが、ドイツに留学し、さらにドイツから私にメールをくれた、「ほんとに、この通りです」と。日本の小さな読者からの手紙がくるだろうか、私は待っている。

二〇一九年十二月十八日　上海櫻園にて

目次

題字・表紙・挿画　友永和子

第一章　どうして名前が二つあるかって？

まだ十二歳にもならないアイルアン・ク（愛爾安・顧）は、数年前から中国は武漢市の、ある新聞のコラムニストだった。武漢は中国第一の大河、長江の中流にある。長江を船で武漢に向かうと、波止場のそばに有名な昔の税関・江漢関の時計塔をはるかに望むことができる。その時計塔の裏に新聞社はあった。だが、アイルアン・クは武漢に行ったことがないし、彼がいるドイツの家は武漢から遠く離れている。そのコラムニストになるのに、それは何の妨げにもならなかった。もっと正確にいえば、彼はコラムの翻訳者だ。毎週一回、アイルアン・クはドイツの笑い話を中国語に訳し、母さんのパソコンでメールを送る。数秒後には、武漢にある江漢関の時計塔裏の新聞社に届き、そのまま週末の付録に掲載されるのだ。

今回の笑い話の題名は「不思議な偶然」といった。

ある日、ダニエルはふと思いたって、ママに尋ねた。

「ママはどこで生まれたの？」

「フランクフルトで生まれたのよ」

「じゃ、パパはどこで生まれたの？」ダニエルがまた尋ねた。

「パパはシュトゥットガルトで生まれたのよ」

ダニエルは好奇心にかられ、ママに聞いた。

「じゃ、ぼくはどこで生まれたの？」

「あなたはハンブルクで生まれたんじゃない！」

ダニエルがなぜこんなことを聞くのか、ママにはわからなかった。

「でも、今、ぼくたち三人、三つの都市から同じ家にやってきてるなんて、不思議な偶然だよねえ」

ダニエルがうれしそうにいった。


アイルアンもダニエルみたいに、「ふと思いたって」母さんに尋ねた。

「母さんはどこで生まれたの？」

「南京で生まれたのよ」

「じゃ、父さんはどこで生まれたの？」

「父さんも南京で生まれたのよ」

「なあんだ」アイルアンはちょっとがっかりした。父さんは上海か武漢でなくっちゃ。三人が三つの都市から来たのでないと、ちっとも「不思議」じゃないもの。

本当は、アイルアンも父さんたちと同じ南京で生まれるはずだった。父さんがドイツに留学しなかったら、彼はハノーファーで生まれはしなかった。

アイルアンが生まれた年は、ちょうど中国のうさぎ年だ。だから、彼の干支はうさぎ。母さんはにわとりで、父さんはさるだ。

「父さんはちっともおさるに似ていないね」アイルアンは父さんのでっぱった腹をなでた。「豚みたいに太っている」

「しかたないよ。干支は、似てるかどうか関係ないからね」と父さん。「君はうさぎ年だが、耳は長くないだろ」

「うん。目も赤くないし、口も割れてないなあ」

彼は四月生まれ。ドイツ人はちょうど復活祭の最中で、ウサギとも関係のある祭日だ。この日にウサギは卵を生み、その卵が幸運をもたらすという。子どもたちは、喜びいさんで草むらに入り、色のついた卵を探す。（もちろん、クリスマスの靴下と同じで、大人たちのしわざなのだが）。だから、耳が長いかどうか、目が赤いかどうか、口が割れているかどうかにかかわりなく、アイルアンは中国のうさぎであり、ドイツのウサギでもあった。

アイルアンが生まれる前に、医者は彼の初めての写真を超音波で撮った。

その写真をアイルアンの両親に見せて、「男の子か女の子か、知りたいですか」と尋ねた。

「いや」と父さん。

「いいえ」と母さん。

のちになって、アイルアンが尋ねた。

「父さんたちは、ぼくが男の子か女の子か、見てわからなかったの？」

「本当に見てもわからなかったんだ。君があまりにも小さすぎてね」

「お医者さんならわかるのに、どうして教えてもらわなかったの？」

父さんも母さんも笑った。

「そのときのほうが、喜びが大きいだろ」

「男の子でも女の子でも、うれしい？」

「ああ」

アイルアンはどうしても母さんのおなかの中でのようすを思い出せなかった。以前に、母さんに聞いたことがある。

「ねえ、ぼくがおなかの中にいたとき、母さんは〝アアー〟、どうしてたの？」

〝アアー〟とは大便のことだ。父さんのおなかの中だったら、大丈夫、ひろびろとしている。でも、母さんのおなかはそんなに大きくない。彼が母さんのおなかいっぱいに詰まっていると、母さんの〝アアー〟が詰まってしまう。彼が大便するとき、たまに詰まったように感じるが、そんなときとてもつらい。だから、母さんに悪いことしたなあと思ったのだ。

だが、少し大きくなってから、子どもが生まれるとはどういうことかを知る機会がおとずれた。三年生のときのことだ。アイルアンはすでに八歳になっていた。生活の授業で、「今日は、生理衛生について勉強しよう」と先生がみんなにいった。

その日の課題は、家でしてくるのだ。というのも、親に聞いて初めてできるものだったからだ。プリント一枚で、ひまわりの花が描いてある中に、自分の生年月日を書きいれ、まきじゃくとはかりのところに、身長と体重を書き込む。それから、質問に答えるのだ。歩きはじめたのはいつか。歯が生えたのはいつか。赤ちゃんのときの写真を一枚母さんにもらって枠の中に張りつける。このほか、裏側に子どもの頭が描いてあって、自分の髪の毛の色を塗るのだ。

アイルアンは母さんに聞きながら楽しく宿題をしあげていった。ところが、最後の色塗りになったとたん、やる気がうせてしまった。彼は色塗りがいちばん嫌いだった。

担任の先生が、色塗りの宿題を出すたびに、いつもこう聞いた。

「ハリソン先生、してこなくてはいけませんか」

そのたびに、ハリソン先生はこう答えた。

「そうだ。してきなさい」

アイルアンの成績はどの科目もとても優秀だったが、美術だけはよくなかった。しかし、例外もあった。一度、動物の絵を描いたとき、アイルアンは飛ぶ恐竜を一頭描いた。恐竜の頭としっぽだけを描き、真ん中には大きな雲――どうしようもない。恐竜が雲でさえぎられていた。先生はこの絵に最高点をつけた。

今、アイルアンはしぶしぶ色鉛筆を出して、母さんにいった。

「デーヴィッドは赤毛だから、赤く塗るんだね。ぼくは黒く塗るんだろう」

「当たり前でしょ。あなたは中国人よ。中国人はみんな黒髪でしょ」と母さん。

「違うよ。中国人だって白髪の人もいるよ」とアイルアン。

彼も白髪だったら、色を塗らなくてすむのに、残念ながら違う。最後には、黒く塗るしかなかった。

先生は赤ちゃんのときに着た服を学校に持ってこさせた。授業になると、小さな服に小さな帽子、小さな靴が出そろい、お互いに赤ちゃんのときのようすを想像しあって、とても面白かった。つづいて、先生が「子どもがどのように生まれるのか、知ってるかい」といった。

一人の男の子が答えた。

「コウノトリがぼくを運んできたってママに聞いたことがあります」

一人の女の子が答えた。

「神さまが粘土をこねてあたしをお造りになったって、パパがいってました」

中国の親たちは子どもにこういう、「ごみ箱から拾ってきたんだ」と。

アイルアンには、上海にいとこがいる。アイルアンはヤル（要児）兄さんと呼んでいた。ヤル兄さんの母さんはヤル兄さんにこういっている。

「あなたは一つぶの薬だったのよ。でも、大きすぎて誰も飲もうとしなかったの。それで、あたしが飲むわって、母さんがごっくんと飲んじゃったの……」

もちろん、先生は、子どもはコウノトリが運んでくるとか、ごみ箱から拾ってくるなんていわない。そうではないからだ。

その日、アイルアンは家に帰るなり、母さんに尋ねた。

「ねえ、一か月目って、ぼく、どのくらい？」

「これくらいじゃないの」母さんは適当に手でニワトリの卵ぐらいの大きさを作った。

「違うよ！」アイルアンは母さんの間違いを正した。「押しピンくらいの大きさでなくっちゃ。……二か月目はどんなだったの？」

「あなたが母さんに教えてよ」

するとアイルアンは「二か月目で腕や足ができるんだ。三か月目には十六センチになった。四か月目に、ぼくは耳が聞こえるようになったんだ」といった。

「父さんのいびき、聞こえた？」

「母さん、ちゃかさないでよ」アイルアンは真剣だ。「覚えないといけないんだから。……五か月目にぼくは動きはじめた。六か月目に、ぼくの心音がお医者さんに聞こえた。七か月目は……七か月目ってどんなようすだった？」

「母さんにわかるわけないでしょ」

「母さん、わかんないの？　ぼく、よその子みたい。そうそう、七か月目で、目が開くんだ。でも、中は真っ暗だから、目が開いても、どってことないよね。何にも見えないんじゃ……」

アイルアンの友だちデーヴィッドは、その晩、両親の寝室に行き、ママにいった。

「今日、生活の授業で、子どもがどうしてできるかを習ったんだ。ぼく、ママたちが寝ているところを見てみたい」

アイルアンがこんなことといったら、母さんはとっさにどう返答したものか困っただろう。

だが、デーヴィッドのママはうろたえることなく、きっぱりと答えた。

「だめ！」

「どうして？　そのわけ、いってよ」

デーヴィッドのママにはもちろんちゃんとした理由がある。

「あなたがお友だちを連れてきて、部屋で遊んでいるとき、ママたちがのぞくと嫌でしょ？」

デーヴィッドはちょっと考えていたが、なるほどと合点した。

アイルアンという名は、生まれる前から決まっていた。

ヨーロッパに、「よくない名前をつけると、その人の半生はすでに葬られている」ということわざがある。古代のバイロイトはこういった。「人の名は、前兆でもある」と。〝バイロイト〟という名が、彼が大きくなったら偉大な哲学者になると予告していたかどうかはわからないが。いずれにしろ、少しでもよい名前をつけようと、父さんたちは、中国の親戚を総動員した。おばさんは大学の先生で、教養があった。

「〝クイエ（顧頁）〟とつけたら、どう？」

父さんの名字はク（顧）だ。だから子どもの名字もク（顧）となる。これは問題ない。中国人が名前をつけるときには、意味にこだわると同時に、音（おん）や形にもこだわる。「クイエ（顧頁）」という名前は、いいやすく、字形も関連していて、名字の半分が名前となっている。以前フ（傅）という名字の友人が、このおばさんに息子の名前をつけてもらったことがある。おばさんは「フポ（傅博）」というのはどうかといった。この二文字はよく似ている。まるでトランプの王さまどうしみたいだ。

アイルアンの父さんはインテリで、博士課程を修了したところだから、子どもの名前は、学者っぽいのがいいと、おばさんはいう。「ク（顧）」には「見る」という意味もあり、「イエ（頁）」は、本を連想させる。こう名づけるのは、父さんのように本好きで、勉強ができる子であってほしいから。勉強ができると、将来、有望だ。

しかし、おばあちゃんがいった。

「〝クイエ〟という名前にしたら、幼名は〝イエイエ（頁頁）〟だね。あたしたちは、どう呼んだらいいだろうね」

というのも、「頁頁」と「爺爺（おじいさん）」は耳で聞くと、ほとんど違わないから、人が変に思うだろう。どうして、おばあちゃんは、孫のことを「おじいさん」と呼ぶのかって？

だが、おばあちゃんは、「クイエ」はやめてほかの名前にしようとはいわない。「一字付け加えたらいい」といった。これぞ中国人が穏便に事をおさめる中庸の道というものだ。

「あの子たちはハノーファー（漢諾威）に住んでいるんだろう。女の子が生まれたら、〝諾〟の字をつけ、男の子が生まれたら、〝威〟をつければいいよ」

いいだろう。中国の親戚が全員一致で採択した。この決定は、すぐに地球の片一方からもう片一方へと伝えられた。

このころ、母さんのおなかの中のクイエウェイ（顧頁威）はすでに八か月で、目が開いているばかりか、腕や足も次第に力をつけていた。

「ねえ、触ってみて。この子、中でカンフーしてる」

母さんは父さんにおなかを触らせた。

ドイツの小学校の教科書にはこう書かれている。九か月目になると、子どもが生まれる、と。面白いもので、ドイツの子どもであれ、中国の子どもであれ、ドイツに住む中国の子どもであれ、どの子もみんな、九か月目には出てくる。母さんのおなかの中で惰眠をむさぼっておれないことを知っているのだ。

「ねえ、名前一つだけじゃ、足りないんじゃない」母さんが父さんにいった。

「なぜだい？」と父さん。

すると、母さんは父さんに聞き返した。

「あんなにたくさんドイツ人の同僚がいるのに、あなたの名前を正しく呼んでくれる人って、いるかしら？」

「いないなあ」父さんはしきりにかぶりを振った。

「いろいろに呼ばれる。同僚の数だけ、呼び方があるものなあ」

父さんの名前は「チュンジ（中志）」といって、本来ならとてもよい名前だ。……中国人に志あり、だ。だのに、父さんの同僚が彼を「チュンズ（虫）」と呼ぶのを母さんは聞いたことがある。

「わたしだってそうよ。ドイツ人は中国人の名前をいつも変なふうに呼ぶわ」

母さんの名字はチョウ（周）だが、ドイツ人はいつも彼女に大声で「チョウ（臭い）、チョウ（臭い）」と声をかける。自分は「チョウ（臭い）」でもかまわないけれど、子どもには同じような目にあわせたくないと母さんは思った。

父さんは考えこんでいる。

「ぼくたちの子は、これからドイツの子と一緒だよな。ドイツ名があると、ほかの人も呼びやすいし、しょっちゅう呼びまちがわれて嫌な思いもしなくてすむというわけだね」

「そうよ」

「うーん、どんなドイツ名がいいかな？」

子どもの名前をつけるのは、ドイツ人にとっては「思考問題」ではなく、「選択問題」だった。既製の名簿が二冊……男の子の名簿と女の子の名簿があって、その中から一つ選べばいいのだ。中国人にもそんな名簿があったら、面白いだろうな。男の子の名簿には、孫悟空、猪八戒、張飛、諸葛亮……女の子の名簿には、花木蘭、穆桂英、鉄扇公主、林黛玉……（注）。

名前の印刷された本を借りてくると、父さんたちはページをめくりながら、あれこれ話し合った。

「もともと、ドイツ人は昔は名前だけだったのが、十二世紀から名字をつけるようになったんだって」と母さん。

父さんは母さんに講義するチャンスがあるたびに、自分が博士だということを見せつけた。

「中国人は五千年も前から名字をもっている。そのころは母系社会で、ただ母あるを知るも、父あるを知らず、だったのさ。ほら、〝姓〟という字は、分けると、〝女生む〟だろ。これは、最も古い名字は、母親から伝えられたものだということだよ」

「へえ、そのころ、わたしたち女性は意気さかんだったのね。ねえ、ここにはこう書いてあるわ。ドイツ人の最も古い名字は職業と関係しているんですって。ミューラーは粉をひく人で、シュミーデはかじや、ベイカーはパンを焼く人で、Ｆ１のシューマッハの先祖は靴を作る人だったんですって」と母さん。

「中国にも似たようなことがあるよ。職業や官名が名字になっている。たとえば、〝司馬〟は武官だし、〝太史〟は文官だ……」と父さん。

父さんと母さんはおしゃべりしながら、並んでいる外国名の中からあれこれ選びだした。が、どれがいいか決めかねていた。

あっと声を上げて、母さんがあわててテレビをつけた。見たいテレビドラマがあったのだ。だが、終わりの配役が見られただけだった。

母さんはしかたなく配役を見ていた。が、最後に監督名、ＥＲＬＡＮＤと出たとたん、はっとして、名前が口をついて出た。「アイルアン（愛爾安）！」

名簿の注釈を見てみると、アイルアンはもともと古代の集落のかしらだった。しかし、中国語で書くと、我が子に対する父母の愛と思いがこめられていた。愛する我が子の一生が幸せでありますように。

古代のアイルアンが兵を率いていたと知って、アイルアンは興味深げに母さんに尋ねた。

「兵はどれだけいたの？　林冲の兵くらいいたの？」

林冲とは、『水滸伝』の中の人物だ。アイルアンは小さいときから、『西遊記』や『水滸伝』『三国志』のビデオが大好きだった。

母さんはどう答えたらいいかわからなかったが、アイルアンをがっかりさせないために、こういった。

「だいたい同じぐらいよ」

アイルアンは母さんがいいかげんに答えていると見抜くと、

「じゃ、林冲の兵はどれくらいなのさ？」

母さんは答えに困ってしまった。

「一千かな？　一万かな？」

「違うよ。林冲は近衛兵八十万の軍事教官だったから、八十万の兵がいたんだよ」

壇上に上がって下士官や兵隊たちに武術を教える林冲は、堂々として格好よかった（壇上に上がらないと、八十万の兵には彼が見えないのだが）。「えい」と林冲が声を上げて拳を打つと、台の下にいる八十万の兵が同じように「えい」と声を上げて拳を打つ。すると、なんと、都じゅうの家という家が「えい」とばかり揺れだすのだ。

母さんは、ドイツのザクソン州の産婦人科のベッドの上で、まさかおなかの子どもが、将来、林冲の兵の数を尋ねるなんて思ってもみなかった。なんてかわいいのかしら、それはかり思っていた。病院の看護師も彼女と同じ思いだった。この病院では、黒い髪で、黒い瞳の赤ちゃんは今までに生まれたことがなかったから。

　子どもは母さんのおなかの中では何も食べないで、母さんの食べたものが栄養になり、管のようなへその緒を通って、子どもの体の中に送られ、生まれたときに、へその緒が切り取られる。このことを、アイルアンは生活の時間に習って知っていた。父さんがへその緒を切ってくれたのよ、と母さんがいった。のちに、アイルアンは上海のヤル兄さんに教えてやった。へその緒はここから切り取ったんだよ。こう説明しながら、ズボンを少しずらしてへそを見せてやった。

　アイルアンは父さんにとても感謝している。父さんが果たした役割はとても大切だったから。父さんがしてくれなかったら、アイルアンは自分の胎盤を永遠に背負っていかなくっちゃならない。そんな面倒な！

　ヤル兄さんは面白いなあと思った。

「女の人が子どもを生むとき、男は外に閉めだされるんだよ。君の父さんはこっそりもぐりこんだのだろ？」

「違うよ」アイルアンがいった。「お医者さんに呼ばれたんだよ。よそのお父さんもみんな中に入ってるよ」

　こんな笑い話がある。あるお父さん、彼も中国人だが、産室に入ると、妻があんまり痛がるものだから、すっかり動転してしまった。医者が奥さんにと、渡した酸素マスクを、なんと、自分がしてしまったのだ。そばの看護師さんが叫んだ。「奥さまにするんです。どうしてあなたが……」彼はあわててマスクを妻にしてやりながら、あえいでいった。「ぼ、ぼくにも早く酸素をください！」

　アイルアンがヤル兄さんにいった。

「ぼくを生むとき、母さん、おなかがとても痛かったんだけれど、父さんの手を握ると、痛みが少しやわらいだんだって。ぼくが生まれると、お医者さんがはさみを渡し、父さんがへその緒を切ったんだ」

ヤル兄さんは、ドイツの病院は中国の病院とだいぶ違うなと感じた。しかし、自分の父さんが果たした役割も重要なものだった、アイルアンの父さんよりももっと。病室の外に閉めだされてはいたけれど。ヤル兄さんがアイルアンにいったた。彼が母さんのおなかの中にいたとき、母さんが悪質な風邪を引いた。母さんの友人が医学書を取り出して母さんに見せた。この風邪でおなかの赤ちゃんは脳がなかったり、口が裂けたりするかもしれない、とその本にあった。

「それじゃ、ウサギ、ウサギみたいだ！」

「ウサギみたいだったらまだいいよ。脳がなかったら、どうする。もし子どもがこんなだったら嫌だろ。母さんはすぐに病院で手術してもらおうとしたんだ。そのとき、ぼくはまだ二か月だよ。母さんのおなかの中では、どうしようもなかった。父さんはね、病室に入れてもらえなくて、前で行ったり来たりしているばかり。お医者さんが手術の道具をそろえると、母さんに尋ねた。『本当に子どもはいらないんですか』。母さんは答えない。お医者さんがさらに聞いた。『ご主人ともう一度相談されますか』。母さんはすぐに父さんのところへ行った。ぼくにとって最後のチャンスだ。父さんは考えるも何も、一言いったんだ。『いる（要）！』」

アイルアンはとても感動した。その一言がなかったら、今、ヤル兄さんとは会えなかったんだ。ヤル兄さんの名前がどうして「ヤル（要児）」なのかもわかった。ヤル兄さんはウサギのような口でもないし、脳みそがないということもない。父さんのあの一言のおかげなのだ。

（注）いずれも中国古典作品や京劇などに登場する人物名。孫悟空、猪八戒（『西遊記』）、張飛、諸葛亮（『三国志』）。花木蘭（男装して父に代わって従軍した孝女の名）、穆桂英（『楊家将演義』）、鉄扇公主（『西遊記』）、林黛玉（『紅楼夢』）。

第二章　おばあちゃんに「ダンケ」という孫

二歳から三歳半まで、アイルアンは南京のおばあちゃんの家で暮らした。だから、南京の印象はとても強い。当時は南京が中国全部だと思っていた。ハノーファーに帰ってから、テレビに中国人が出てくると、「見て、見て。南京人だよ！」と大声を上げた。中国の文字を見ても南京の文字だという。ドイツにいるとき、名前が二つあることをアイルアンは知っていた。だが、みんながアイルアンとしか呼ばなかったので、名前一つだけの人と別に変わりなかった。南京に来ると、二つの名前がどちらもつかわれた。

「イエウェイ（亘威）！」おじいちゃんが呼ぶ。

「アイルアン！」おばあちゃんが呼ぶ。

「中国では、中国名で呼ぶもんだ」おじいちゃんがおばあちゃんをさとす。

「ドイツ名のほうが、あの子は慣れているわ」おばあちゃんがおじいちゃんをさとす。

結局、どちらもゆずらない。そのまま、ひとりは中国名を呼び、ひとりはドイツ名を呼んだ。孫はそんなことを気にもかけなかった。イエウェイと呼ばれても、アイルアンと呼ばれても、元気よく返事した。だが、二つの名前をもつ子は、話すとき二つの言語が混じる。このことで、おじいちゃんもおばあちゃんも頭を痛めた。

「おばあちゃん、アアー（うんち）したい」

「え、何？」とおばあちゃん。

「おじいちゃん、アオト（自動車）ちょうだい！」

「え、何だって？」とおじいちゃん。

急いでドイツに電話をかけた。母さんがびっしり書き込んだ「中独日常用語対照表」を送ってきた。

クーズ（ズボン）　ホーゼ
シエズ（靴）　シュー
チータン（卵）　アヤ
ニウナイ（牛乳）　ミルシ
トゥーズ（おなか）　バウフ
ピーグ（おしり）　ポポ
チーチョ（自動車）　アウト
タービエン（うんち）　アアー
チー（食べる）　エッセン
ツオ（座る）　ジッツェン
シエシエ（ありがとう）　ダンケ
チン、ブクーチ（どういたしまして）　ビッテ
……

対照表があれば、便利なはずだが、なんせ、おじいちゃんもおばあちゃんも年だから、記憶力が悪

く、とんちんかんなことばかり。すぐに大きいおばさんが覚えやすいように書きかえた。まず、「ホーゼ（ズボン）」を「ホーソ（活塞）」に直し、おじいちゃんとおばあちゃんにこう教えた。

「こういうふうに考えたらどうかしら。なぜズボンはホーソ（活塞）というの。それは人を活きたまま入れてしまうからだ、ってね」

それから、おなかの意味のバウフはパオフ（包喝）に変えた。とても具体的だ。座るは、スイチン（破ける）といいかえる。

「こう想像すればどうかしら。いすにボンドを塗る。座るとズボンがひっついて、ビリッと——スイチン（破ける）ってね」

牛乳はちょっと甘いから、ミルシ（蜜而喜）といいかえる。卵はそのままアヤでいいわ。靴は本当はシューだけど、シュアル（数二）に直すわ——何度数えても二つだけってね。おじいちゃんもおばあちゃんも新版の対照表を手に、暇さえあれば練習した。

「アイルアンは今日、ミルシ（牛乳）をエッセン（飲む）したかね？」おばあちゃんがおじいちゃんに尋ねる。

「イエウェイは、アヤ（卵）はエッセン（食べる）したが、ミルシ（牛乳）はまだエッセン（飲む）してない。イエウェイにミルシをホーソ（ズボン）の上にこぼされた」おじいちゃんがこう答える。

「それじゃ、ホーソ（ズボン）をはきかえなくっちゃ」とおばあちゃん。

「シュアル（靴）もはきかえよう」とおじいちゃん。

たくさんのドイツ語の中で、アイルアンがいちばんよくつかうのは、ダンケ（ありがとう）とビッテ（どういたしまして）だ。

おじいちゃんがリンゴをむいてくれると、それをもらうなり、「ダンケ」と一言。

おじいちゃんはうれしくて、目をほそめる。

「ぼくがダンケというと、おじいちゃんはビッテというんだよ」アイルアンがおじいちゃんに教えてやる。

「おお、そうだね。ビッテ、ビッテ、どういたしまして！」

アイルアンが、アアー（うんち）をすると、おばあちゃんがおしりをふいてやる。ふきおわると、アイルアンは必ず「ダンケ」という。「ダンケ」とアイルアンがいうと、いわれるまでもなく、おばあちゃんはすかさず「ビッテ」と返す。

ビッテのもう一つの意味は、「お願いします」だ。アイルアンは自転車に乗りたいけれど、自分では下まで持って下りられないようなときは、「ビッテ」といって手伝ってもらうしかない。小さいおばさんが、ソファーに寝そべって本を読んでいた。アイルアンがそばに行って、

「おばさん、下ろして！」といった。

だが、おばさんは本に夢中で、とりあおうとしない。

アイルアンはソファーの周りをうろうろしながら、

「おばさん、ビッテ！　おばさん、ビッテ！」といいつづけた。

それでも、おばさんを動かすことができなかった。

アイルアンは少し腹が立った。ちょっと思案し、部屋の中をあっちごそごそ、こっちごそごそ。しまいに、ハエたたきを持ちだした。

ハエたたきをかかげ、おばさんのそばへ戻った。

ハエたたきに気づいたおばさんが、驚いて尋ねた。

「何をするつもり？」

アイルアンは父さんや母さんとスペインに行ったことがあった。バルセロナの市庁舎広場で、人々が集まり、プラカードをかかげ、声をそろえて何やら叫んでいた。

「あの人たち、何をしているの？」アイルアンが母さんに尋ねた。

人々は、「戦争はいらない、平和を」と叫び、政府も反戦の隊列に加わるよう求めていたのだ。

「人間どうしがけんかするのを嫌がっているのよ」母さんが説明した。

アイルアンは共感を覚えながら眺めていたが、しばらくして母さんに尋ねた。

「みんな、腹を立てているの？」母さんがうなずいた。

今、アイルアンも腹を立てていたので、ハエたたきを高々とかかげ、いちだんと大きな声でいった。

「おばさん、ビッテ！　おばさん、ビッテ！」

とうとう、降参したおばさんは、ソファーから体を起こすと、片方の手で自転車を持ち、片方の手でアイルアンの腕をとって、一階まで下ろしてやった。

ドイツ人のマナーと中国人のマナーはかなり違う。中国人は子どもに、お父さん、お母さんと呼ばせる。デーヴィッドのパパは、デーヴィッドがヴォルターと呼ぶのを許している。デーヴィッドのママも、アンゲーリカと呼ぶのを許している。中国人も、子どもに「ありがとう」「お願いします」がいえるようにしつける。しかし、それはよその人に対してだけで、家ではいう必要がない。いうと「よそよそしく」なる。だが、ドイツ人の「ダンケ」と「ビッテ」は、家でも外でもいわなくてはならない。ドイツ人は小さいときから、両親は保護者であって召使いではない、人（家族も含めて）にしてもらったことにはすべて感謝の気持ちをもち、その気持ちを表すべきだ、とはっきり教える。アイルアンはニワトリにでも「ダンケ」という。ベランダでぬくぬくの卵を拾ったときのことだ。だが、ドイツ人のマナーを身につけているからといって、アイルアンは中国人のマナーを忘れたわけではない。彼は父さんを「顧中志」、母さんを「周小霜」と呼んだことは一度もなかった。

アイルアンの生活習慣は中国の普通の子どもとかなり違う。たとえば、寝るときは必ず一人でベッドに寝る。どんなに疲れていても、どんなに眠くても、自分のベッドでないと、絶対寝ようとしない。さらに、寝室に人がいてもいけない。ドイツの子どもと同じで、アイルアンは、赤ちゃんのときから一人で寝ていた。少し大きくなると、寝る前に、大人が「お休み」といって、明かりを消しドアを閉めて、子どもに一人で眠らせる。

アイルアンはスープを飲み過ぎて、夜中におしっこに起きたことがあった。おしっこをしてから、父さん母さんの部屋に行った。母さんが目を覚まし、ベッドの前に立っている息子に気づいた。

「部屋を間違えたの？」

「うん」アイルアンがうなずく。

「母さんたちのベッドで寝たいの？」さらに母さんが尋ねる。

「うん」

母さんはアイルアンをベッドに抱き上げた。転げ落ちないように、父さんと母さんの間に寝かせた。アイルアンはすぐに寝入った。夢を見、夢の中で大声を上げた。叫び声で、母さんは再び目を覚ました。アイルアンが力いっぱい父さんのおなかを押しながら、叫んでいる。

「ドアを開けて！　早く開けてよ！」

だが、父さんはピクリともしない。ドアは開かなかったのだ。この一件以来、アイルアンは自分のベッドでしか寝なくなった。もう二度と「部屋を間違える」こともなかった。

アイルアンはトイレに入ると、必ず戸を閉める。だが、おばあちゃん家のトイレの戸はやっかいで、いったん閉まると、なかなか開けられない。特に、アイルアンのような力のない子どもには。アイルアンが中に閉じ込められ、わあわあわめき、助け出してもらったことがあった。だが、次にトイレに入ると、また戸を閉めようとする。また誰かに助け出してもらわなければならないのに。小さいおばさんには理解できない。

「この子ったら。おしりのあいたズボンで走り回っているくせに、トイレするときは戸を閉めるんだから」

おしり丸見えのズボンは、中国独特のもので、うんちやおしっこのうまくできない幼児がはく。ドイツでは、三才までの子どもはほとんど紙おむつをしていて、濡れたら新しいのととりかえる。小児科のお医者さんもこれがよいと認めている。こんな小さな子どもに高い要求はできないというわけだ。だが、中国人はおしっこのやりたい放題には同意できない。しつければよい習慣が身につくと考えている。しかし、アイルアンがドイツにいたとき、父さんも母さんも彼をしつけたけれど、紙おむつはしていた。うっかりおもらしされたら困るからだ。

南京に来てから、アイルアンはおしりのあいたズボンをはいた。おしりのところがあいていても、おしっこで濡れるから、大きいおばさんはオマルの上に座らせて、シーシーさせた。シーシーとは、おしっこのことだ。音がするまで、立っちゃだめよ、とアイルアンにいいふくめた。

アイルアンはおしっこの音がするのを待ちながら、おばさんとおじさんの話を聞いている。

「これは偉大なことだわ」おばさんがいうと、

「偉大なことって？」アイルアンが口を出す。

「余計なことをいわないの。あなたの偉大なことは、シーシーよ」とおばさん。

それからというもの、アイルアンはしょっちゅうおばさんにこういうようになった。

「ぼく、今、偉大なこと、ない」

アイルアンは、大きいおばさんは大好きだが、大きいおばさんの「しつけ」はこわかった。何かあると、「しつけなくては」とおばさんはいう。ハノーファーに帰ってから、家族のよくないところがあると、アイルアンはすぐこの言葉を持ちだした。アイルアンが母さんにいったことがある。

「お父さんはしょっちゅう大いびきをかくから、しつけなくっちゃ、ね」

大きいおばさんは、アイルアンを自分の子どものようにかわいがった。だが、愛情を顔に出していいときと、心にしまっておくときとは心得ていた。おばさんは勤めているので、よくないことをしたアイルアンは、ほとんど見ることがなかった。おじいちゃんとおばあちゃんは、しょっちゅう見ていたけれど、簡単に許してやっていた。よくないことをしても形の残らないものもあれば、残るものもある。夜まで残っていて、大きいおばさんに見つかることがあった。破れた絵本などが。

「これ、アイルアンがしたんでしょ？」おばさんはおじいちゃんとおばあちゃんに尋ねた。「ちゃんとしつけた？」

「まだ、小さいんだから」おじいちゃんとおばあちゃんはいった。

「だめよ。二人が〝白い顔〟するんなら、わたしは〝紅い顔〟するわ。家の中に、〝紅い顔〟は必要よ」

紅い顔に白い顔、いろんな色の顔については、アイルアンのおじいちゃんに話題が移ったときに、ゆっくり話すとして、今は、紅い顔は厳しさを、白い顔は優しさを表すとだけ知っておいてもらおう。

ある日のことだ。アイルアンがにこにこしながらおじいちゃんの前に来て、「おじいちゃん」と呼ばずに、「デブ！」と呼んだ。テレビで覚えたのだろう。

おじいちゃんは、ちょっと気を悪くした。

「違うだろ？　考えてごらん、違うだろ？」

アイルアンはちょっと考えていたが、おじいちゃんにこう尋ねた。

「おじいちゃんは、太ってない？」

「太ってるよ」とおじいちゃん。

「なら、ぼく、間違ってない。おじいちゃんが間違っている」

同じ日、アイルアンは牛乳を飲んでいるときに、よくないことをした（このころには、彼は「牛乳」といえるようになっていて、「ミルシ」とはいわなくなっていた。おじいちゃんやおばあちゃんがやっとこさ覚えたのに、もう対照表は必要なくなっていたのだ）。おばあちゃんがアイルアンに牛乳を飲ませていた。アイルアンは半分だけ飲むと、残りの半分はテーブルの上にこぼして、ミルクの川を作った。

「どうしてそんなこと、するんかね？」

おばあちゃんは童話を作って聞かせた。

「アイルアンが自分のお乳を飲まないで、もったいないことをしていると知ったら、牛さんは、きっと、モー、モーと悲しむだろうね……」

おばあちゃんが目をこすりながら、牛の鳴きまねをしても、アイルアンには通じない。アイルアンは自分の胸をなでながら、その気になっていった。

「ぼくにお乳があって、牛が飲みたがらなくても、ぼくは泣かないよ！」

おばあちゃんもおじいちゃんもすっかりアイルアンにやりこめられ、しかたなく大きいおばさんが帰ってくると、小学生が先生にいいつけるみたいに告げた。

おばさんは童話で語ることも、理屈でさとすこともせず、アイルアンにこういっただけだった。

「君は今日、よくないことを二つしたわね。二つって、わかる？」

「一つより、もう一つ多いってことだろ」アイルアンが答えた。

おばさんは、アイルアンのみごとな計算力にひそかに舌を巻いた。だが、今はほめているときではない。

「それだったら、過ちを認め、ごめんなさい、もう二度としませんといいなさい」

アイルアンは眉を寄せて、

「もしも、ぼくがナインっていったら」

「ナイン」とは、ドイツ語の「だめ」で、「パパ」「ママ」のほかに、アイルアンが最も早く話せるようになった言葉だった。というのも、アイルアンが触ってはいけないものをつかもうとするたびに、父さんがこういっていたからだ。

「君がナインなら、おばさんだってナインよ」とおばさん。「もう君とは口をきかないからね」

「明日は、口きいてくれる？」アイルアンが尋ねた。

「明日も、あさってても口きかない。君がナインしないで、ごめんなさいというまで」とおばさん。

アイルアンはちょっとしょんぼりした。が、すぐに、「ふん」と一声。

「おばさんが口をきいてくれなくたって、おばあちゃんが口きいてくれるし、おじいちゃんも口きいてくれるよ。それに……」

アイルアンのいうとおりだと思ったおばさんは、誰もかまわない場所、トイレに連れていった。

「ここに立ってなさい。ごめんなさいといったら、出してあげる」

そういうと、おばさんはトイレのドアを閉めた。ドアは閉めきらずに、すきまをあけておいたが。

おじいちゃんもおばあちゃんも、おばさんがこんなに厳しいとは思っていなかったので、許してやってほしいと頼みたいところだが、おばさんのきっぱりした手まねに押しきられた。誰も何もいえなかった。

しばらくのち、おばあちゃんは抜き足さし足トイレのドアの前に行き、すきまからのぞくと、また、抜き足さし足戻ってきた。

「どうだった？」おじいちゃんが小声でおばあちゃんに尋ねた。

おばあちゃんは、孫のようすをまねながら、

「背中を向けて、うなだれているよ。かわいそうに」

しばらくすると、アイルアンの呼ぶ声がする。

「おじいちゃん、おばあちゃん。出たいよ！」

ドアはちゃんと閉まっていないのだから、出てこられるのだが、自分から罰を解くことはできないのだ。

アイルアンが二回目に叫んだとき、おじいちゃんもおばあちゃんもこらえきれず、トイレにかけこ

み、孫を救いだした。だが、おばさんは情け容赦なく、再びアイルアンをトイレに閉じ込めた。おじいちゃんやおばあちゃんがどんなに説得しても無駄だった。

アイルアンはもう叫ばなかった。泣いていた。泣き終わると、出てきて、過ちを認めた。ところが、なんと頭から白いハンカチをかぶっている——このやり方でかろうじて自分の最後のプライドを保ったのだ。

アイルアンは大きいおばさんの前に行き、ハンカチの奥から低い声でいった。

「ごめんなさい」

おばさんもすぐに許してやった。それ以後も、アイルアンはたえずよくないことをしたが、一度認めた過ちは、二度としなかった。もうテーブルの上に食べ物をこぼすこともなかった。友だちと一緒にご飯を食べたときには、友だちの器からはみでたうどんを器に戻してやりもした。

過ちをしでかすことも多く、罰も多かったけれど、アイルアンもうまい解決法を見つけだした。おじいちゃんやおばあちゃんの顔から、自分がよくないことをしたとわかると、窓に張りついて、大きいおばさんの帰りを待った。おばさんが玄関をくぐるなり、迎えでていった。

「今日、ぼく、よくないことをしたの。でも、説教しなくてもいいよ。トイレに入ってくるから」

こんなに素直だと、おばさんはあれこれ尋ねなくてすむ。しばらくすると、アイルアンはトイレから出てきていった。

「よく考えてきたよ。ごめんなさい」

だが、こんなときもある。アイルアンが過ちを認めても、大きいおばさんがそう思わなかったら、トイレに行く必要がないのだ。

たとえば、アイルアンはしょっちゅう、おばあちゃんの後についてよその家を訪ねる。だが、どうしていつもお土産を持っていくのか、理解できない。よそさまへの礼儀だよとおばあちゃんは教えた。あるとき、呼び鈴が鳴って、大きいおばさんがドアを開けた。おばさんの友だちが訪ねてきたのだ。おばさんが何かいう間もなく、アイルアンが口をきいた。

「お土産、持ってきた？」

その人はおじさんだった。よその家に行って、こんな質問されたのも、しかもこんなに正面切って聞かれたのも、初めてだった。その人は、しかたなく手を広げていった。

「ないんだ」

「礼儀知らずだよ」すぐさまアイルアンはおじさんに注意した。

おじさんはもちろんばつが悪かったが、おばさんのほうはもっとだった。

「アイルアン、何てこと、いうの」

おばさんの顔色が変わったのを見て、アイルアンは、「ごめんなさい」とつぶやき、すぐトイレに向かった。おばあちゃんがあわてて説明すると、おばさんは笑いだした。

「まあ、それじゃ、アイルアンを叱れないわね」

客も笑った。そこで、今回、アイルアンはトイレに行かなくてすんだ。

客が来ると、よくアイルアンの相手をしたがった。中国語をドイツ語にいいかえさせるのだ。「君はおじいさんの何？　お父さんの何？　お父さんはおじいさんの何？」などと。

そんなとき、おばあちゃんはいつも大きなアルバムを持ちだした。中にはたくさんドイツで写した写真があり、客は写真を見ながら、アイルアンに説明してもらうのだ。

写真にドイツのアイルアンの家が写っていた。四階建てでアイルアンの家族は一階に住んでいた。ガーデンとも呼ばれる庭があった。ガーデンには花や野菜が植えてあった。母さんは以前、農村で野良仕事をしたことがあったので、栽培することができた。どんなものが植えられているかは、アイルアンがもう少し大きくなるのを待つしかないが。アイルアンは、黄色の大きな花がヒマワリで、小さな赤い実がサクランボだということをまだ知らなかった。庭の外側に二本の木があり、白い花と紫の花をつけている。丁子(ちょうじ)の木で、とてもいい香りがした。

ウサギが数羽写った写真があった。

「これは野ウサギだよ」アイルアンが客に説明した。

アイルアンはウサギに二種類あることを知っていた。一種類は隣の女の子マリアが飼っているフィリップで、人間と一緒に住み、草地に放すときは、針金で編んだかごをかぶせなければならない。アイルアンはフィリップにニンジンを食べさせたことがあった。もう一種類は野ウサギで、林の中に住む。彼らは地下室に住むのが好きだと父さんはいう。彼らには名前がない。もちろん、アイルアンは彼らに名前をつけてやれるが、みんな同じ姿で、足も速く、すぐに誰が誰かわからなくなってしまう。彼らは自分でえさを見つけ、人の世話を必要としない。

のちに、アイルアンが毎週一回、中国語の学校で作文の練習をしたとき、《野ウサギ》という題を選んだ。家に帰って、書く材料を探していると、博士の父さんがいった。もともと家ウサギなんていないんだよ。フィリップの先祖も野ウサギなんだよ。ドイツの野ウサギは一部分は気候の穏やかな地中海沿岸からやってきて、もう一部分はアジアの草原からやってきたのだよ、と。

「じゃ、ぼくたちと同じ？」アイルアンは自分がアジア人だと知っている。

母さんが国に帰ったとき、中国野菜の種をドイツに持ち帰った。その中に、ヒユがあった。アイルアンは南京で食べたことがあった。ヒユのスープは赤くてとてもきれいだ。ドイツの隣人はヒユを知らず、「これは何の草?」と聞く。ドイツのウサギもヒユを知らないが、彼らはとても大胆で、知っていても知らなくても、とにかく食べてみる。この野菜は育てるのに苦労する。いつも野ウサギに食べられて茎だけ残っているので、母さんを怒らせた。垣根があらいので、隣人の勧めで、母さんは上から細い針金の囲いをした。うさぎ年のアイルアンは野ウサギに同情して、母さんをなだめた。

「いいじゃない。ウサギだって暮らしていくのは楽じゃないんだよ。中国野菜が好きなんだから、ごちそうしてやったら」

ドイツ人はドイツウサギと同じで、ふだん中国人みたいにおいしいものを食べない。デーヴィッドがアイルアンのところに遊びにきたとき、台所で一緒にケーキを食べたことがあった。食器だなの包丁を見たデーヴィッドはびっくりしていった。

「君んとこ、どうして肉屋さんから包丁なんか持ってきたりしたの?」

ドイツ人の家庭ではこんな幅広の包丁で野菜を切らない。肉も切らない。まして骨をぶったぎるなんてこともない。肉のかたまりをオーブンで焼くか、肉屋で切ってもらった肉をなべに入れて煮込むかだ。ほとんどの人は、一日二食で、夜もパンを食べる。しかも、麦ばかりの、飲み込みにくい黒パンが好きで、パンの中にチーズやソーセージを挟み、それにピクルスを加えれば、すべてそろう。アイルアンの友だちが一緒に晩ご飯を食べるときには、きまってこう尋ねる。

「誰かのお誕生日なの?」

実際には、二皿、三皿のおかずがあるだけだったのだが。デーヴィッドがアイルアンの家で晩ご飯を食べてからというもの、下校のたびにアイルアンにこういった。

「家では今ごろ、ママがどんなものを作ってくれてるのだろうと思っているんだろ？」

「そうだよ。そう思ってたところだよ」

アイルアンにしたら、デーヴィッドがそう思わないのが残念だった。デーヴィッドの両親もアイルアンの家でごちそうになってからというもの、デーヴィッドのパパは会う人ごとにこういった。

「アイルアンのママから食事のさそいがあったら、絶対断っちゃだめだ」

アイルアンの母さんはドイツに行くまでは、料理がうまいというわけでもなかった。その後、機会があって、ドイツのお母さんたちに中国料理を教えた。アイルアンの母さんは中国料理の本を何冊か買いもとめ、勉強しながら教えるうちに、自分も一緒に中国料理を習得したのだった。だが、母さんが扈三娘（こさんじょう）だとしたら、おじいちゃんは林冲だ（注1）。林冲の腕前は扈三娘をしのぐ。おじいちゃんが作った料理は、うまいだけでなく、きれいで、名前もいい。たとえば、「桂花肉」は、豚肉の細切りと卵で作るが、まるで「桂花（きんもくせいの花）」が咲いたようだった。また、ミンチ肉とはるさめを一緒に調理して、「ありの木登り」と呼んだ。「ケイ魚のあんかけ」の作り方は、こがね色に揚げた魚にトマトソースをかける。アイルアンがいちばん好きなのは、おじいちゃんが作る「真珠だんご」で、それは肉だんごの周りに、水にひたしたもちごめをまぶし、なべに入れて蒸したものだ。のちに、おじいちゃんがドイツに来たときには、アイルアンの好きなおかずばかり作ってくれた。ピンポン球くらいの真珠だんごを、アイルアンは一度に八つもたいらげた。

だが、おじいちゃんはホテルのコックではなく、京劇俳優だった。京劇には、「老生」、「小生」、「花臉」、「花旦」（注2）があり、おじいちゃんは「花臉」だった。「花臉」の人はみんな坊主頭にしている。

舞台に出るときには、顔から頭のてっぺんまで「くまどり」するからだ。おじいちゃんの家の壁には、おじいちゃんが描いた「くまどり」がたくさん飾ってある。おじいちゃんの家に行くと、アイルアンはいつもそれらを指さして、あれこれ聞いた。

「おじいちゃん、この黄色い顔の人はどんな人？」

「黄色い顔はあわてんぼうだよ」

「黒い顔の人は？」

「黒い顔は勇ましくて、さっぱりした気性だ」

おじいちゃんは、さらにアイルアンにいった。紫の顔は正直で、青い顔はちょっと意地悪で、金色、銀色の人は神仙や妖怪だ……。

アイルアンはしょっちゅうおじいちゃんの舞台を見にいった。おじいちゃんはアイルアンの顔にくまどりをしてやり、節回しも教えた。張飛のような役をするときは、ひげをつけてやった。長いひげはほとんど地面にひきずらんばかりだったが。アイルアンは《黄鶴楼》の一節を覚えた。それは張飛が諸葛亮に腹を立てるくだりだった。何を歌っているのかはわからなかったが、アイルアンは楽しげに歌った。歌いながら、振りをつけるのだ。

いまいましや　諸葛亮、
それがしにことわりなく　事を行うとは。
怒りおさまらず、おしかける。
　　――諸葛亮や　孔明よ！

それがしの兄じゃを　さっさと返せ。

その後、ハノーファーの王宮庭園で、ある劇団の人が子どもたちにくまどりをしてやっていた。みんな、道化の顔だ。アイルアンにしたらちっとも面白くないのに、子どもたちは長い行列を作っている。

アイルアンは近づいていって、子どもたちにいった。

「ぼくが描いてやるよ」

宿題の色塗りは嫌いだけれど、人の顔に色を塗る機会があれば、やはりやってみたい。子どもたちはアイルアンに目をやっただけで、誰も描いてもらおうとはしなかった。アイルアンはちょっと考え、劇団の人から化粧用の筆と色を借りた。鏡も借りようとしたが、その人は持っていなかった。

筆と色を持って、近くの湖のほとりに行き、湖を鏡に自分の顔にくまどりを始めた。白鳥が一羽寄ってきた。えさをくれるとでも思ったのだろう。白鳥が立てる波で鏡が役に立たなくなった。動いちゃだめというと、白鳥はじっとし、静かにアイルアンがくまどりするのを見ていた。アイルアンは孫悟空になろうとしていた。まず、赤ででっかい桃を描く。鼻、目、口はみんな桃の中だ。その後、目の周りを金色で囲んだ。これぞ「火眼金睛」（注3）だ。

すでに子どもたちは物珍しげにアイルアンを取り囲んでいた。

「これは何？　妖怪？」男の子がアイルアンの桃を指さして聞いた。

「妖怪じゃないよ」アイルアンが説明した。「妖怪をやっつけるんだ」

ここの子は孫悟空を知らないが、「美猴王」ならわかるだろう。そう思ったアイルアンは、

「これはシェナー（美しい）アッフェ（サル）ケーニッヒ（国王）だよ」といった。

すると、子どもたちはみんな「シェナー・アッフェ・ケーニッヒ」を描いてもらいたがった。アイルアンは孫悟空しか描けないわけではなかった。子どもたちを自分の前に並ばせた。いちばん前の男の子には、おでこに赤いひょうたんを描いてやった。描きながら説明した。これはひょうたんで、酒を入れるんだ。ひょうたんのくまどりをした人は孟良といって、誰が見てもすぐに孟良は酒好きだとわかるんだ。孟良は宋朝の将軍なんだ。

孟良になった男の子が聞いた。

「宋朝って、何？」

知っててよかったとアイルアンは心の中で思った。中国の古代では、何朝、何朝と呼ぶのが好きなんだ。宋朝の前は唐朝、宋朝の後は、明朝、清朝と呼んでいる、とアイルアン。

「じゃあ、今は？　今、君んとこじゃ、何朝なの？」

アイルアンは答えに困った。南京にいたときに、もっとはっきり聞いておいたらよかった、と悔やんだ。幸い、孟良ができあがったので、「何朝か」という問題はごまかせた。二番目の子にかかった。二番目は女の子だから、青い顔のトウアルトンにしよう。トウアルトンは清朝の大どろぼうだった。女の子は喜んだ。なぜなら、七本の短剣とこしょう拳銃を腰にさしたドイツの愉快な大どろぼうフォッツェンプロッツみたいだったから……。

（注1）扈三娘も林冲も『水滸伝』の登場人物で扈三娘は女傑の一人で、林冲は豪傑の一人。
（注2）京劇のそれぞれの役柄のことで、「老生」は宰相や大臣などの役。「小生」は若い男役。「花臉」はくまどりする役柄。「花旦」はおてんばな娘役。
（注3）孫悟空が八卦炉の中で焼かれ煙で真っ赤になった目。

第三章　ちょうちんまつり

父さんと母さんは、幼稚園に行って困らないように、おさないアイルアンにドイツ語を教えた。ところが、南京から帰ってきたアイルアンは、中国語しか話せない。ドイツ語は話せなくなっていた。

「幼稚園へ行っても、先生や友だちが何を話しているか、アイルアンにはわからんだろう。どうする？」

父さんが母さんにいった。

母さんも気がかりだった。

だが、もう一度教えている間がなかった。幼稚園からすぐ入園するよう通知が来たのだ。

「三年前に申し込んでいたのよ。今、入れなかったら、今度はいつになるかわからないわ」

父さんも母さんも、やむなく心を鬼にして、ドイツ語しか話さない幼稚園に中国語しかわからないアイルアンを入れることにした。

どんなことが待ち受けているか、アイルアンにわかりっこない。

九月、南京ならまだストーブをたいたように暑いのに、ここはすでに秋風がさわやかだ。

その朝、アイルアンは小さなカバンを背負い、母さんに連れられて家を出た。小さなカバンには、小さな入れ物に入ったヨーグルトとジュースのパック、それに、上靴が入っている。

幼稚園まで電車でなん駅もある。王宮庭園の外にしげる菩提樹(ぼだいじゅ)が見えてくると、次の駅が幼稚園だ。アイルアンはわくわくしてきた。が、母さんはだんだん気が重くなってきた。

幼稚園は見るからに楽しげだった。緑色の柵の内側一面芝生で、砂場もすべりだいもシーソーもあった。

「母さん、あれ、こびとの家だよね？」

小さな家ではかくれんぼもできる。ハリネズミみたいに丸まって隠れないといけないけど。アイルアンはブランコにも乗った。南京で見たのとは違う、二本のくさりに古タイヤをぶらさげたブランコだ。古くなったものでもつかい道があるんだよと、それは語っていた。

幼稚園は年齢ごとにクラスが分かれている。いちばん小さい組はスズメ組。そして、リス組、ウサギ組、カバ組だ。カバ組のおにいちゃん、おねえちゃんは、もう小学校に通っている。学校ではお昼ご飯が出ないので、毎日、昼ご飯を食べに幼稚園に来て、そのまま宿題をしていくのだ。これを「ゾンダークラッセ（特別学級）」という。うさぎ年のアイルアンはちょうどウサギ組だ。

ウサギ組では図工をしていた。家でもアイルアンは工作が大好きだ。すぐに何をしているのかわかった。机の上にいろんな形をした絵板が置いてある。みんなその絵板を思い思いにコルク板に打ちつけて、一枚の絵にしたり、好きなように作りかえたりしていた。金髪の若い女の先生が、優しくアイルアンに触れ、ひきだしを指さした。アイルアンはひきだしからかなづちを取り出して、どんな絵にしようかと考えた。

色とりどりの絵板の山からおサルを取る。

「孫悟空だよ」

「猪八戒もいるな」

豚の絵板をコルク板に打ちつける。

「どうしてさかさまなの？」と母さん。豚は背中を下、足を上に向けている。

「さかさまじゃないよ。寝てるんだ」

次に、サルを打ちつける。釘一本でとめているだけなので、人形劇みたいに動く。ちゅうがえりもできる。孫悟空の動きに合わせ、アイルアンの口が動く。

「おい、弟分。いつまで寝てんだ。もっと腕を磨け。そんなんじゃ、妖怪にやっつけられるぞ」

猪八戒は向きを変える。足が下で背中は上だ。

「あにき。おれの腕をみくびるんじゃないぜ。ひとつ、腕比べだ。いち、に、さん……それ！」

アイルアンは急いで豚をはずし、絵板の山からちょうちょうを取って打ちつける。

「猪八戒がちょうちょうに姿を変えるなら、ようし、おれさまも変身だ。何になろうかな」

金髪のローラ先生と栗色の髪のスザンナ先生がアイルアンに目をとめた。ずっと一人でしゃべりつづけているからだ。

「何を話しているのですか？」

先生たちに聞かれ、母さんが通訳する。

孫悟空は花に変わる。ちょうちょうになった猪八戒がその花に止まったとたん、奇妙な花にとらえられ、身動きとれない。

花を食べようと、猪八戒はヒツジになる。

ヒツジに食べられまいと、孫悟空は大きな木になる。

猪八戒はウサギになる。ウサギの前歯はとても丈夫で、公園のかんぼくも小さな木もかじってしまうのよ、と母さんがいってたもん。ウサギたちだって、好きでやってるわけじゃない。固いものをかじらなかったら、前歯が長くなってしまうんだもん。きっと、ゾウさんは、木をかじるのがかわいそうだったから、あんなにキバが長くなってしまったんだろうな。

ウサギをこわがらせるために、孫悟空はオオカミになろうとした。だが、机の上に、オオカミはない。母さんからそれを聞いたスザンナ先生は、ボール紙でオオカミを切り抜き、アイルアンに渡してやりながら、上手にできたわねとほめた。言葉はわからなかったが、ほめられたのはアイルアンにもわかった。

アイルアンが機嫌よくしているので、ローラ先生は、母さんの服をひっぱって、こっそり行くようにうながした。

幼稚園を後にした母さんは、途中ずっと考えていた。孫悟空がオオカミに変わった後、猪八戒は何に変わったらいいかしら。そうだわ。小鳥に変わったら、オオカミの目をついばめるわ。孫悟空は雲になって小鳥を包みこむ……。

午後、母さんがアイルアンを迎えにいくと、ローラ先生がいった。

「アイルアンはずっと同じ言葉をくりかえしているんですよ。どういう意味かしら」

「何ていってるんですか」

「ドイツのカー・レーサーの名前に聞こえるんですけれど」

「シューマッハ？」

「そうです」

「シェンマ（中国語の〝何〟）だわ」

母さんは思い当たった。言葉がわからなかったので、アイルアンはしきりに問いかけたのだ。何？　何？　何？

わかる言葉があるかもしれないと思って、こっちの組、あっちの組と聞きまわっていたらしい。朝とは大違い。帰り道、アイルアンは一言もしゃべらず、しょんぼりしていた。母さんは何も聞かなかった。

家に着くなり、

「ぼく、幼稚園に行きたくない。全然わかんないんだもん」とアイルアンがいいだした。

どう慰め、どうはげましたものか。母さんはすぐにはわからなかった。

でも、アイルアンは自分で自分をこう慰めた。

「一言だけわかったもん」

ローラ先生がみんなに話しかけていたとき、いたずらな男の子が女の子の髪の毛をこっそりひっぱった。

「アレキサンダー！」

それに気づいて、先生が叱りつけた。男の子はすぐ手を放した。

たぶん「いけません」という意味だろう、とアイルアンは思った。

少しして、ローラ先生が見ていないのをいいことに、また男の子が女の子の髪の毛をひっぱった。

「アレキサンダー！」

見過ごせなかったので、アイルアンが声をはりあげた。

先生も子どもたちもびっくり。アイルアンを見、それから男の子を見た。男の子はしぶしぶ手を放した。

母さんは笑いだした。「アレキサンダー」は男の子の名前だった。だが、母さんは違うとはいわず、すかさずこういった。

「今日、一言、わかったのなら、明日は、二言、わかるわ。そのうち、みんなわかるようになるわよ」

数日後、帰ってきたアイルアンはとてもごきげんだった。

「みんなの話、ぼく、だいぶわかるようになったよ。みんなには、ぼくのいうこと、わかんないみたいだけど」

間もなく、アイルアンはドイツ語が話せるだけでなく、ドイツの歌まで覚えた。毎日、帰りしな、ローラ先生がみんなに大きな輪をつくらせて、面白い歌を歌わせた。歌の題は《みんな、お家に帰りましょう》だ。

おデブさんも、やせっぽちさんも
せいたかさんも、おチビさんも
帰りましょう　帰りましょう
みんな、お家に帰りましょう。

おデブさんのときは両手をおなかの前でボールをかかえるように、やせっぽちさんのときは腕を太ももの両脇にぴったりつけて、せいたかさんのときは手をあげてつま先立ち、おチビさんのときはしゃがむのよ、とローラ先生。子どもたちは大喜びで、歌いながらしぐさをくりかえす。輪はだんだん小さくなっていき、お迎えが来てみんな帰ってしまうまでそれは続いた。

幼稚園で、アイルアンと最初に遊んだのは、クリスチャンという男の子だった。アイルアンが積み木をしていると、そばで見ていたクリスチャンが、一緒にやりだした。アイルアンはクリスチャンが大好きになった。だが、名前がとても呼びにくいので、クリスチャンにこう持ちかける。

「君の名前、長すぎるんだよなあ。もっと短くなんないの」

クリスチャンはアイルアンの中国語がわからないので、答えられない。

「〝クリ〟って呼んでいい？　そのうち、ちゃんと呼ぶからさ」

それからはクリと呼んだ。クリスチャンも別に嫌じゃないみたい。

クリスチャンは男の子のくせに、女の子みたいにすぐ泣いた。だから、いたずらっ子が面白がってよく泣かした。そのたびに、涙をふくようにとアイルアンが机の上のティッシュを取ってやった。

そんなある日のことだ。

「早く、おまえの友だちにティッシュを取ってやんなよ。今、泣かしてやるからさ」

アレキサンダーがアイルアンにこういった。

アイルアンはすでにドイツ語を聞くことも、話すこともできたので、すぐクリスチャンを探した。

「ぼく、ティッシュを取らないからね。我慢できる？」

クリスチャンは、ちょっと考えていたが、ためらいがちにいった。

「やってみる」

アレキサンダーたちは、彼に「クリスティーナ」と女の子の名前で呼びかけてからかいだした。

すると、アイルアンはティッシュを渡すどころか、それを隠してしまった。クリスチャンはほんとに涙がふけなくなったので、懸命にこらえた。

アレキサンダーは幼稚園のいたずら坊主で、弟のニックが手下だった。

ある日のことだ。アレキサンダー兄弟は、友だちを首だけ残して砂場に埋めた。見つけた先生は、二人をこっぴどく叱り、罰として、みんなが遊んで散らかった砂をほうきでちりとりに取らせ、砂場に戻させた。いつもならこれはみんなでする仕事だ。

あいつらはこわい、とアレキサンダー兄弟はみんなに思わせたかった。もちろん、アイルアンにもだ。

ある日のことだ。アイルアンがトイレに入ると、アレキサンダー兄弟は、待ってましたとばかりひもでドアをくくった。それを見て、ギリシャ人の男の子、グオルケが、すぐ先生に知らせた。先生はアイルアンを助け出し、当然、アレキサンダー兄弟は大目玉をくらった。

「ニック。ギリシャ人にお返ししてやろうぜ」

「そうだとも。あにき」

アレキサンダーが、木の枝を振りまわしてグオルケに迫り、あわや頭上に振りおろそうとしたとたん、アイルアンが枝を奪いとって、地面に投げ捨てた。

アレキサンダー兄弟はびっくりした。

アイルアンは、枝を投げ捨てたものの、内心びくびくしていた。アレキサンダーもニックもアイルアンより背が高かった。ふいに、映画で見た少林寺の僧が頭をよぎる。アイルアンはまたを開き、両手をげんこに、

「アチョウ!」と声をはりあげた。

アレキサンダー兄弟はおとなしくなった。彼らも中国カンフーの映画を見ていたからだ。

次の日、アレキサンダーはニックをひきつれ、アイルアンに弟子入りしたいと申し入れた。中国人の作法をまねながら、カンフーを教えてください、と頼みこんだ。本当は全然できないんだ、とアイルアンがいくらいっても、信じないで、足しげくやってきては教えてくれとまつわりついた。

のちに、アイルアンのおじいちゃんがドイツに来ると、アイルアンは、さっそく型をいくつか教えてもらい、そのままそっくりアレキサンダー兄弟に教えてやった。それは舞台の上で切る見栄(みえ)で、カンフーではなかったが、アレキサンダー兄弟は大喜び。だが、アイルアンは彼らに「カンフー」をつかって人をいじめないと約束させた。

もう一人、けんかして仲良くなったのは、ナタリーという女の子だ。ナタリーは寄り目で、お医者さんが片方の目に眼帯をかけさせている。こうしたら、寄り目が治るのだそうだ。アレキサンダー兄弟がナタリーをからかうことはなかった。眼帯姿が、海賊みたいだったからだ。が、それだけではない。ナタリーの黄色い叫び声に耐えられないからでもあった。

ナタリーは、新しい仲間が来るたびに、どんな子か探るのが好きだった。

アイルアンが積み木をすると、ナタリーも積み木をした。そして、ナタリーは落ち着きはらって、アイルアンの家から積み木を一つ奪いとった。

〈何ていってくるかな?〉

だが、ナタリーはがっかりした。

アイルアンはナタリーをチラッと見ただけで、もくもくと、家を造りつづけている。

(取られた積み木は取り返そうとするわ、男の子ならね)

だが、アイルアンはこう考えていた。

（男の子は女の子にゆずってやるものよ、と母さんがいってたもん。女の子に積み木を取られたくらい、どってことないさ。男の子ならね）

ナタリーはもう一度アイルアンに男の子になるチャンスを与えてやった。また積み木を一つ奪いとった。

アイルアンは男の子でありつづける。やはり気にもかけない。

ナタリーは我慢できなくなって、腹立ちまぎれに、アイルアンの家を押し倒した。

アイルアンももうかまってられなかった。力いっぱいナタリーの家を押し倒した……。

それからだ。ナタリーがアイルアンの友だちになったのは。図工のとき、アイルアンに色紙を選んでやったり、のりを取ってやったり。砂遊びのとき、砂を運んでやったり。ちょうちんまつりで行進するときには、アイルアンと一緒に歩きたがった。

ちょうちんまつりは、秋の終わりから冬の初めにかけてする子どもたちのまつりだ。中国の元宵節（注1）もちょうちんまつりのようなものだ。南京夫子廟のちょうちん市はとてもにぎやかで、おばあちゃんはアイルアンを連れていったことがある。おばあちゃんは蓮（はす）のちょうちんを持ち、アイルアンはウサギのコマつきちょうちんをひっぱって歩いた。だが、ドイツのちょうちんまつりは、ちょうちんの形が中国とは違う。もっと違うのは、ちょうちんはみんな子どもの手作りなのだ。

先生に教えてもらって、アイルアンは紫色の透明な紙と竹の棒で小さなおけの形をしたちょうちんを作った。中にローソクを立て、外側に色紙を張ると、本物のちょうちんとそっくり。アイルアンはこのきれいなちょうちんを母さんに写真に撮ってもらって、南京のおじいちゃん、おばあちゃんのところに送ってもらった。ローラ先生はみんなに《ちょうちんと一緒に歩きましょう》という歌を教えた。ちょうちんを持って歩くときに歌うのだ。アイルアンが家に帰って母さんに歌ってやると、母さんの小さいときにもちょうちんの歌があったのよ、と母さんは《小さなろうそく》という中国のちょうちんの歌を教えてくれた。それを知ったローラ先生は、みんなを前にアイルアンに教えさせた。

ちょうちんまつりの日。幼稚園では親も招かれ、一緒に行列に加わる。みんなお菓子や飲み物を持ち寄り、飲んで食べて、日の暮れるのを今や遅しと待ちこがれる。このとき、みんな自分のちょうちんをしっかり守っておかないと、アレキサンダー兄弟に穴をあけられたり、ローソクを抜かれたりしてしまう。やっと日が暮れた。星も月も出てきた。子どもたちは自分のちょうちんに灯をともし、大人たちと一緒に並んで出発した。行列の先頭で、招かれた楽隊がラッパを吹き、たいこを打つと、子どもたちがちょうちんまつりの歌を歌いだした。

ちょうちんといっしょに歩きましょう、
ちょうちんといっしょに歩きましょう。
お空にきらきらお星さま、
地上にかがやくぼくたちみんな、
ニワトリ　こっこ　ねこ　ミャーミャー、
タラッタ　ラッタッター。

ちょうちんといっしょに歩きましょう、

ちょうちんといっしょに歩きましょう。
お空にきらきらお星さま、
地上にかがやくぼくたちみんな、
ちょうちんの明かり、消えないで、
タラッタ　ラッタッタｰ。

ちょうちん行列は湖畔の小道を進んでいった。湖面には、金色のへびが動いているように映り、とってもきれいだった。

ローラ先生はアイルアンに合図を送る。すると、みんな、別のちょうちんの歌を歌いだした。

ちっちゃい子たち
ちょうちんもって遊びましょ
赤いのはいらないよ
緑のもいらないよ
小さなろうそく一つでいい

楽隊は演奏をやめた。《ちょうちんといっしょに歩きましょう》は演奏できても《小さなろうそく》は演奏できなかった。しかし、子どもたちが二回目を歌いだすと、ラッパもたいこも歌に合わせて鳴りだし、子どもたちはますます元気よく歌った。

この幼稚園には、外国の子どもがたくさんいた。アイルアンは中国、グオルケはギリシャ。そのほかイギリス、トルコ、イラン、スペインなど。先生はいつも外国の子どもたちに自分の民族の伝統や習慣を話させたり、固有のわざを演じさせたりした。

アイルアンは中国の漢字を書いてみせた。難しい「顧」の字を黒板に書いたのだ。自分の名字が難しい字だったので、鼻が高かった。もし、ほかの中国人の友だちみたいに「丁」という名字だったら、自慢できない。また、おはしをつかってみせたこともある。おはしでいろんな形の積み木を挟んでみせた。アレキサンダーはこれぞ本物のカンフーだ、家で練習してくるといって、アイルアンのおはしを借りて帰った。そのままずっと、アレキサンダーはおはしを返さない。いつも、まだ、練習できてないんだというばかりで。

中国人には伝統や習慣で、簡単にすむときとわずらわしいときがある、とアイルアンは思う。ドイツ人は肉、魚、野菜、めん類、チーズケーキを食べるのにみんな違うナイフとフォークをつかう。卵をかき混ぜるときは、かき混ぜ器、マッシュポテトを作るときはじゃがいもつぶし、サラダを混ぜるときは、長い柄のしゃもじ二つで、めんをすくうときはざるをつかう。だが、中国人はすべておはしで事足りる。ほんと簡単だ。ところが、よその家におじゃまして、年上の人に会うときなどはもう大変。ドイツの子どもは「ハイル」ですむのに、中国の子どもは一人一人、みんなにあいさつしなくちゃならない。わずらわしいけれど、嫌だなんていってられない。

父さんは小さいとき「大院子（ターユアンズ）」（注2）に住んでいたから、朝、学校に行くとき、出会う人ごとにあいさつするんだ。

おじいさん、おはようございます。

おばあさん、おはようございます。

おじさん、おはようございます。

おばさん、おはようございます。

……

顔見知りが多いから、出るまでに十数分かかるなんてしょっちゅうだったたって。

だが、アイルアンは、ドイツ人にはドイツのやり方で、中国人には中国のやり方ですませている。

幼稚園で、ローラ先生やスザンナ先生には、「先生」をつけないで、ローラ、スザンナと呼んでいる。

ピアノを習うとき、ピアノを教えてくれるチン（陳）さんには、必ず「チン先生」と呼ぶようにしている。

チン先生は台湾からきていた。ピアノがとても上手だったから、アイルアンはチン先生にピアノを習いたいと思ったのだ。南京にいたとき、おじさんと一緒にフランスの「ピアノの貴公子」クライダーマンの曲を聴いたことがあった。クライダーマンは「クーマン」とも呼ばれていた。チン先生はクーマンと同じくらいうまいとアイルアンは思った。大きくなったらクーマンみたいになりたいと思っているわけではない。アイルアンはエンジニアになるつもりだ。だが、ピアノが弾けるエンジニアもいい。だから、アイルアンは気分のいいときだけ、ピアノを練習する。逆にいえば、アイルアンの気持ちの沈んでいるときは、誰もむりやりピアノの練習をさせようとしないから、アイルアンは機嫌のいいときのほうが多いのだ。こんな話を聞いたことがある。南京にいる友だちは毎日数時間ピアノの練習をするが、そのとき、その子の母さんはあみ針を持ってそばに座り、間違うと、あみ針で指を打つんだそうだ。アイルアンは思わず母さんに目をやった。よかった、うちの母さんがその子の母さんみたいでなくて。

（注1）旧暦一月十五日。戸ごとに各種の灯籠をかけて祝ったので、「灯節」ともいう。
（注2）一つの「院子（中庭）」を囲んでいる建物に多くの家族が長屋式に住みこんでいるもの。

第四章　ぼくがもらったのは、犬のメダルなの!?

アイルアンは小学生になった。学校は、シュテルン通りにあるから、シュテルン小学校。シュテルンは「星」のことだから、「星通り小学校」だ。

小学校にはデーヴィッドやフィリップ先生がいる。

デーヴィッドは小柄でやせっぽち。

「中国なら、漫才ができるよ」とアイルアン。

「漫才って、何？」とデーヴィッド。

「舞台の上で、二人で面白い話をして、みんなを笑わせるんだ。話がつまらなくても、格好で笑ったりするんだ。一人はのっぽで、一人がおチビ、一人は太っちょで、一人はやせっぽち。ぼくと君みたいに」アイルアンが説明する。

デーヴィッドのママは、体の具合が悪く、これ以上子どもが生めなかったから、デーヴィッドをとてもかわいがった。デーヴィッドがいまだにおさげ髪なのもそのせいだ。中国でも一人息子におさげ髪させている家があるよ、と父さんはいう。

「先に発明したのはどっちなんだ？」デーヴィッドはおさげ髪をいじりながら「ドイツ人かい？　中国人かい？」

「おんなじときだよ……おんなじ年の、おんなじ月の、おんなじ日」

「おんなじ分で、おんなじ秒」デーヴィッドもいった。

何より友情が大事。それに、大した発明でもない。だからアイルアンはこういったのだ。

二人は、いつもあれこれ工夫して楽しんだ。いつでも会いたいときに会えるというわけじゃないから、まえもって約束する。ドイツ人の「時間の約束」は有名だ。隣近所を訪ねるにもまえもって声をかけておく。床屋に行くのにも予約。銀行での用事も予約。週末にレストランに行くのも予約。古い家具を捨てるのも予約。それもずいぶん前から予約する。病院で診察してもらうのも、食事に招待するのも、数か月前から予約する。

子どもどうしでも同じだ。デーヴィッドが日曜日にアイルアンとサッカーしたいと思ったら、まず電話でつごうを聞く。受話器を取る前に、心の準備がいる。日曜日は、タニアと将棋するつもりかもしれないし、次の日曜日は、シモンと中国語のコンピュータゲームをすることにしているかもしれない……。

デーヴィッドは週末にアイルアンとフリーマーケットに行く約束をした。

「何か売るの」

「まだ決めてない。初めてなんだ」とデーヴィッド。

ははん。まだしたことないことをやってみたいんだな。

アイルアンは一回だけだが、経験している。形のないものを売ったのだ。

ある日、ピアノのレッスンを終えてチン先生の家から出てくると、道ばたで青年がキーボードを弾いていた。地面に置いた丸い入れ物には、コインが何枚か入っている。しばらく聞いているうちに、いいなあと思ったので、アイルアンはポケットの中に手を入れて、「チョコレートでもいい？」と青年に聞いた。

「ありがとう」青年はにっこり。

アイルアンはチョコレートを一個、入れ物の中に入れる。

「仕事なの？　仕事でないといいけど。これっぽっちじゃ、ハンバーグも買えないよ」

度胸をつけてるんだ。金もうけじゃない。青年はにっこりしていった。ぼくも弾きたい。アイルアンも度胸試しをしたくなった。青年は快くキーボードを貸してくれた。アイルアンが弾きはじめると、おじいさんがはたと立ちどまり、耳を傾けた。

「お金もうけじゃないけど、お金くれてもいいですよ」アイルアンがおじいさんにいった。

わしも昔はピアノを弾いておったが、戦争にいき爆弾で指を三本失ったんじゃ。そういって、おじいさんは左手を見せた。てのひらには、親指と小指しかなかった。だが、おじいさんはアコーディオンならまだ弾けるよ、といった。

デーヴィッドと一緒に行くなら、もう一度、度胸試しをしてみたい、とアイルアンは思った。

デーヴィッドは、「腹を立てないでね」というゲームを売ることにした。すごろくみたいなもので、先にゴールしたほうが勝ちだ。ついてないときは、なかなか進めず、戻ってばかり。最悪、スタート地点に戻って一からやりなおし。そこで「腹を立てないでね」というわけ。このゲームをすると、腹を立ててばっかりだったので、デーヴィッドは売ってしまってもちっとも惜しくなかった。

何を売ろうかな、アイルアンはまだ迷っている。レゴを売りなよ、デーヴィッドが勧める。アイルアンお気に入りのプラスチックのはめこみ式積み木だ。毎年クリスマスのたびにもらうプレゼントだ。

今では、海賊船、潜水艦、宝島が二つ、馬車と保安官つきのカウボーイセットも持っていた。

「地下迷路の城を売っちゃえよ。売れ残ったら、ぼくが買うからさ」とデーヴィッド。

「じゃ、安くしとくよ」とアイルアン。

週末には青年の家の前の空き地で、フリーマーケットが開かれる。毎年五月に、市が立ち、みんなが家の不要品を持ちだして売る。服もあれば、食器もある。日用品もあれば、芸術品もある。子どもでもおもちゃや本を売ることができた。

アイルアンとデーヴィッドがフリーマーケットに来ると、男の子が「腹を立てないでね」を売っていた。デーヴィッドはその子の隣に店開きした。同じ品物だ。どっちが先に売るか腕の見せどころだ。

アイルアンは、見よう見まねで、値段を書き込んだ紙切れを城のてっぺんにくっつける。いくらで売ろう。迷ったデーヴィッドは、隣の子の値段をそのまま書き写した。

アイルアンの城はすぐに売れた。デーヴィッドには予想外だった。買ったのは、戦争にいき爆弾で指を失った、あのおじいさんだ。孫が大好きでね。

「じゃが。この値段じゃ、安すぎるよ」そういって、おじいさんはデーヴィッドの値段をのぞきこみ、「こんなもんだ。友だちに教えてあげなさい。安すぎてもいかんよ」といった。

少し余計に払って、おじいさんは、デーヴィッドが欲しくてたまらなかった城をさっさと買っていった。

だが、「腹を立てないでね」は誰も買わない。待てど暮らせど、誰も来ない。隣の子のも、売れ残っている。デーヴィッドがいらいらしているのがわかる。

「ぼく買うよ。そういらいらするなって」とアイルアン。

「君が？　けど、君んちにもあるだろ。買う必要がないじゃないか」

ちょっと思案していたデーヴィッドが、

「お金貸してくれる？」といった。

アイルアンは城を売ったお金からいくらか貸してやる。デーヴィッドはお金を受け取ると、隣の子に、

「君のをぼくに売ってよ？」

何が何だかわけわからないが、それでも「うれしいなあ」と男の子は、デーヴィッドに売る。

「今度は、ぼくのを買ってよ」とデーヴィッド。

ははん。そういうわけか。男の子は、「腹を立てないでね」を売ったお金で、デーヴィッドのを買ってやった。デーヴィッドはそのお金をアイルアンに返した。

売って、買って、デーヴィッドにしたら、フリーマーケットに来たかいがあったというものだ。デーヴィッドはデーヴィッドのパパそっくりだ。どんなときでも楽しみ方を知っている。デーヴィッドの家に遊びにいったとき、まっさきに目についたのはスロットマシーンだ。お金を少し飲み込み、たくさん吐き出す。飲み込んだまま、吐き出さないときもよくあるが。普通、こういうスロットマシーンはとばく場にあるのに、なんとデーヴィッドのパパは買って家に置いていた。デーヴィッドのパパってておバカだなあ。自分のお金なんだから、いくら勝ったって勝ったことにならないのに。初め、アイルアンはこう思っていた。でも、後から、デーヴィッドのパパって、賢いなあと思うようになった。どんなに負けても、負けたことにならないからだ。

フィリップ先生は、ひとり遊びの勝負じゃ、満足しなかった。先生は犬を二匹飼っている。ほっそりとしたよく走る「レース犬」だ。毎年、地域や州のドッグレースに出場させている。二匹とも強くて、メダルをたくさんとっている。

「フィリップ先生、今日、学校に犬を連れてきたんだよ」

ある日、学校から帰ってきたアイルアンが母さんにいった。

「授業中は、誰が犬をみてるの？」と母さん。

母さんって、さえてるときと、さえてないときがあるんだなあ。

「犬と一緒に授業したに決まっているだろ」

ほんとはこうだ。今日の生活の授業は、犬についてで、フィリップ先生が自分の犬を生きた教材としてつかったのだ。二匹のうち、一匹は「でかフー」で、もう一匹は「ちびフー」という名だ。一年生の教科書に、「犬の一家」という文章が載っていて、その一家のお父さん犬が「フー」という名だった。三、四十年前、フィリップ先生が小学校一年生だったときにも同じ文章が載っていたので、先生は自分の犬にこの名前をつけたのだった。

犬には三百種類ほどある、と先生。

「その中の一種がグレーハウンドで、今みんなが見ているやつだ」先生はでかフーを抱き上げ教卓の上に載せた。

でかフーの口を大きく開けて、みんなに歯を見せる。

「どんな種類の犬でも、歯は狩りをした先祖とだいたい同じだ。上下二本の歯は、固くてとがっている。犬歯ともいい、これでえものにかみつくのだ。えものを引きさくときは、上下四本の交錯した大きな歯をつかう。臼歯は骨や肉をかみくだくときにつかう……」

今度はちびフーを教卓に立たせた。先生の一声で、ちびフーはさっと前足を上げる。

「犬の足を見てごらん。歩くときは、足の裏をつかわず、指先だけで歩くんだ」

さらに先生の一声で、ちびフーはその場で足ぶみを始めたではないか。みんなどっと笑った。

先生はみんなの笑い終わるのを待って、自慢げにいった。

「この日のために、時間をかけてしこんだんだよ」

先生は犬が取ったメダルも見せた。

メダルには四角い台座がついている。銀メッキしたメダルの表には簡単なお祝いの言葉に、賞の名、

犬の名、飼い主の名が彫ってある。アイルアンは見とれてしまった。

「そうだ、ぼくのメダルは？」

話しているうちに、ふいに思い出したアイルアンが母さんに聞く。

この前の数学のテストで、アイルアンだけが満点を取ったので、フィリップ先生から特別賞を与えられ、（フィリップ先生は生活も数学も教えている。ほかの小学校の先生と同じで、一人で何科目ももっている）メダルをもらったのだ。満点は初めてではないが、メダルをもらったのは初めてだったからとてもうれしかった。メダルには紙が張ってあって、「数学で優秀な成績をおさめたので、表彰します」と書いてあった。このメダルと、今日フィリップ先生が見せてくれた犬のメダルとはよく似ているような気がする。

母さんがメダルを出してきた。アイルアンは好奇心にかられて、メダルに張ってある紙を少しずつはがしていく。果たして、その紙の下から「優秀な成績をおさめた犬を表彰します」という文面が現れた。だが、その文面の下には、賞の名も、犬の名も、飼い主の名もなかった。

アイルアンはすぐに電話してフィリップ先生にこの発見を伝えた。

確かに、犬のメダルだよ。ドッグレースクラブで買ったんだ、とフィリップ先生。この手のクラブは犬のいろんなサービスを行っている。レースの後に、成績のよい犬にメダルも与えている。フィリップ先生は会員だから、ここで安く買えるのだ。

アイルアンはこのメダルの「ひみつ」を母さんや父さん、それにドイツに遊びにきていたおばあちゃんに明かした。父さんも母さんも笑ってすませたけれど、おばあちゃんは笑ってすませることじゃないと思った。

「中国人と犬を同じように扱うなんて、とんでもないよ」

　中国では相手のことを犬にたとえたら、最大のぶじょくだ。昔からそうだ。『水滸伝』の魯智深が鎮関西を「犬のようなやつ」といっているし、武松も、西門慶と潘金蓮をののしって「狗男女（悪いやつら）」といっている。

「だけど、おばあちゃん。ここはドイツだよ。フィリップ先生はドイツ人だよ」

　アイルアンはフィリップ先生を弁護した。ドイツには動物を保護する法律がたくさんあって、犬やほかの動物は仲良くすべき友だちとみなされているんだ、ともおばあちゃんに教えてやる。ドイツでは誰でも犬が飼えるわけではない。ふさわしい条件が備わっていなければ、犬は飼えないんだよ……アイルアンはフィリップ先生の授業で習ったままをおばあちゃんに受け売りした。

「おばあちゃん、ぼくんちで、犬、飼えると思う？」

「ここでかい？」おばあちゃんはあちこちに目をやって「部屋はこんなに広いし、一階で、出入りしやすいし、もちろん飼えるだろ。犬嫌いじゃなければね」

「ぼく、犬は大好きだよ。でも、この家じゃ、飼えないんだよ」

「どうしてだね」おばあちゃんにはわけわからない。

「マンションだからだよ。鳴いたら、近所迷惑でしょ」

「鳴かせなきゃいい」

「鳴かせないなんて。ストレスがたまるよ」

　聞いたこともない。おばあちゃんは目を見張った。犬は飼ったことないが、猫なら飼った。猫に「ストレス」がたまるかどうかなんて、考えたこともなかった。

ここの市場では絶対生きたままの家畜や動物は売らないのよ。母さんがおばあちゃんに話す。ハンブルクに一か所だけ生き物を売ってもよい市場があるけれど、そこのはすべてペットで、料理の材料ではない。動物保護法によると、豚であれ、ニワトリであれ、アヒルであれ、運ぶときには、十分な広さがいるし、水とえさを何時間おきにやるかまで、細かく決まっている。市場で魚を生きたまま買うことはできるが、入れ物持参でないと持ち帰れない。そうでなければ、店で殺してもらって持ち帰るしかない。帰り道、魚に苦しみを与えないようにということらしい。店で魚をさばくのも、腹をさく前に、失神させる。目覚めている人間を手術しないのと同じに。だが、失神させるやり方は、とても情けをかけているとは思えない。きづちで頭を打ちすえるのだ。特別活きのいいコイなんかは、何度も打ちすえる。とても見ちゃおれない。だから、ドイツ人の多くは、生きた魚を食べようとしない。今は少し改善された。きづちはつかわなくなった。魚を密封した容器に入れて、窒息させるのだ。

フィリップ先生は四十過ぎたぐらいなのに、頭の中ほどまではげあがっている。知恵が詰まっているんだ。知恵が詰まるほど、髪の毛がうすくなる、と先生。アイルアンは納得する。だって、フィリップ先生はほんと、賢いもの。

たとえば、学園祭が近づいてくると、フィリップ先生はこういうんだ。

「面白くするにはどうすればいいか。知恵をしぼるんだ。『何で、おれたち、気づかなかったんだ』とよそのクラスに悔やしがらせるんだ」

毎年、夏休み前に学園祭が行われる。保護者も招かれて、大にぎわい。舞台の出し物のほかに、クラス費の足しにしたり、募金をするために、バザーをする。よくあるやり方では家から服やおもちゃを持ってきて売るのだが、それじゃ知恵をしぼる必要もないし、よそのクラスに悔やしがらせることもできない。

みんな、フィリップ先生みたいな、知恵の詰まった頭になるのも恐れず、知恵をしぼりだした。

「魚を釣ってきて売ろうよ」まっさきに、シモンがこう提案する。

フィリップ先生はにっこりしていった。

「君のお父さんは魚釣りがうまいものなあ。……ほかにはないかい？」

「手編みのコースターなら、きっと売れるわ。ママに教えてもらったから、あたしみんなに教えてあげる」とソフィア。

「野ウサギをつかまえてこようよ。学園祭の日にあちこちにぶらさげたりして……」とジルケ。

女の子たちが黄色い声を上げる。ジルケがわざとかきまわしているぐらいフィリップ先生にはお見通しだ。ジルケは家でもこんないたずらをする。玄関のインターフォンに向かって、郵便配達を装って、太い声で「田舎から緊急電報です」という。田舎のおじいちゃんは心臓が悪いから、きっと母さんはびっくりするにちがいないってわけだ。フィリップ先生はほほえんだまま、ジルケに注意する。

「生活の授業で習っただろ。野ウサギは免許のある狩人だけにしかとれない。それも秋だけだ」

「何か植えて売ったらどうかしら。サクランボとか」とシルビアが提案する。

みんなの口の中は唾液でいっぱいになった。だが、フィリップ先生は、

「学園祭まで一か月しかないんだよ。サクランボの実がなるまでに一年はかかるよ。今年植えたら、来年の春に花が咲き、青い実がなる。それから、白くなり、夏になって紅くなって、やっと食べられる。だが、シルビアの提案はなかなかいいね。サクランボはだめだけど、ほかに植えられるものはないだろうか」といった。

サラダやマカロニ、サンドウィッチを作るときに、ネギとかナスターチウム（注）とか、ちょっとした野菜がいる。フィリップ先生は生徒にビニールの小さな植木鉢に小さな野菜を植えさせた。一人一つ。種をまいて、二日おきぐらいに水をやると、二、三週間でりっぱに育った。

学園祭の当日、机を並べた上に、二十五の鉢が置かれ、アイルアンとデーヴィッドに販売は任された。二人とも売った経験があることをフィリップ先生は知っていたからだ。ジルケの鉢には印がしてあった。ママに買ってもらいたかったのだ。ジルケはいたずら者だけれど、ジルケの野菜はちゃんと育っているのを、ママに見せたかったのだ。

フィリップ先生はそばに来ると、市場で買い物する主婦のように、わざとあれこれ品定めした後、

「一つ、いくら？　負けてね」といった。

「一つ、三マルク。これ以上安くできないよ」とデーヴィッド。

「奥さん、よそではこんな値段で買えないよ」とアイルアン。

フィリップ先生は大笑いしながら、お金を出し、ひと鉢買った。

人混みの中で、アイルアンの母さんと出会ったフィリップ先生は、急がしく立ち働いているアイルアンを指さしていった。

「息子さんは、やり手ですよ」

「まあ、ありがとうございます。先日の夜はアイルアンがお世話になりました」

母さんがいっているのは、キャンプでのことだ。シュテルン小学校では、三年生になると、自然教室がある。学校外に泊まり、子どもの自主性を養うのだ。みんな、シーツやふとんカバー、まくらカバーを持っていき、自分で寝床をととのえる。家で何もしたことのないデーヴィッドはふとんにカ

バーをかけるとき、自分まで中に包みこんでいた。一つの部屋に八人泊まるのだから、静かなわけがない。おまけに、こわいもの知らずのジルケが一緒ときている。ジルケがまくら投げをおっぱじめると、アイルアンはもうゆっくり寝てられない。アイルアンはフィリップ先生に訴えでて、先生の部屋で寝かせてもらったのだ。

「ぼく、アイルアンが好きですねえ。彼は実に面白い。色塗りのたびにぼくに文句をいうんですが、そのほかにも、生徒の席をぼくが替えるたびに、そのわけを聞いてくるんです。その子のプライドもあるから、『必要だからだよ』と答えるだけですませるんですが、次に席を変えたら、また同じように聞いてくるんですよ」フィリップ先生が母さんにいった。

母さんはフィリップ先生の心づかいにお礼をいった。が、アイルアンがしゃべったことは黙っていた。あの晩、寝たのは「一分間」だけだったんだ。

「だって、先生のいびき、父さんよりひどいんだもん！」

(注)ノウゼンハレン科の蔓性の一年草。

第五章　ごろごろ転がるだけじゃ

アイルアンはドイツの学校に通いながら、週に一度、中国語学校で勉強している。そこで、タンヤン（唐漾）やハジャリン（何家鱗）と知り合った。

タンヤンは女の子だ。「プライド」の高い男の子たちと同じで、アイルアンも、ふだん、女の子と余計な口はきかない。だが、タンヤンはちょっと違う。だいいち、ちっともかわいくない。かわいい女の子の前では、なおのこと、アイルアンはしゃべらない。それに、寝るときに人形のまくらをすることをのぞけば、タンヤンは男の子に近い。絶対にスカートをはかないし、いつも色の濃いジーパンに、臭い運動靴。スケボーの腕前は、なかなかのもので、大通りをぶっ飛ばしても平気のへいざ。

タンヤン一家は、ほかの都市からハノーファーに越してきた。前にいたところに、中国語学校がなかったので、タンヤンの父さんは人に頼んで、中国から国語の教材を取り寄せ、家で娘に中国語を教えた。テキストを覚えるとき、タンヤンはいつも人名を間違えた。文法や言葉の使い方を知るために、テキストを覚えるのだから、人名は覚えても役に立たん。そう考えたタンヤンの父さんは、人名が覚えられないときには、さっさと「タンタロン（唐大龍）」に変えてやった。

タンタロンは父親の名前だから、もう間違えることはない。だが、タンヤンがマンションの廊下で朗読していると、同じ階の中国からの留学生たちには変な具合に聞こえる。周恩来首相をたたえた文章が、こんなふうになってしまうのだ。

夜が明けるころ、タンタロンが人民大会堂から出てきた。夜どおし、仕事をしていたのだ。車に乗ろうとすると、清掃労働者が通りを掃除していた。そばに行き、その手をぎゅっと握りしめ、親しみをこめていった。「ごくろうさんだね。人民は君に感謝しているよ」。清掃労働者は、敬愛するタンタロンを見つめ、感激のあまり何もいえなかった。

留学生たちはうわさしあった。

「米一つ買うにも、わたしたちみたいに、安いとこを探しまわるのに、タンタロンは何さまだ？」

「身のほど知らず、ってもんだ……忠告してやんなきゃ」

だが、忠告する間もなく、つづいてタンヤンは『劉胡蘭（りゅうこらん）』〔革命の中で犠牲になった少女〕を読みだした。

タンタロンは胸を張っていった。「殺すなら殺すがいいわ。死を恐れてちゃ、何が共産党よ！」彼女は吹きすさぶ北風に向かい、烈士の鮮血を踏みしめ、刃の前に進み出た。タンタロンは雄々しく身をささげたのである。わずか十五歳であった。

タンヤンはかわいくないけれど、頭はとてもよかった。タンヤンが来たばかりのころだ。先生がみんなに日記をつけさせた。何も書くことがなかったタンヤンは、そのことを書いて、ほめられ、みんなの前で読み上げられた。

今日はなんてたいくつなの。遊ぶ友だちもいないし、することもない。家でひとり日記を書いていても、何を書いたらいいのかわからない。ほおづえついて、何度も考える。手の中で、鉛筆が何度も回る。ノートは鉛筆の先で、穴だらけ。でもどう書いたらいいか、何も思いつかない。ほんと、何も起こらない。電話のベルすら鳴らない。階下の男の子がけりそこねたボールが、ベランダから飛び込んでくることもない。男の子の親が友人たちと庭でバーベキューすることもない。バーベキューのときは、そりゃにぎやかだ。誰かがわざと叫ぶ。「誰の腸なの？　こげちゃうわよ」すると、「わたしの腸よ……」と、誰かが返し、みんなどっと笑う。今日は日曜日じゃないので、教会の鐘の音も聞こえない。結婚する人もいない。大家さんのお嬢さんは、結婚したばかりだし。今日は、ほんと、つまらない一日だった。

中国語学校では、顔を合わせると、いつも話題が尽きない。だが、おしゃべりはいつもドイツ語でしている。アイルアンもそうだ。だからといって、祖国を愛していないというわけではない。ドイツの学校で、アイルアンは実によくやっている。学校でただ一人の中国人でなかったら、成績なんて気にしないのになあ。アイルアンが母さんにこういったことがある。どうして？　ぼくの成績が悪かったら、中国人はみんなこんなだと思われるでしょ。母さんは驚いた。自分も父親も、こんな考えを息子に吹きこんだ覚えがないからだ。アイルアンは目立ったり、自慢したりするのが、好きではなかった。これまで人前で、ピアノの腕前を披露したこともない。ここでも、ハジャリンたちがドイツ語で話すから、合わせているだけだ。

中国語のレベルは、ハジャリンがいちばん低かったが、学ぶ意欲は、いちばん強かった。ハジャリンは漢方医になるために、中国語を勉強していた。ハジャリンの母さんは病気がちで、しょっちゅう、やれ漢方薬だの、やれハリだの、あんまだのといっていたし、今、ドイツでも薬草治療や、中国やインドの伝統医学が評判になっていたからだ。ピアノを習っていても、ピアニストになりたいと思わないアイルアンとは違い、ハジャリンは扁鵲(へんじゃく)や華陀(かだ)のような名医になりたいと思っていた。医者になるには、思いやりがあり、我慢強くなくてはならない。その点、ハジャリンには備わっている。小さいときから、ハジャリンは仏さまのようだった。だが、ちょっとにぶいときている。どの科目も成績は中くらい。夢の実現にはほど遠い。

ハジャリンがアイルアンに尋ねたことがある。

「そのうち、君にハリを打ってやるよ。痛いの、嫌かい?」

ハリネズミのように、体じゅうハリだらけの姿を想像して、アイルアンはぞっとした。が、ハジャリンには、

「君は名医だから、ハリを打っても、痛くないだろ?」といった。

「痛くないはずだけどなあ」ハジャリンは自信なさそうに答える。

「痛いかどうかより、刺すところを間違えないようにしないと」アイルアンはカンフー映画の一場面を思い出した。「〝つぼ〟を間違えたら、しゃべれなくなったり、笑いが止まらなくなっちゃうんだ。泣きたいのに笑っちゃうんだ」

うわあ、こわい。それなら、「つぼ」の位置に気をつけないとなあ。ハジャリンは、その日の授業で、先生に「つぼ」の漢字を教えてもらっていた。

タンヤンは家の手伝いをするときに、ドイツの子どもと同じで、小遣いをもらう。

「皿洗いしたら、いくらもらえるの？」タンヤンがアイルアンに尋ねる。

「皿洗いをするのは、母さんだよ。だけど、掃除はぼくがするよ。三部屋もするんだ」

「一回、なんマルク？」

「お金なんてくれないよ」

「ありえないわ！」タンヤンはびっくり。「じゃ、ピアノ弾くのも、ただなの？」

今度はアイルアンが驚く番だ。

「ピアノを弾くと、どうしてお金もらえるのさ？　音楽会のチケットじゃあるまいし」

「あたしの友だちのガイシ（凱茜）なんか、父さんや母さんが何かさせようとすると、必ず、お金ちょうだい、っていうわよ」

タンヤンは父さんと契約を交わし、その契約書を冷蔵庫の扉に張りつけていた。

乙タンヤンは、夕食後には皿洗い、週末には洗濯、乾燥、洗濯物たたみを責任もって行う。
甲タンタロンは、皿洗いに一マルク、洗濯、乾燥、洗濯物たたみ、バケツ一杯ごとに、それぞれ一マルク支払う。
乙タンヤンは理由なく仕事を怠ってはならない。甲タンタロンが一方的に契約をやめるときは、

乙タンヤンに一か月分の給料を支払わなければならない。(双方のサイン)

だが、「相場」はどうであれ、アイルアンはずっとお金をもらわないで、掃除をしてきた。初めは、自分の部屋だけだったが、その後、持ち場が広くなった。——一部屋から二部屋に、二部屋から三部屋に。なぜ、ほかの子のようにお金をもらえないのか。なぜ、掃除の持ち場が広くなったのか。父さんたちに聞いてみたが、返ってきたのは、「しなければならないから」の一言だけ。事柄によっては、「ねばならない」の一言だけでいいのです。説明の必要ありません。父さんたちはフィリップ先生に、こういわれていた。

アイルアンがまだ六歳のときだ。ピアノのチン先生の「しなければならないからよ」にうんざりしたアイルアンは、びっくりするようなことをいって、先生をあきれさせた。

「『しなければならない』って何なのさ。人間には、死ぬ以外に、『ねばならない』なんてない」

だが、その後、アイルアンにも少しずつわかってきた。世の中には確かに、「しなければならない」だけですまないことがある。が、たくさんの「ねばならない」がないと、世の中はなりたっていかないということも。

アイルアンはほかの子よりも「ねばならない」が多かったけれど、だからといって、家でただただおりこうで、大人にいたずらをしなかったかというと、そんなことはない。実際、中国語学校での、子どもたちの最大の話題は、いかに大人をからかうか、ということだった。そんなとき、アイルアンは黙ってはいなかった。

墓のおもちゃで、どんなふうに母さんを驚かしたか。アイルアンはみんなに教えてやった。墓の前の平らな台に、「ここにコインを置いてください」と書いてある。アイルアンが母さんにやらせる。母さんはしげしげと眺めていたが、「これのどこが面白いのよ?」わけがわからないようす。「まあ、いいから、お金置いてみてよ」

母さんがコインを置くと、墓の中から動物の足のような手がぬっと出て、さっとお金を持ち去った。母さんは驚いたのなんの、息が止まりそうになった。

父さんには、こんないたずらをした。アイルアンが自分の部屋のドアにブザーを取り付けた。

「用事があるときは、このブザーを押してよ」

「これまでみたいに、ノックじゃいけないのかい?」

「だめだよ。ブザーをつけたんだから、押してよ」

アイルアンがドアを閉めると、父さんがブザーを押した。と、水が飛びだし、まんまとひっかかった父さんは、顔じゅう、びしょ濡れ。ブザーに細工がしてあったのだ。

いたずらの小道具はみな、ある子ども雑誌の付録だった。雑誌は一週間に一冊出るから、読者の親たちは、一週間に一度、いたずらされることになる。このほかにも、大人が思いもよらないようなものがたくさんあった。たとえば、包帯を巻いたアイルアンの指に血がにじんでる。それに気づいた母さんの胸がうずく。そのとたん、ニセの包帯をはずして、アイルアンがアハハと大笑い。雑誌についている虫の付録では、虫嫌いな母親たちはびっくり。虫は本物そっくりで、柔らかく、投げると、どこにでもひっつく。母さんの体にひっつこうものなら、悲鳴で警察がかけつけるかもしれない。

ある晩なんかこうだ。部屋の中から、アイルアンが母さんを呼ぶ。母さんがドアを開けると、中は真っ暗。「アイルアン」と母さんが呼んでも、返事がない。と、青白い不気味なガイコツがぬっと現れ出たではないか。なんと壁に蛍光塗料で描いたガイコツの絵が張ってあったのだ。いたずらグッズがついていることを知っていながら、父さんは息子に雑誌をとってやっている。母さんも反対しない。いつも嫌というほど、驚かされているのに。子どもには、適度な発散が必要だとわかっていたからだ。

雑誌には、漫画も物語もあり、笑い話もあった。アイルアンはしょっちゅうその中の笑い話を、友だちと楽しんだ。アイルアンがいちばん気に入っているのは、こんな話だ。


ザビーネが友だちにいった。

「親っておかしなものね。一生懸命子どもに言葉を教えるくせに、話せるようになると、いつも『黙ってなさい』っていうんだから」


中国語学校で発表会があった。アイルアンは笑い話を中国語に直した。出し物での会話はみんな中国語でですること、と先生が決めたからだ。

この笑い話は二人で演じる作品でハジャリンのために選んだのだ。全員何かすることになっているのに、ハジャリンが何も思いつかなかったからだ。

「君はおばあちゃんやってよ」とアイルアン。

「ぼくにできる?」ハジャリンは自信なげだ。ハジャリンにはハジャリンの役しかできないのだろう。

「できるさ。君、おばあちゃんそっくりだ。ぼく、孫になるよ」

出し物が始まった。孫がおばあちゃんの手を引いて出てきた。ネッカチーフをかぶり、額にしわを描きこんだハジャリン。その姿に、観客が笑いだした。ハジャリンもこらえきれず、観客の方に向いてケタケタ笑う。

「『おまえ、ガムを食べるかい？』って、早くいってよ」

急いで、アイルアンがハジャリンに声をかける。

「おまえ、ガムを食べるかい？」

「うん」

ハジャリンがアイルアンにガムを差し出す。包み紙を開けようとして、アイルアンがガムを地面に落とす。拾おうとすると、

「およし。地面に落ちたものは、汚いから、拾うんじゃないよ」とハジャリン。

「じゃ、また買ってよ」

「いいとも」

二人、一緒に歩く。「ひええ」と声を上げ、ハジャリンがふいにすってんころり、地べたにへたりこむ。

だが孫はふりむきもしないで、さっさと立ち去る。

「これこれ、起こしてくれないのかい？」

「おばあちゃん、いったじゃない？　地面に落ちたものは、汚いから、拾っちゃだめだって」

会場じゅう、大笑い。出し物はここで終了。

アイルアンの母さんも、みんなと一緒に笑っている。中国語学校ただ一人の先生が、母さんの横に座っていた。

「アイルアンが自分で中国語に訳して、作りかえたのですよ」先生がほこらしげにいう。

「お年寄りをないがしろにしていることにならないでしょうか」と母さん。

「面白いから、みんなに笑ってもらおう、アイルアンにしたら、それだけのことですよ。実生活では、どのようにお年寄りを敬うべきか、わかっていますよ」と先生。

そういえば、アイルアンは、三歳のとき、南京でおばあちゃんの買い物かごを一緒に持ってやった。おばあちゃんの手助けになったかどうかは別にして、年寄りを大切にしていることになる。四歳のとき、おじいちゃんがドイツに来た。父さんも母さんも、おじいちゃんと一緒に遊んでやれないからと、アイルアンがおじいちゃんを児童公園に連れていってやった。自分が遊具を変えるたびに、ここを動いちゃだめだよ、とアイルアンがおじいちゃんにいう。

「ぼくが戻ってくるまで、待っていてね。でないと、迷子になっちゃうから」

このおばあちゃんと孫の作品を見て、母さんは、中国語の勉強になるから、アイルアンにもっと笑い話を訳させよう、と思いついた。アイルアンのおばさんが、新聞に文章を書いていたから、中国の新聞に、ドイツの笑い話を載せる気があるかどうか、聞いてもらうことにした。すぐに、武漢の新聞社から返事が来て、アイルアンが腕を振るうことになったのだった。

まえもって作者の同意を得るために、母さんは、アイルアンに手紙を書かせた。作者はとても喜び、「地図を見る鳥」を訳すとき、もう一言付け加えるようにといってきた。それはもともとこんな話だった。

ダニエルが学校から戻ると、母さんがあわてて告げた。

「鳥が逃げてしまったの。どこへ行ったか、わからないのよ」

「それで、昨日、地理の宿題をしていたら、横でずっと地図帳を見ていたのか。二、三日では帰ってこないね」ダニエルが確信ありげにいった。

「どうしてわかるの?」

「世界地理の宿題だったもん」

「中国に飛んでったかも」作者はダニエルの答えの後に、こう付け加えさせた。

ある日のことだ。転がって中国に帰った子がいるんだって。タンヤンが笑いながらこういった。その子は飛行機じゃなく、汽車で帰ったんだ。汽車には車輪がついているもの。アイルアンはこう察しをつけた。

「違うわよ。本当に床をごろんごろん転がったんだから」とタンヤン。

その子はタンヤンの父さんの友人の子で、七歳。名前をワン・リユエ(王日月)という。ここにいる多くの中国人と同じで、リユエの両親も、自分たちだけ先に勉強にきて、落ち着いてから子どもを呼び寄せた。飛行場にリユエを迎えにいったとき、リユエの父さんはまだ車を持ってなくて、ドイツ人の同僚の車に乗せてもらった。飛行機から降りてきたリユエが、父さんを見つけるなりこう聞いた。

「どうして母さんは迎えにこないの?」

父さんはそばにいる同僚を指さしていった。

「トーマスが友だちを送ってくるついでに、乗せてもらったから、母さんは乗れなかったんだ。家で待っているよ」

「ハイル（やあ）」トーマスがにこやかに声をかけた。

リユエは面白くなさそうに「やな感じ」といった。トーマスは少し頭がはげてはいるが、特に文句をいわれるいわれはない。幸いにも人のよいトーマスは、中国語がわからなかった。が、父さんはばつの悪い思いをした。それからというもの、リユエは心中、ずっと面白くない。北京にいたときは、自分の父さんや母さんはドイツでああだ、こうだといいふらしていたのに、来てみると、車も買えない、家も小さい、テレビは捨ててあったのを拾ってきたもので、げんこつでたたかないと映らない。ふろの湯も熱くないし、家族全員、プールの定期券を持っていて、泳いで帰った日は、ふろに入らないようにしている。北京にいたときは、母さんはアルバイトで、帰ってくるのが夜中の一時過ぎ、父さんも実験で早く帰ってこれない。リユエは一人で寝るのがこわかった。学校に行くのは、もっと嫌で、何をいっているのか、さっぱりわからないし、リユエがしゃべると、女の子たちが笑う。リユエは耐えられず、おばあちゃんとこへ帰りたいと泣きわめいた。みんなおばあちゃんが甘やかしたせいだ、よその子はできるのに、うちの子だけどうしてできないんだ、と父さん。

「それ以上わめくとはりたおすぞ！」

リユエは、三日間、家で意地を張りとおしていたが、しかたなくまた学校へ行きだした。一時間目はドイツ語の授業だった。わかんないものは、やっぱりわかんない。ほかの子が手をあげて答えているのに、リユエはただぽかんとしているだけ。だんだんリユエは腹が立ってきた。わかるかどうか、先生はぼくに聞いてくれもしないで、どうして自分ばかりしゃべってるんだ。このままですませないぞ。これならどうだ。リユエはどすんと床に座りこんだ。先生がリユエに気づいて何かいった。誰かが声を立てて笑った。むかっときて、リユエは、その場に寝転がった。ああ、すーっとする。誰も見えないし、誰の声も聞こえない。急に転がりたくなった。ごろん、ごろん。そのまま教卓のところまで転がっていった。先生は言葉もなく、もう誰も笑わない。みんな目をむいて、リユエを見ている。みんなにたっぷり眺めさせてやると、リユエはむっくり起き上がった。

「こんなとこ、もう嫌だ」そういうなり、カバンをひっつかんで飛びだした。

父さんは怒ったのなんの。即刻、息子を北京に送り返した。

このごろんごろん事件を聞いて、みんな笑うに笑えない。

練習ノートを持って入ってきた先生もこの出来事を聞き、みんなにこんな話をした。その子もリユエと同じ中国の子どもで、年も七歳。やはり、ドイツに来たばかりのころは、まったく何も聞きとれなかった。しかし、その子は算数の時間はいつも積極的に手をあげた。言葉はいらないし、ほとんど計算するだけでよかったから。先生が配ったプリントには、絵と空欄がある。たとえば、子どもの手に風船二つ、その横に、空中に上がる風船三つというように。問題は「5－○＝○」で、○の中に数字を書き込むのだ。中国の一年生にとったら、こんな問題、簡単なもの。みんな幼稚園から算数を習っている。だが、ドイツの幼稚園は、工作やお遊びばかりだ。その子はいつもいちばんに答えを出した。ほかの子たちは、みんな感心した。……何も聞きとれなくても、一番になれるんだ！　自信がつき、勉強にも身が入り、すぐに言葉は問題でなくなった。

先生はハジャリンをからかっていった。

「中国語がうまくならないまま、中国の漢方医の学校に入ったら、ごろんごろんしなくっちゃならないわよ」

第五章　ごろごろ転がるだけじゃ

先生はハジャリンに、「果然《グオラン》（案の定）」をつかって、短文を作らせた。が、ハジャリンはできなかった。

簡単なのになあ、アイルアンは残念がった。簡単だったから、アイルアンはわざと違うやり方で、短文を作った。……ぼくが買った「苹果然后《リンゴあとで》」食べた。

工夫したみたいだけれど、使い方が間違っているから、やりなおしなさいと先生にいわれた。

アイルアンはちょっと考えていたが、不思議なジプシーの長い作文を書いた。

テントの中のおばあさんが、ぼくの手を見て、こう占った。

「『転ぶ』と出ているねえ」だが、ぼくはどこまで行っても、転ばなかった。別のおばあさんに占ってもらった。おばあさんは、ぼくの手を何度も見ていたが、こういった。「『転ぶ』と出ているねえ」今度は、いくらもいかないうちに、「果然（案の定）」転んでしまった。

第六章　こわい映画で誕生祝い

アイルアンにとって、誕生日は、とうの昔に、何でもないものになっていた。というのも、今まで、「誕生日らしい」誕生日を祝ってもらったことがなかったからだ。よその子どものように、誕生日に友だちを招き、お誕生日おめでとうの歌を歌ってもらい、みんなでケーキを食べることができなかったのだ。普通、友だちの誕生パーティーに呼ばれたら、歌を歌い、みんなでケーキを食べるのに。理由はこうだ。アイルアンは復活祭に生まれた。復活祭の休みにはいつも家族で旅行する。だから、友だちを呼んで誕生日を祝うことはできない。もちろん、旅行は楽しい。でも、旅行の楽しさと誕生日とは一緒にできない。アイルアンの誕生祝いに旅行するわけじゃないのだから。

だが、十二歳の誕生日をアイルアンはとても心待ちにしていた。旅行から戻ったら、デーヴィッドたちを招待して、お祝いしようと決めていた。

アイルアンにこれほど十二歳の誕生日にこだわらせたのは、まず、映画館のポスターだ。長い間ずっと気になっていた。過激で、どぎつく、秘密めいた映画には、きまって「十二歳未満はお断り」と書いてあった。

それと、母さんが小遣いをくれるといったのだ。

「十二歳になったら、毎週四マルクあげることにするわ」

アイルアンは大喜び。普通、ドイツの子どもは、毎月三十マルクはもらっている。だが、金額はどうでもよかった。

「どうして十二歳になったら、小遣いがもらえるの？」

「それはね……」母さんが説明する。「十二歳は、もう大きいからよ。十分とはいえないけれど、大きいわ」

十二歳って、なんと不思議なときなのだろう。けむしがチョウに変わる、そんなときなのかもしれないなあ、とアイルアンは思った。

復活祭の前に、デーヴィッドから電話があった。〈ジュラシック・パーク〉を見にいかないかい。面白いらしいよ、と。

「〈ジュラシック・パーク〉は十二歳でないと見れないよ。もう十二歳になったの？」

「もちろんさ。誕生日に来てくれたじゃないか」

「十一歳の誕生日なのか、十二歳の誕生日なのか、いってくれないんだもの。〈ジュラシック・パーク〉、見にいけていいなあ」とアイルアン。「ぼく、まだ十二歳になってないんだ」

「じゃ、しかたない、シモンをさそうよ」デーヴィッドは残念そうだった。

「復活祭まで待ってくれるなら、ぼくの誕生日に、その映画、おごるよ」とアイルアン。

映画をおごるとは、ここの子どもが誕生祝いによくすることだった。誕生日の子が、仲間を連れて映画館に行くと、その子の分がただになるのだ。

復活祭に、アイルアンは両親とベートーベンの故居などを訪ねた。帰ってきてから、初めての小遣いをもらうと、すぐに、紙と鉛筆で計算しはじめた。

何を計算しているの、と母さんに聞かれると、

「誕生祝いに、映画をおごるんだ。二本立てで五人さそったら、全部でいくらになり、いくら母さんに借りたらいいのかって」とアイルアン。

計算しおえると、母さんからお金を借りた。小遣いから引いていくという約束で。

お金の問題は解決した。が、気がかりなことがあった。

すぐに、デーヴィッドに電話する。

「ねえ、デーヴィッド。誕生日の子はただだろ。でも、この子が誕生日だって、どうして証明するの？」

「学生証を見せればいいんだ」

「学生証に、誕生日が書いてあるものね。よかった。でも、ぼくの誕生日は復活祭の日だよ。映画館の人に、君の誕生日はもう過ぎている、今日は誕生日じゃないから、ただにはならないよ、っていわれないかな」

「復活祭はよそで過ごしたといえばいいよ。ハノーファーの友だちとは誕生祝いができなかった、ってね」

「ほんとにチャンスなかったものね、そのとき、ボーンにいたんだから」

「ベートーベンの家のようすを話してやればいいよ」デーヴィッドがそう勧める。

「ベートーベンの補聴器は一メートルもありました。ベートーベンの石膏の顔を二つとも見てきました、生前と死後のを。もちろんこういえるけど――嫌だよ！」アイルアンは腹が立ってきた。

「ぼく、こういってやる。どうして、信じてくれないのですか、って」

アイルアンは腹を立てながら、五人の友だちを連れて、映画館に行った。

計算してきた金額と学生証を窓口に差し出す。窓口の人は若い女の人だ。その人に、誕生日のお祝いだと告げる。

女の人は、五枚分のお金を数えると、六枚の切符を差し出した。学生証は見もしないで、返してよこした。

どうして学生証を見ないんですか、アイルアンが女の人に尋ねる。

女の人はにっこりしていった。

「見る必要ないわ。あなたを信じるわ」

アイルアンは肩すかしをくらったように感じた。

やったぞ！　この日をどんなに待ちこがれていたか——ぼくはもう十二歳だぞ。

「学生証でチェックするのは、二本とも、十二歳以上でないと見られないからよ。お誕生日おめでとう」女の人がいった。

二本のこわい映画を見たアイルアンは、家に帰ってもかなり興奮していた。母さんに向かってしきりにさも恐ろしげに叫び声を上げた。

「マミーが生き返った！　マミーが生き返った！」

母さんは、何のことやらさっぱりわからない。

「あたしがなぜ生き返るの？　あたし、死んじゃったの？」

二本目の映画に出てくるのはエジプトのミイラで、硬直した死体が生き返る物語だ。ミイラは「モミー」と呼ばれていたが、アイルアンはわざと「マミー」といいかえたのだ。とにかく、十二歳の誕生祝いの日、アイルアンは上機嫌だった。

アイルアンは誕生日に、仲のいいデーヴィッド、アーノルド、トビアス、ステファン、ダニエルたちを招待した。この五人はみんな、同じクラスの友だちだ。なかでも、デーヴィッドは四年制の小学校から今の九年制の中学校まで、ずっと「一緒」だった。

自分の誕生祝いで、デーヴィッドが楽しんでくれたので、アイルアンはとてもうれしかった。というのも、デーヴィッドが自分の誕生日を楽しく過ごしていなかったからだ。

数年前のことだ。初めてアイルアンを誕生日に招いてくれたとき、デーヴィッドはため息をついていった。

「呼びたくない二人を、呼ばなくちゃならないんだ」

「どういうこと？」

「ぼくのいとこだ」

その二人は、おばさんの子で、来ると、いつもデーヴィッドに嫌な思いをさせた。デーヴィッドはウサギを一羽飼っていた。いとこたちは、ウサギの足を柵の外側から、ひっぱって折ってしまった。デーヴィッドは急いで獣医のところに連れていった。獣医はかわいそうなウサギに応急処置を施しながら、デーヴィッドを叱りつけた。ぼくがしたんじゃないと言い訳するデーヴィッドに、医者がいった。ウサギの主人は君だ。なぜ守ってやらなかったんだ。

今二匹のモルモットを飼っていた。デーヴィッドはこの子たちがひどい目にあわないか、心配なのだ。

「いとこたちを呼ばなきゃいいのに」アイルアンにはわからない。

「そうはいかないんだ。必ず招待するようにとおばあちゃんがいうから、ママは従うしかないんだ」

おばあちゃんは、孫どうし、いつもお互い、気にかけあって仲良くしてほしいと望んでいた。おばさんの家で、誕生祝いがあれば、デーヴィッドも招待される。行きたくなくても行かなきゃならない。デーヴィッドがかわいそうすぎる、と思ったアイルアンは、何とか助けてやろう、と決心した。いとこがデーヴィッドの家に来ないようにすることはできないが、二匹のモルモットは守ることができる。

誕生祝いのときは、少々の悪ふざけは許される。アイルアンは出かける前に、小道具をいくつか用意した。

デーヴィッドに小さなローソクを一本、プレゼントした。たくさんプレゼントするほうがいいに決まっているが、少ないからといって気を悪くするようなデーヴィッドじゃない。デーヴィッドはママに頼んで、ほかのローソクと一緒に、このローソクもケーキに立ててもらった。お誕生日おめでとうの歌が終わると、デーヴィッドがローソクを吹き消した。ローソクが全部消えると、みんな歓声を上げた。と、どうしたことだ。一本のローソクがちろちろ燃えだした。しかたなく、デーヴィッドはもう一度、吹き消した。数秒後、二回吹き消したローソクがまたもや燃え上がる。デーヴィッドのいとこがさもバカにしたように笑いながら首を振る。と、デーヴィッドを押しのけ、代わりにローソクを吹き消そうとした。両ほおをふくらませ、思いっきり「ぷー！」と吹いた。が、しつこいローソクは、あわてず騒がずまたもや燃えだした。つづいて、年下のいとこも吹き消す。二人はかわるがわる、めったやたらに吹きまくった。が、そのたびに、ほのおが起こり、とうとうローソクが燃え尽きるまでそれは続いた。

いうまでもなく、このローソクはアイルアンが子ども雑誌でもらったおまけだ。

ケーキが切り分けられ、みんなそれぞれ、自分の分をもらう。突然、デーヴィッドのおばさんが、自分の皿に変なものが混ざっているのに気づいた。ぬるぬるとして、どろりとした「これは……」ゲロだ！

みんな胸が悪くなった。

デーヴィッドのママは困ってしまうやら、びっくりするやら。

「どうしてこんなことに？」

アイルアンがデーヴィッドの耳もとに何やらささやくと、デーヴィッドはにっこりして種明かしした。

「二つ目の余興です」

そういいながら、プラスチックでできた「ゲロ」をつまんだ。

三つ目の余興はぷうーという、まのびした音だった。

デーヴィッドのいとこがさっとおばあちゃんを指さしていった。

「おばあちゃんだろ、おならしたの！」

おばあちゃんは顔を赤らめた。

「わたしじゃありません。そんなはず、ありません――」

おばあちゃんは、腰を浮かせて、いすを手でまさぐると、おならの音がする小さな敷物が置いてあった。

四つ目の余興が出てこなかったので、みんな、ほっとして、食べながらおしゃべりしている。

「今は何を飼っているの？」

おばさんがデーヴィッドに尋ねた。

どう答えたらいいか、考える間もなく、ママがモルモットのことをばらしてしまった。

「どこにいるの？　見せてよ」

いとこはすぐに立ち上がった。

デーヴィッドはうろたえた。あいつぐ余興で、すっかりいい気分になっていたのに。

モルモットはネズミによく似ている。リスくらいの大きさだが、しっぽがない。南米のインディアンが最も早くこの動物を飼育したそうだ。モルモットを飼う前に、デーヴィッドとママはわざわざ図書館から本を借りて、くわしく調べた。本からわかったことはモルモットは群れをつくる動物で、仲間としゃべったり、遊んだりする。だから、モグラは一匹でも飼えるが、モルモットは、少なくても二匹で飼わなくてはならない。オスかメスかも気をつけなくてはならない。オスどうしなら、けんかする。オスとメスなら、子どもが生まれる。一年のうち、四、五回子どもを生み、一回に二、三匹生まれるのだ。もちろん、生ませたくなかったら、医者に頼めばいい。だが、優しいデーヴィッドは、小さな動物に手術の苦しみを味わわせたくなかったので、最後に残った組み合わせ——二匹ともメスにした。本にはこんなことも書いてあった。モルモットが住むかごの幅、奥行き、高さがどれくらいがいいか、店で売っているえさのほかに、野菜、果物、新鮮なえさ（たとえば、ニンジン、レタス、リンゴ、なし、たんぽぽなど）を与えてもいい。二、三か月たつと、モルモットは環境に慣れて、かわいいしぐさをするようになる。差し出された食べ物を二本の前足で受け取り、それを口の中に入れたりもする。ママがこう注意した。モルモットを飼うことは、面白いことばかりじゃないわよ。えさをやるほかに、かごに干し草を敷き、その上からおがくずをまき、二、三日おきに掃除をして、新しい草を変えてやらなければならないのよ。デーヴィッドはママに、必ず最後まで、根気よく面倒見ると約束した。デーヴィッドのいとこたちのように、数日おもちゃにして、ほったらかしだと、親に余計な負担をかけるだけだ。

口にしたことは実行に移すデーヴィッドだったので、モルモットの面倒をよく見た。アイルアンも一緒に世話をしてやった。苦労して今日まで育ててきたかいあって、二匹のモルモットは聞き分けよく、かわいくなってきていたので、同じような目にあわせたくはなかった。

「あの子たちをかごから出しておいでよ」

アイルアンがデーヴィッドにいった。

「何をいいだすんだ」

モルモットを隠すんだ、というとばかり思っていたのに。

だが、アイルアンは大まじめだ。

「いうことをよく聞くようになったから、逃げないよ」

アイルアンがどういうつもりかわからないけれど、仲のいい友だちが自分の嫌がることをするはずないとデーヴィッドは信じていた。

デーヴィッドが二匹のモルモットを抱いてきたとき、いとこたちが、さっと手を伸ばしてつかもうとした。と、アイルアンが袋の中に突っ込んでいた左手を抜いた。みんなは驚いた。中指に巻いた包帯に血がにじんでいる。

「ケガしたの？」

年上のいとこが聞いた。

「その子にかまれたんだ」

アイルアンがモルモットを指さした。

「こいつ、人をかむのか？」

「慣れた人にはかみつかないよ。知らないどうしじゃなくなったから、かみつかないだろう」

二人のいとこはさっととびのいた。デーヴィッドのママが、笑いながら息子にモルモットをかごの中に戻しておいでといった。実のところ、これがアイルアンの四つ目の余興だった。消しても消しても消えないローソク、ゲロ、おならシートと同じで、血のにじんだ包帯も子ども雑誌のいたずらグッズだった。


小さいときから今までの、いろんな「お誕生日会」がアイルアンに教えたことは、どの子も尊重され、どの子も主役になる機会が与えられるということだった。幼稚園のとき、お誕生日の子は、その日の遊びを決める権利があるほかに、いすに座ったまま、三回持ち上げてもらいながら、こういってもらえる。

「一回！　二回！　三回！　百歳まで生きよ！」

こんなとき、アイルアンはいつもこう思った。きっと王さまもこんなんだろう。持ち上げてもらうのもいいけれど、持ち上げる子もうらやましい。こんなとき、先生はいつもがっしりしたいちばん力の強い男の子二人にやらせた。アイルアンの誕生日は復活祭で、数日間の休暇になってしまうため、持ち上げてもらうことはないとわかっていたが、自分もちょっとずつ力持ちになって、いつか、ほかの子を高く持ち上げられる日が来るとアイルアンは信じていた。だが、その分、友だちの体重も増えていくとは、考え及ばなかった。幼稚園を去る前、最後のお誕生日の子は女の子のナタリーだった。ナタリーはやせて小さく、巫女（みこ）のようだった。そこで、ローラ先生はアイルアンの願いをかなえてくれた。アイルアンとアレキサンダーにいすを持ち上げさせた。力のあるところを見せびらかすために、二人は、これまでのきまりに従わず、ナタリーを六回も持ち上げた。

小学生のときでは、リザの誕生日がいちばん心に残っている。

リザの両親はイラン人だから、リザもアイルアンと同じ黒髪に黒い瞳だ。皮膚の色はやや濃かったけれど。だが、リザはとてもつらい病気にかかっていた。医者がいうには、おなかの中に虫がいて、その虫は薬では治せない。ただ、腹をすかせることでどうにか抑えられるという。医者が決めたのは、まず、小麦粉で作られたものは口にしてはいけない。おいしいハム入りパン、ヨーグルトパン、ジャムパンなどは食べられない。ただ黒パンのような雑穀で作られたパンなら食べられる。が、砂糖入りやバター入りは食べられない。チョコレートなんてとんでもないし、いろんなジュースもほとんどだめ。もっとやっかいなことに、リザは小さいときから卵が食べられなかった。食べるとすぐ顔色が紫色になり、呼吸困難に陥る。だから、誕生日なのに、ケーキも食べられない。毎日九時半の、休み時間にクラスの友だちは朝ご飯を食べる。リザが持ってきているのは、いつもニンジンかピーマンだった。

リザは友だちをマクドナルドに招待して十歳の誕生日会をした。みんなには意外だった。

「もう、虫を抑えなくてもよくなったのかな？　マクドナルドのものは虫が大喜びするものばかりだよ」デーヴィッドがアイルアンにいった。

「かわいそうなリザ」とアイルアン。「ふだん何にも食べられないから、せめて誕生日くらい楽しみたいと思ったんだろう。おうちの人もだめだといえなかったんじゃないか。毎日、虫と戦っているんだもの、誕生日くらいちょっと停戦、ってことだろ」

リザは自分の客をマクドナルドに招待した。マクドナルドのきまりで、まず、みんな調理室に招き入れられ、ハンバーグがどうやってできるかを見学し、それから誕生日のリザが自由に調味料と具を選んで、自分の手でハンバーグを一つ作る。アイルアンはリザのために、とても喜んだ。赤いエプロンをかけ、白い帽子をかぶり、真剣に作っているリザの姿は、ここで働いている人のようだった。

みんながそれぞれいちばん好きな食べ物と飲み物を選んでいる間に、リザのハンバーグも焼き上がってきた。ケーキの食べられないリザには、このハンバーグがケーキがわりだ。歌を歌うとき、大人がいないので、ちょっとふざけて、アイルアンの提案で殺虫剤のコマーシャルを替え歌にしてお誕生日おめでとうと歌った。数人の男の子が声をそろえてリザに向かって面白おかしく殺虫剤の歌を歌いだすと、店内のお客がふりむいて見た。が、彼らの歌声はますます大きくなっていった。

その歌に、リザはとても感激した。リザはハンバーグをささげもち、においをかいだ。腹の中の虫もきっといい香りをかいでいることだろう。それから、ためらいがちに小さく一口かじりついた。が、すぐにむせて、吐き出した。リザは泣いた。

アイルアンもデーヴィッドもほかの友だちも食べるのをやめて、泣いているリザを見守った。男の子は慰めたりしないで、ただ見つめるだけだ。心の中では、早く虫がいなくなればいいのになあと思いながら。

マクドナルドでの誕生祝いのほかに、プールでの誕生祝いもあった。ステファンのがそうだった。ステファンは学校のブラスバンドでトランペットを吹いている。弟二人のうち、一人はフルートを吹き、もう一人は電子オルガンを弾く。ステファンの誕生日、兄弟たちはそれぞれの楽器をプールサイドに持ち寄った。にぎやかに楽しむために、ダニエルもドラムを持ってきた。

アーノルドの誕生祝いのとき、彼のママと男友だちヒルスはみんなをゲームに連れていってくれた。

アーノルドが三歳のとき、父親が亡くなった。ママは息子に男らしくなってほしいと思い、ふだんから、息子と友だちのように接した。アーノルドも常に大人のようにママを名前で呼んだ。アーノルドがママとアイルアンのうちに遊びにきたとき、ママの歯が欠けているといった。飛行機に乗ったとき、詰めていたものが飛びだしたんだ。アーノルドのママはばつが悪く、

「そんなこと、とんでもない、とんでもないわ」

「これ、ほんとだよ」アーノルドはなおも尾ひれをつけていった。「それが、前のお年寄りのはげ頭に当たって、スチュワーデスのコーヒーポットに落ちて……」

アーノルドが五歳のとき、ママが父親を見つけてくれた。ママが銀行で働いていて、父親のハンスはママの上司だった。若くて美しいママが気に入っていたが、ハンスは、アーノルドがそばでちょろちょろするのが、気に入らなかった。初めのうち、ママとハンスがお出かけするときには、アーノルドはおばあちゃんちに預けられた。結婚してからも、いつもアーノルドをおばあちゃんちに預けるのを、ママは快く思わなかった。三人で一緒にレストランに行くと、アーノルドはスプーンを床に落とし、拾うのにテーブルの下にもぐりこんだままなかなか出てこなかったり、コーラをひっくりかえしてテーブルクロスを汚してしまったりした。ママがどう出るか、試したのだ。ふだん、極端に几帳面なハンスは見ておれなくて、アーノルドを連れてくるべきじゃなかったとママに文句をいいだすしまつ。とうとう、ママは腹を立てて、アーノルドを連れて帰ってしまった。出てきた料理を前に、ハンスひとり、とりのこされた。月日がたつにつれて、ハンスには子どもと仲良くする気もないし、彼女

を愛してもいないように思われた。また彼女もハンスが好きでなくなっていた。彼女はアーノルドにはっきりといった。

「ちゃんとした家庭が欲しいと思ったけれど、三人一緒に暮らせないとわかったので、彼に出ていってもらうわ」

ママがハンスと別れてから、アーノルドはこざかしい手をつかうようになった。男の人からママに電話がかかってきたら、こういうのだ。

「どうも、かけまちがったようですよ。こちらは孤児院です」または、「何かご用でしたらお聞きしますよ。後で伝えておきますから」

そういうだけで、相手は何も伝えなかった。その結果、ママの追っかけを追っ払ったばかりか、しばしば、ママの仕事にも支障が出た。このころ、ママは六十人あまりの工具製造工場をおじいちゃんから受けついで、目の回る忙しさだったので、とてもじゃないが、息子の悪さに耐えられなかった。ママはアーノルドと腹を割って話し合った。その後、ヒルスが現れ、アーノルドとママ二人で決めた。ヒルスはりっぱな体格で、見た目はガードマンのタイプだ。だが、彼は穏やかで、口数が少なく、にこにこしている。大学で情報を専攻し、仕事は精密関係で、コンピュータのシステム監視測定技術の研究をしていた。いつも出張していて、銀行や商業関係のコンピュータ技術サービスを行っている。アーノルドが、帰ってくると、アーノルド母子と一緒に出かけたり、アーノルドと出かけたりした。アーノルドのママはヒルスと結婚しなかったが、五年間もうまくやっていけたので、固定の生活パートナーとして考えている。アーノルドとヒルスはお互いとても気に入っている。二人は、郊外へサイクリングしたり、たこをあげたりする。アイルアンのところから中国たこを借りたのだ。ムカデたこはかなり複雑だ。ムカデの足が多すぎるのだ。だが、ヒルスはうまくあげることができた。冬には、固く凍った湖でスケートをした。時々、ヒルスに数学を教えてもらった。「ヒルスの数学はすごいぜ！」。アーノルドは何度かアイルアンの前で、ヒルスをほめた。だが、ほめはするが、あいかわらず、数学は嫌いで、数学の成績もいっこうによくならなかった。アーノルドの誕生祝いにした知的ゲームはママとヒルスが一緒に考えたもので、問題は秘密で、アーノルドですら教えてもらっていなかった。数人の子どもたちが、前後して出発する。大人が時間をはかり、誰が、すべての問題を早く正しく答えたかを競うのだ。

一問目は、植物園に行き、座ることのできないいすと屋根のない家を見つけなさい、というものだった。王宮庭園と同じで、植物園も、昔は宮廷のもので、世界各地の珍しい草花が集められていてランの花だけでも百種類あまりあった。中国のシャクヤク、ボタンもここにはあった。「仙人のこしかけ」はサボテンの一種で、たいこのような形で、上は平らだが、全身トゲにおおわれている。これこそ、座ることのできないこしかけだった。

屋根のない家とは、樹齢二百余年の老樹のことで、樹にはきりたった空洞がある。この樹は火事で焼け、すでに死んでいた。なぜ死んでしまったのか、アイルアンは知っていた。去年の夏、男の子のマーセ――父さんの同僚の子なのだが――が、二人の男の子とここで遊んでいた。マーセが仲間の前でタバコを吸ってみせて、その後、吸いがらをほうり投げたところ、吸いがらは弧を描いて樹の空洞の中に落ち、中の枯れ葉に燃え移った。初めは、うっすらと煙が立ちのぼる程度で、男の子たちは面白がっていた。まるで、誰かが中でご飯をたき、炊煙が立ちのぼるみたいだったからだ。が、あっという間に、ぱちぱちとはぜる音が聞こえてきたかと思うと、ほのおが勢いよく天に向かって上がりだした。長い間、雨が降っていなかったので、火の勢いがあっという間に激しくなった。男の子たちはこわくなって、大人に知らせた。消防隊がかけつけたが、何の役にも立たなかった。この樹は文化財として保護されていたものだったので、マーセの親はかなりの金額を弁償しなければならなかった。マーセの親は保険会社に支払いを要求した。というのも、しょっちゅう騒動を起こす息子に保険金をかけていたからだった。だが、保険会社は親が監督義務を怠ったとして、支払わなかった。長い間交渉した後、双方、半分ずつもつことにしたようだ。少なくとも、数千マルクになる。

知的ゲームの二題目は、ウァラウブ（休日）と関係あるファストフード店に行き、その店の六番テーブルから問題を見つけだすこと、というものだった。いちばん反応が早かったのはアーノルドで、通りにあるホリデー（英語で休日という意味）ピザ店だと気づくと走っていった。果たして、メモがあった。メモにはこうあった。十種類のピザの名前と値段を書き、それから、与えられた金額で、おなかいっぱい食べられて、飲み物か、デザートまでついた一人分の昼ご飯を買いなさい。単品をいくつか選んでもいいし、お得セットを買ってもよい、もちろんバラエティに富み、経済的であればなおいい。

三つ目の任務は、駅に行き、空きビン回収ボックスの下のメモには、その日のベルリン、ミュンヘン、ウィーン行きの列車番号、時間及び乗り換えの駅名を書きなさいとあった。ガラス窓に張ってある時刻表で探したり、電子掲示板を見たりする子もいれば、機転を利かせ、案内所に行って、さっさとコンピュータでくわしい時刻表を三枚出してもらい（駅の無料サービス）、手間と時間を節約する子もいた。

四つ目はおかしな問題だった。——共同墓地に行き、グルグルという人のお墓を探し、その碑文を書き写してきなさいというものだった。この共同墓地はダニエルがよく知っている場所だ。というのも、以前、ダニエルはそこでよくサックスの練習をしていたのだ。ダニエルはすぐにグルグルの墓碑を見つけた。碑文は古代の字体で、たった一言。それを読んだダニエルはぞっとした。

どうか起こさないで。

グルグルとはギリシャの名前で、「敏感」という意味。それじゃ、この人、たやすく目を覚ますってことじゃない。

第七章　おおかみ先生はマフィア？

中学校では政治、歴史、地理、英語など、小学校より科目が増えた。授業によっては、小学校からあったのもある。宗教の授業もそうだ。

宗教の授業は選択科目で、勉強したければ授業に出て、勉強したくなければ出なくてよかった。

アイルアンが、南京のおばあちゃんの家にいたときのことだ。二、三歳のアイルアンが、大人に連れられて鶏鳴寺に行った。両手を合わせておがむ姿が実にさまになっていた。その後、アメリカに旅行し、ロスアンジェルスで、台湾の神学校の学生に出会った。彼らは、アイルアンの頭をなでながら、こういった。

「ぼうやはなかなか見どころがあるね」

驚いた母さんは、息子の手を取り、急いでその場から逃げ出した。アイルアンがお坊さんになるといいだしはしないか、母さんは気がかりだったが、アイルアンが宗教の勉強をするのは反対ではなかった。というのも、ヨーロッパで暮らす中国の子どもは、唐宋元明清も知っておくべきだが、キリスト教や聖書も知っておくべきだと思っていたからだ。

小学校に入学して間もないある日のことだ。アイルアンが鉛筆で何やら描いている。

「絵の宿題なの？」母さんが尋ねた。

「ううん。宗教の先生が出したの。教会を描いてきなさいって」とアイルアン。

アイルアンは、大きな屋根を描いた。壁には十字架。その下に大きなテーブルを描いた。火のついたローソクのほかに、丸や四角の皿、皿の上に山盛りのおそなえもの。

「これは何？」と母さん。

「ニワトリだろ、果物だろ」

母さんは笑った。

「教会の中にこんなもの、あったかしら？」

「教会にはないけど、中国のお寺にはあるでしょ」

「教会とお寺とは違うわよ」

アイルアンは承知しない。

「同じだよ。教会の花もローソクも神さまにおそなえするんでしょ。神さまも仏さまも同じだ。みんながおがむもの。でも、中国人は特別に食べ物を作るのが上手だから、おそなえが多いんだ。神さまに中華料理を食べてもらっちゃいけないの？」

アイルアンの友だちはみんな中華料理が好きだった。アイルアンがデーヴィッドの家に遊びにいったとき、デーヴィッドのママが中華レストランで春巻きを買ってきた。実はそこは本格的な中華レストランではなく、タイ人の経営で、作っている春巻きは、大きくて、皮も分厚く、中は大きなニンジンともやしに、固い鶏肉の千切りだ。こんなの春巻きじゃない。ごついオーバーを着ているから、「冬巻き」だと、アイルアン。ところが、こんな「冬巻き」でも好きな人は多い。ドイツの固パンに比べたら、まだおいしいほうだったからだ。

初めのうち、アイルアンは宗教の授業に喜んで出ていた。先生がいつも物語や聖書の話をしてくれるからだ。だが、だんだん面白くなくなってきた。アイルアンは色塗りが苦手だったが、その色塗りが、宗教の授業ではいつもあるのだ。二年生からは、宗教の授業に出なくなった。

中学校に入って、アイルアンはまた宗教の授業に出ることにした。前より面白く感じるかもしれないと思ったからだ。聞きたくなければ、出なくていいのだから。宗教の授業は、カソリック、プロテスタント、イスラム教など、いくつかに分かれていて、興味によって、自分で選ぶのである。カソリックについて教えるのは、ホーエンという女の先生で、とても人気があった。が、数回授業をしただけで、辞めてしまった。その後、新しく来たプリンツ先生が引き継いだ。

五十歳ぐらいのプリンツ先生が教室の入り口に姿を見せた。と、ダニエルがビニール袋を開ける。中には吸血鬼の二本のキバ。白くて、少し曲がった柔らかいゴム製のとんがったキバだ。ダニエルはそれを自分の八重歯の右と左にかぶせた。

入ってきた先生は、何もいわない。気づきもしないようだった。だが、生徒は少なく、全部で十二人だし、ダニエルの席は、入り口のすぐそばだから、かなり目立った。

プリンツ先生はまず、みんなに自己紹介をさせた。

「君から始めたまえ」先生はダニエルを当てた。

ダニエルは自分の名前をいった。右と左につけた吸血鬼のキバで、うまくしゃべれなかったが、得意だった。宗教の授業は、数クラスの生徒が一緒に受けていたから、目立つには絶好のチャンスだった。しかも、新しく来た先生がどう反応するか、見てみたかったのだ。何人かがダニエルのおかしな顔に吹きだした。

プリンツ先生も笑って、ダニエルに尋ねた。

「君は吸血鬼を信じているのだね？」

「え、うん」ダニエルはうなずいたが、不意をつかれ、ぽかんとしている。本当のところ、ただ面白いと思っただけで、吸血鬼のことは、映画やテレビで知っているだけだった。血を吸われた死体に血を吸われるだけで、吸血鬼になり、さらに他人の血を吸いにいく。次々と感染していくのだ。

「ＯＫ」プリンツ先生がいった。「では、〝信じる〟とはどういうことかについて話そう。一般的に、知っていることが信じていることとはかぎらない。しかし、信じているとは、よく理解していることだ。たとえば……」

先生はまたダニエルの方を向いた。

「君は吸血鬼が日が暮れてからしか出てこないことを知っているはずだ。そうだろ？」

ダニエルは居心地が悪かった。が、プリンツ先生は平然と授業を続けている。「信じる」という言葉から次のように話した。カソリック、キリスト教、ユダヤ教を信じていようと、仏教、イスラム教であろうと、誰もがみな尊重されるべきである、と。誰かが尋ねた。

「何も信じていないとしたら？」

プリンツ先生はにっこりとしていった。

「それはなかろう。人は何かを信じるものだ。宗教を信じていなくても、ふだん、テレビを見たり、新聞を読んだりしても信じるだろ。広告を信じる人もいれば、実物を信じる人もいる、子どもでさえ、ミッキーマウスやドナルドダックを信じている」

いつのまにか、ダニエルはこっそりキバをはずしていた。これまでなら、英語のシェーファー先生のように、先生が困れば困るほど、ダニエルは調子に乗り、本でたたき殺した蜂を教卓の上に置いたりした。だが、プリンツ先生は、彼のいたずらを気にもとめない。それどころか、改めさせる腕があった。ダニエルはいつのまにか、ちゃんとしていた。

この日、アイルアンは上機嫌で帰ってきた。同じ歌をくりかえし歌っている。ふだん、アイルアンや友だちはミイラの歌がいちばん好きだった。ミイラが生き返ったぞ、ミイラが生き返ったぞ。数千年のミイラなんて、こわくもなんともないってわけ。母さんはこの歌を聞くと首を振る。子どもって、どうしてミイラが好きなのかしらねえ。だが、息子が今日歌っていたのは、もっとおかしなものだった。耳をすまして何度聞いても、一言も聞きとれない。

「何を歌っているの？」

母さんがそう聞くと、待ってましたとばかり、アイルアンは得意になってこういった。

「新しい宗教の先生が教えてくれたんだ。コーランの初めに書かれている言葉だよ。アラーは最上の神で、モハメッドは預言者だって」

母さんはわけがわからない。

「あなたはカソリックじゃない？　どうしてイスラム教なの？」

「プリンツ先生がねえ。どの宗教も尊重されなくてはならないって。ぼくたち、どれも知っておかないとね。母さん、見てごらんよ……」

アイルアンはカバンから一枚の紙を取り出した。上に菱形の切り絵のような図案が描いてある。実は、それは図案ではなくアラビア文字で書いた教えで、アイルアンがさっき歌っていたものだった。プリンツ先生がコピーしてみんなに配ったのだ。

「きれいだろ？　母さん」

それからというもの、プリンツ先生の言葉がしょっちゅう食卓にのぼることに母さんは気づいた。あるときのこと。アイルアンが試験勉強をしている。もう一学期が過ぎようとしているのね。母さんはしみじみ時の早さを感じた。

「小さいときはいつも子どもの成長を心待ちにし、大きくなっても子どもの成長を楽しみにしている。子どもが大きくなったときには、わたしたち、年をとっているのね」

アイルアンが母さんを見た。その目には、これまでアイルアンが聞き分けのないときに、母さんが見せるような表情があった……。

アイルアンがいった。

「母さん、先のことばかり考えちゃいけないよ。今日しなくてはならないことをちゃんとすれば、今日を楽しく過ごせるんだ。先のことばかり考えていたら、今日の楽しみを失ってしまうよ」

母さんは少しばかり驚いた。

「そんなこと、誰に習ったの？」

「プリンツ先生だよ。『明日には試験があるし、家に帰ったら今日の復習をしなくっちゃならない！』って誰かがぐちったんだ。そしたら、先生、『いつも明日がどうのこうのと考えていたらいけない……今日のことをちゃんとやってれば、明日もうまくいくものなのだ』ってね」

さらにこんなことがあった。父さんがアイルアンと話をしていて、強い態度にでたとき、アイルアンがすかさずいった。

「子どもでも敬うべきだ。子どもって、大切なんだよ。もし、子どもがいなくなれば、世界最後の日がやってくるよ」これももちろんプリンツ先生の受け売りだ。

クリスマスが近づいたころ、アイルアンは両親と一緒にオーストリアに行った。そこはドイツ南部に近く、敬虔なカソリック教徒が多かった。

アイルアンたちが古い教会の前を通りかかった。その教会は精巧で美しく、その前を通った人なら誰でも入ってみたくなる。お祈りをささげる台の上に、子どもが書いたお願いの束が紙ばさみでとめてあった。クリスマス前のお祈りが、いちばんよくかなえられるのだそうだ。アイルアンは一枚ずつお願いを読みはじめた。長い時間かけて読んでいる。が、父さんも母さんもせかさず待っている。面白いものもあったが、笑えないものもあった。アイルアンが今でもまだ覚えている願いは、二つとも笑えないものであった。

神さま

ぼくのおばあちゃんは関節がはれて歩けません。たくさんのお医者さんにかかったけれど、治す方法がありません。毎日おばあちゃんが痛がっているのを見ると、ぼくはどうしてあげたらいいかわからなくなります。神さま、ぼくにはおばあちゃんしかいません。パパやママがどこにいるのか、小さいときから知りません。どうか、おばあちゃんの足を治してください。おばあちゃんがこれまでしてきたように、ぼくも、隣の犬を散歩させてもらったお金で、毎週ローソク一本おそなえします。どうかぼくのお願いをかなえてください！

シモン

神さま
ぼく、もう決してママを怒らせるようなことはしません。どうか、父さんにも、もうママを怒らせるようなことはさせないでください。ママが早く家に帰ってくれるようにしてください。クリスマスのプレゼントなんかいりません。ママに帰ってほしい！

ローレンツ

アイルアンが何やら考えこんでいるようなので、母さんが尋ねた。

「何かお願いしたいんじゃないの？」

アイルアンはちょっと考えていたが、ふいに笑いだした。

「お願いするとしたら、ぼく、神さまにこういうよ。ああ、神さま。ぼくたちの学校を変えてください。シェーファー先生がジーパンをはきますように。ミイラの歌も歌いますように、って」

学校を変えるためには、シェーファー先生から変えなくっちゃ。というのも、この英語の先生はまったく昔風の先生だったからだ。

シェーファー先生は五十歳近いのに、パーマの当たった髪の毛はいつもぴちっとしていて、少しの乱れもない。髪型は、六、七十年代のイギリスの女優のそれだ。（注意：イギリスであって、アメリカではない）。シェーファー先生はいつもしゃれたジャケットを身につけ、夏でもTシャツを着たことがない。どの洋服もぴちっとアイロンが当たっていた。

シェーファー先生は授業で英語の歌を教えたが、どれも昔の歌で、先生の年よりずっと古いものだった。ある歌なんかは永遠に歌い終わりそうもなかった。

緑のビン一本かべにかける
緑のビン二本かべにかける
緑のビン三本かべにかける
緑のビン四本かべにかける

歌いつづけると、一千本、一万本までもいく。いつだったか、アイルアンがふろに入りながら、この歌を歌いだした。湯舟の中でも歌っていたが、ふろから上がったときは、五十本のビンがやっとだった。

シェーファー先生自身はドイツ人だった。が、常にイギリス人びいきで、アメリカ人を嫌っていた。学校では毎年、高学年の生徒はアメリカかイギリスに交換留学し、そのつど、英語の先生が付き添うことになっている。ほかの先生はどちらも交互に見たがるが、シェーファー先生は頑としてアメリカには行かず、イギリスにばかり行きたがった。アメリカ人は気ままで、歴史も浅い。あちらも、こちらもマクドナルドばかり。そんなところではなじめない。英語でも違う言い方をするし、かつて学んだイギリス英語とはかなり違う。先生にしたら、アメリカ英語が標準ではないから嫌なのだ。初めのころ、みんなは、先生がドイツ語のシュミット先生のようにきつくないと思っていた。話し声も感じよくて穏やかな人だと思っていた。が、すぐにみんなの印象が変わった。

それはアイルアンが中学に入った年のことだ。間もなく夏休みだというころ、卒業試験を戦い抜いた高校生は、卒業前に羽目をはずすというならわしがあった。水鉄砲やひげそり用クリームを手に、休み時間に低学年の教室を襲うのだ。その日は終わりのベルが鳴っても、英語の授業が続いていた。そこへ、二人の高校生が乱入してきて、ひげそり用クリームで攻撃しはじめたではないか。

男子も女子も大騒ぎ！

ダニエルたちもあらかじめ反撃の武器を用意していた。

だが、シェーファー先生は一糸乱れぬ髪の毛をかばいながら、二人の高校生を教室の外に追いやった。

「今日、美容院に行ってきたばかりなのよ」

こんな先生、つまんない、と誰もが思った。ダニエルはアイルアンに恨めしげにいった。

「どっちみち、先生は毎日美容院に行ってるんだ。けど、こんなチャンス、ぼくらには一年に一度だけなのに」

しかし、シェーファー先生にも「面白い」ときはあった。ときには、勉強の内容によって、生徒にゲームをさせた。「未来形」を勉強したときに、シェーファー先生がいった。

「みんなに予言者になってもらいましょう」

すぐさまベンジャミンが口を挟む。

「ジプシーみたいに占うんですか？」

ベンジャミンがこういったのも無理はない。本当にジプシーに占ってもらったことがあったのだ。毎年行われる古城カーニバルには、いつも柄物カーテンをかけたとんがりテントを見かける。占ってほしい人は手をカーテンの中に入れて、中にいる女の人に見せると、間もなく何が起こるのかを知ることができるのだ。ベンジャミンは将来、お金がもうかるかどうか知りたかった。というのも、今の勉強がしんどくなりかけていた。来年には英語のほかに、外国語がもう一つ増える。そうなったら太刀打ちできなくなるからだ。将来、お金がもうかるなら、今、そんなにしんどいことをしなくていいわけだ。

「いくらですか？」ベンジャミンは手をカーテンの中に入れた。が、すぐに引っこめた。

「何を知りたいんだね？　愛情かい、お金かい？」ベンジャミンはびくびくしながら聞く。

「お、お金」

「十五マルクだよ」

ベンジャミンはためらいはじめる。一回占ってもらうのに、一か月の小遣いの半分もつかうのは、なんともつらい。

「高いかね？」中のジプシー女は不機嫌だ。「いくらなら出せるんだね？」

「五マルクです」とベンジャミン。

ジプシー女は鼻で笑った。

「いいだろ。お金を出しな」

ベンジャミンがお金を払うと、ぱっとその手をつかまれた。ジプシー女の体温は零度以下のように感じられた。

「お金……お金がたくさん、この手に流れてくるね」女はため息をつく。「だが、すべて流れ去る」

お金が流れていかないようにできないの、とベンジャミンは尋ねたが、女は黙っている。

ベンジャミンはがっかりしてテントを離れた。五マルクしか払わなかったから、たくさん話してくれなかったのだ、と思う一方で、お金が少なかったので、ほんとのことをいわなかったのではないか、とも思った。ほんとのことでないのなら、たくさんのお金が流れ去ることもないわけだ。そう考えると、これは喜ぶことなんだとベンジャミンは思った。

今日、シェーファー先生がみんなに未来を予言させると、ベンジャミンはすぐにジプシーの占いを思い起こした。だが、シェーファー先生がこういった。

「ジプシーは手相を見ますが、わたくしたちは、二十年後の生活を予言するのです。一グループ四人で、四人ともそれぞれ四枚ずつ、異なった、面白い予言を書き、その紙を袋の中に入れなさい。一人が占い師になり、ほかの人が順番に、未来形で質問を考えて尋ねなさい。二十年後のわたしの生活はどんなものですか、と。占い師は袋の中から一枚取り出して読み上げます。最後に、グループごとにいちばんよい予言を選んで、発表してもらいましょう」

アイルアンは、ダニエル、ベンジャミン、カタリーナと同じグループだ。アイルアンが書いた四つの予言とは、こうだ。

「あなたは、何度も大統領選挙に立候補しますが、最後は売店の店長さんです」

「あなたはタクシーの運転手になり、お客もたくさんいるのですが、しょっちゅう違反して、支払わなければならない罰金がいつも収入を超えてしまいます」

「そのころ、あなたは結婚して子どもがいます。結婚三十年後には子どもが三十一人……双子が生まれたのです」

「その年、あわや世界大戦がぼっぱつするところでした。ある夜、爆弾が飛んできたのです。ちょうどトイレに起きたあなたは、爆弾に小便をかけたので、爆発しませんでした。世界平和を守ったと、世界の人々は、小便小僧のように、小便をしているあなたの銅像を立ててくれました。その銅像は百階建てビルの高さです」

　ベンジャミンが占い師になった。ダニエルが未来形をつかってベンジャミンに尋ねる。

「二十年後、ぼくはどんなふうになっていますか？」

「開けゴマ、開けゴマ」

　ベンジャミンは口の中でとなえながら、袋から紙切れを取り出した。それは、アイルアンが書いた四つ目の予言だった。ベンジャミンがダニエルに向かってその予言を読み上げると、みんなはダニエルの銅像を想像して、涙を流して笑った。ダニエル自身もえへへへ、うまいこと書いてあるなあと思った。この予言がダニエルに当たってよかった。アイルアンはほっとした。予言を全部袋に入れてしまってから、しまったと思ったのだ。もし、カタリーナに当たっていたら、ばつが悪い。カタリーナは女の子だったから。

　次に、カタリーナが「未来形」で尋ねる番だ。だが、ダニエルはもっとやりたがった。ベンジャミンにむりやりもう一度予言をしてもらった。ベンジャミンが二枚目の紙切れを取り出して、読み上げた。

「あなたは雑誌の表紙を飾るスーパーモデルになるでしょう。風の吹く日は外出してはいけません。あなたの体は軽すぎて、吹き飛ばされますから」

　みんなは再び大笑い。ダニエルはくさって自分で自分の頭をたたいている。これはダニエルが書いた予言で、太っているカタリーナに当ててつけたものだったからだ。

　グループの全員が占い師になり、十六の予言を読み終えた後、アイルアンはベンジャミンの予言をみんなに聞かせてあげたら、と提案した。ベンジャミンは大喜びだ。ダニエルはアイルアンのがうまく書けていると思ったが、ぼくのはだめだよ、とアイルアンがいうものだから、それ以上はいわなかった。ぼくのはだめだよ、とアイルアンがいったのは、中国人の謙虚さからだった。が、この中国人の謙虚さは、ときに外国人に理解されない。たとえば、テーブルいっぱいの料理で客をもてなす。主人が客に料理を勧めるときにきまってこういう。「大したものはありませんが、どうぞお召し上がりください」。客はとまどい、手に持ったフォークを置いて、こう思うだろう。大したことないものを食べさせるのかい？　どういう意味なんだ？　逆に、ドイツ人が客を招待すると、こういう。「この食事のためにまるまる一週間かけたんですよ。買い物したり、煮込んだり、そりゃ忙しかったのよ」と。その結果は、各人にスープ一杯と買ってきた市販のチーズとパンだけ。

ベンジャミンが立ち上がって、予言を読み上げた。

二十年後、あなたはスーパーパイロットになっていますが、重要な任務を遂行中に、雄々しく犠牲になります。

シェーファー先生はそれを聞いて、首を振った。

「ベンジャミン、ちっとも面白くありません。もっとよい結果に変えなさい」

「でも」ベンジャミンは聞き入れなかった。「このほうがドラマチックだと思います」

先生たちの中で、いちばん変わっていて、特別なのは美術の先生だった。先生の名字はラン。中国語で書いたら「狼(ラン)（おおかみ）」だ。このおおかみ先生、顔じゅうにもじゃもじゃひげ。いささか問題があるのは、笑うと、とてもこわい顔になることだ。

「先生、サングラスをかけたら」アーノルドが先生に勧める。

「どうしてだい？」とおおかみ先生。

「そしたら、もっと殺し屋みたいだもん」

おおかみ先生の授業はとてもいいかげんだ。生徒に立体文字を書かせてこういった。何を書くか、自分で決めなさい。

メラニーは頭が痛くなるほど考えても何を書いたらいいか、思いつかない。

「何でもいいんだ。君たちは自由なんだから」とおおかみ先生。

「『殺し屋』でもいいんですか？」とアーノルド。

「いいとも」

「『愛してます』でもいいんですか？」ダニエルはそういいながらメラニーにウインクした。

「いやらしい！」メラニーがダニエルに腹を立てる。

「ＯＫ」とおおかみ先生。「それにしなさい」

メラニーが書いた「いやらしい」は、のちに二点をつけてもらった。二点はおおかみ先生がくれるいちばんいい点数だった。アイルアンが書いた「ディスコ」も二点、もらった。母さんはその絵を見て顔をしかめた。

「アイルアン。どうしてこんなのを書いたの？」

「先生が出した題だよ。みんな、書いたよ」

「ちょっとおかしいわねえ。あなたたちのような子どもはディスコには行っちゃいけないのに、それを書かせるなんて」

「母さんったら、ホント、おおげさなんだから。中国にもこういう言葉があるじゃない。豚は知らなくても……」

「豚肉は食べたことなくても、豚は知っている、でしょ」

「どっちにしても、ぼくがいいたいことに変わりがない。行ったことなくても、テレビで知っているもん」

アイルアンはアニメの動物楽隊の頭を『怪物』につけかえた。どれも恐ろしい顔で、表情もおおげさ。カラフルな髪の毛もさかだっている。色鉛筆で太い線を一本一本描きこんで、舞台の照明が当たっているようにみせた。かたわらには、黒いごみ箱。その上をハエが飛び回っている。母さんは首を振っている。母さんにはぼくの傑作がわからないんだ。アイルアンは大得意だった。

おおかみ先生が特別なのは、まだほかにわけがあった。先生はおおやけの場で生徒と親に謝罪した唯一の先生だということだ。

それは復活祭の休暇前のことだった。最後の授業は美術だった。おおかみ先生はみんなにラッカーを吹きつけたハリガネで工作させた。アイルアンはてっとりばやく作りたかったので、鉄砲で撃たれた人を作ることにした。白い布を巻きつけて上から赤インクを数滴たらすだけだ。いいねえ、そいつは簡単だ。おおかみ先生はそういいながら、顔を後ろにそらし、両手をまっすぐ伸ばして、死ぬ格好をした。おおかみ先生の動作があまりにも不格好でバカげていたので、アイルアンは、ゴールにシュートするサッカー選手に変えた。工作が終わるとおおかみ先生は紙の束を取り出してこういった。このプリントを埋めてごらん。ゲームみたいなものだ。早く書けた者には賞品をあげよう。チョコレート一個だ。書かないと、ゲームにならない。破壊分子だ。

プリントが配られると、みんなすぐにやりだした。百五十問あったが、どれも頭をつかう必要のないもので、ただ、「はい」か「いいえ」に丸をつければいいのだ。こんな問いだ。「あなたは学校に行きたいと思いますか」「人間と同じような気持ちで動物に接するのは、おかしいと思いますか」「先生が学校で話すことはみな正しいと思いますか」「ほめられることが少ないとつまらないですか」「あなたはすぐに新しい友だちと仲良くなりますか」「あなたはすぐに自分を責めますか」「ほかの人があなたによくない態度をとるときはまったく理由がありませんか」「親はあなたを信用していますか」「両親が一緒にいるかどうかで、幸せだと感じたり感じなかったりしますか」など。

アーノルドがいちばん先にしあげて、チョコレートを手に入れた。このとき、すでに授業が終わっていたが、アーノルドはアイルアンやデーヴィッドを待って、一緒に下校した。

休暇はどんな予定なの、アーノルドが歩きながら尋ねた。

ところが、アイルアンはほかのことを考えていた。

「ねえ、おかしいと思わない。美術の授業であんなアンケートに答えるの」

「きっと学校がやらせたんだよ」とデーヴィッド。「この前、大学の人が来たとき、環境保護の調査をしただろ。そのときも、ぼくたち、アンケートに答えたじゃない」

「でも、あのときはアンケートの前に、親にサインをもらったじゃない。社会の先生がいってただろ。もし、親が同意しなかったら、違法だって。プライバシーに関係しているから、ドイツ個人データ保護法に違反しているよ」

アーノルドは興奮した。

「アイルアン、それじゃ、何か企みがあるってのかい」

「なんか、おかしいと思う」とアイルアン。

アーノルドはよくよく考えてみた。

「おおかみ先生はホントはマフィアかもしれない。アンケートに答えさせて、子分を増やすつもりなんじゃないか」

「そうか。それで、学校に行きたいと思いますか、親はあなたを信用してますか、先生はあなたをほめますか、って聞いたんだ。おおかみ先生はマフィアを大きくしたいんだ」とデーヴィッド。

「それに、新しい友だちとすぐに仲良くなれますか、って。どうしよう。すぐに警察に知らせようよ」とアーノルド。

アイルアンは考えた。

「ねえ。まず、学生代表から校長先生に連絡してもらったらどうだろう……」

学生代表と聞くと、アーノルドもデーヴィッドも笑った。学生代表はひょうきん者のダニエルだった。前の学期は女子生徒が学生代表だったので、今年は、男子が奪回、あらかじめ相談して、ダニエルが選ばれるようにしむけたのだ。ダニエルはクラスでいちばんのいたずら者だったが、ダニエルに恥をかかせようとしたからではない。元気がありあまっている者はいろんなことをするのに向いていると思ったからだ。こうして、ダニエルは多少とも責任感をもつようになり、悪ふざけが少なくなっていた。実際には、学生代表は大して仕事がない。主な仕事は二つ。授業のベルが鳴って十五分たっても先生が来ないときは、校長室に知らせにいく。クラスに異常事態が起こり、先生がいないときは、学校側に知らせ、すみやかに処理してもらう。だが、ダニエルが学生代表になってから、この二つすらなかった。初めのうち、ダニエルは気をもんでいたが、その後、次第にやる気をなくしていった。

アイルアンたちはダニエルをなだめる一方、何とか、仕事を見つけてやりたいと思っていた。

気温の低い冬の日に、先生たちは休み時間に生徒を外に追いやる。校則の一つで、外に出ない者は罰を受ける……放課後残されて校則を書き写させられるのだ。アイルアンはダニエルのところへ行き、まじめな顔でこういった。

「学生代表。校長先生に報告してよ。先生たちは、生徒が外に出たかどうか、廊下でうろついて確認しているだけで、自分たちは外に出ようとしない。温かいコーヒーを飲んでいる先生だっている。これって公平かい」

「不公平だ」とダニエル。

「校則を変えなくっちゃ。先生と生徒は苦楽を共にすべきなんだ。みんな外に出るか、そうでなかったら、みんな、温かいコーヒーを飲むかだ」

「わかった。学生代表が何とかしてきてやる」

ダニエルは肩を揺らしながら校長室に向かった。が、すぐに、かけもどってきた。

「校長先生は何て」とアイルアン。

「校長先生は笑って、こういったんだ。生徒と先生は別だよ」

成果はなかったけれど、「代表」の出番があったので、ダニエルは気をよくした。

今回、再び、学生代表に動いてもらおう。アイルアン、アーノルド、デーヴィッドがダニエルの家にやってきた。ダニエルはみんなの話を聞くと、飛び上がらんばかりだった。自分がマフィアの手下になり、宣誓させられて、かっこいいピストルをもらっている……。

アイルアンがダニエルをうながす。

「校長先生はまだ学校にいるんじゃない。早く電話してよ」

ダニエルは急いで校長に電話をかけた。アイルアンの助言どおり、校長にいった。

「ぼくは六年二組の学生代表のダニエルです。先生に報告しなければならないことがあります。おおかみ先生が今日、ぼくたちにアンケートをとりました。先生はごぞんじですか。そ、そのアンケートは、学校に行きたいと思うかとか、マフィアになりたいと思うかとか……えっ。先生はごぞんじなかったんですか」

ほかの三人は緊張してふるえている。

「それじゃ、すぐに警察に知らせますか。わかりました。はい、はい。いえ、いえ。友だちのアイルアン、アーノルド、デーヴィッドがぼくにアドバイスしてくれたのです」

ダニエルは電話を切ると、校長先生がすぐに調査するといっている、といった。

すぐに真相が明らかになった。なんと、おおかみ先生はこっそり児童心理の勉強をしていたのだった。学校にカウンセラーの先生がいなかったので、おおかみ先生がやりたいと思ったのだ。その資格を取るために、友人からアンケートを借りてきて独断で心理調査を行ったというわけだった。校長はおおかみ先生に、すぐに全員のアンケートを返させ、おおやけの場で、生徒と親に謝罪させた。おおかみ先生はおわびの手紙を書き、彼のアンケートがプライバシーに触れ、個人データ保護法に違反していたことを認め、彼の無知を謝罪した。「過ちが早く発見されたため、アンケートの答えを見る間がなかったのは、せめてもの幸いでした……」。おおかみ先生は手紙の中でこう書いた。

もとより、おおかみ先生はマフィアでもなく、マフィアの手下を増やそうとしたわけでもなかった。このことは、ダニエルやアーノルドをがっかりさせた。だが、社会の先生は「自分を守る意識」をもっていると、彼らをほめた。

第八章　国際協力でしあげた宿題

国際協力で事件を解決、犯人引き渡し、というのは今までに聞いたことあるが、宿題するのに国際協力が必要なんて聞いたことあるかい。

ある日の夜、八時過ぎ、中国は上海のアイルアンのおじさんは、ドイツのハノーファーからのメールを受け取った。ハノーファーは今、午後二時過ぎだ。メールは、おじさんにではなく、アイルアンのいとこのヤル兄さんに来たのだ。

ヤル兄さん

元気？　今学期から歴史の授業が増えて、今日が初めての授業だったんだ。だのに、先生ったら、ほとんど話もしないで、いきなり宿題を出すんだ。一本の樹を描いてきなさい、って。ホンモノの樹じゃなくて、「家族の樹」だって。「歴史とは何ぞや。これこそが歴史だ」だってさ。樹のいちばん下はぼくで、ぼくの名前と生年月日を書くんだ。ぼくの上に二本の枝をかく。一本の枝には父さん、もう一本の枝には母さん。二人の名前と生年月日のほかに、二人が何をしているかも書くんだ。父さんは「研究所で仕事」、母さんは、「ふだんは家にいるが、時々、ドイツ人に料理を教えている」と書いた。父さんの上にはおじいちゃんとおばあちゃん。母さんの上にもおじいちゃんとおばあちゃん。四世代書きなさい、って。おじいちゃんの上に、ひいおじいちゃんとひいおばあちゃん。母方のおじいちゃんの上にも、ひいおじいちゃんとひいおばあちゃん。ひいおじいちゃんたちがいつ生まれたか、父さんも母さんも知らないんだ。母方のひいおじいちゃんとひいおばあちゃんは、ずっと上海に住んでいたって母さんはいうんだけれど。ヤル兄さん、何とか、調べてくれない？　お願い！　父方のひいおじいちゃんとひいおばあちゃんは京劇の役者だったと父さんがいってる。二人の生年月日は、ぼくが南京のおじいちゃんちに問い合わせてみるしかないみたい。

じゃ、おじさん、おばさんによろしく！

弟のイエウェイより

ヤル兄さんはアイルアンのメールを読むと、先生が出した宿題は、面倒だけれど、面白いとも思った。これまで、秦の始皇帝やアヘン戦争ばかりが歴史だと思っていたけれど、なんと、我が家にも歴史があるのだ。アイルアンの母方のひいおじいちゃんとひいおばあちゃんは、ヤル兄さんのひいおじいちゃんとひいおばあちゃんでもある。ヤル兄さんが一年生のときは、ひいおばあちゃんはまだ生きていて、ヤル兄さんは、「大ばあちゃん」と呼んでいた。

「大ばあちゃんの生年月日は、戸籍に載っているよね」

ヤル兄さんが尋ねると、

「もともとあったのだが、新しい戸籍に変わってから、死んだ人は載せなくなったんだ」とおじさんがいう。

「それじゃ、警察に行けば、調べられるよね」

「そりゃ、できるさ。面倒だけどね」

ちょっとやっかいだな、とヤル兄さんは思った。

「大した用事でもないのに。戸籍係の人に頼むのは、悪いなあ」

おじさんは笑っていった。

「大したことでなくても、ちゃんとした理由があるさ。おととし、父さんが急病で入院したとき、〝ぼく、二番ベッドの息子です〟といって先生から病状を聞きだしたじゃないか。慣れたものだろ」

当時の状況は今より、もっと差し迫っていたからかもしれない。

だが、結局、ヤル兄さんは、いとこの宿題のため、また、自分のチャレンジのために、思い切って警察に入っていった。

戸籍係は女性警官で、改名したばかりなのにまた元の名前に戻したいという若者の相手をしていた。ヤル兄さんは、その若者の後ろで待つ。ほどなく、入ってきたおばあさんが、ヤル兄さんの後ろで待つ。若者はずいぶん手間どっていた。が、自分の番になったとたん、ヤル兄さんはちょっとためらい、おばあさんに先をゆずった。

またもや、ヤル兄さんの番になった。ヤル兄さんはどぎまぎしながら、女性警官に自分が来たわけを話した。

女性警官は、こんな申し出をこれまで聞いたことがなかった。だが、女性警官の笑顔は、この人が話のわかる人だということを表している。

「新しい戸籍のもとのデータは、みんなコンピュータに入っているから、調べるのは簡単よ。でも、あなたが必要なデータは入ってないわねえ……」

女性警官は住所を確かめると、棚から分厚い冊子を抜いて、ていねいに調べはじめた。黄ばんだ紙が一ページずつ、繰られていくのを眺めながら、ヤル兄さんは心の中で思った。これが、一軒ごとの歴史なんだなあ……。

この後のアイルアンのメールには、音楽の授業のことに触れ、その授業で賞品をもらったことも書いてあった。

音楽の授業は小学校でもあったが、今までは学校の中で受けていた。だから、中学校に入ってから校外で授業を受けるのは、物珍しく感じられた。今回は、市内四校の生徒五百名ほどが、各校の音楽の先生に引率されて、市の中心にある劇場ホールに集められた。音楽協会が企画した実験授業である。古典音楽あり、現代音楽あり、ときには激しく、ときには静かだった。解説のほかに、舞台で、生徒が音楽に合わせてパフォーマンスするようなものまであった。最後は課題で、一枚ずつ課題用紙が配られる。曲名が明かされないでクラシックの名曲を聴き、その曲が何を表現しているか、また、自分ならその曲にどんな曲名をつけるかを書くのである。

子どもたちは耳をすまして熱心に聴いた。

曲が終わると、もう一度、音楽が流される。アイルアンはこう書いた。

晴れた日の大海原は、まるで太っちょ猫が気持ちよくいびきをかいているようだ。天気がよすぎて、大きな魚も小魚もとろうとしない。小船が一艘、海の上を漂う。白い帆が日の光にまばゆく照りはえる。船上にいるのは作曲家だ。こんなに天気がいいのだから、きっといい曲が作れるだろうと海に出たのだ。だが、海の底に住む魔物は、あばれることとしかしない。にわかに、激しい風が起こり、空がかきくもる。雨が海へ降り注ぎ、波が天に届かんばかりにさかまく。小船の帆柱は折れ、作曲家は祈る。「神さま。曲のイメージがわいているのです。岸に戻って曲にしたい。でないと、悔やんでも悔やみきれません」。その曲を聞いてみたいと思った神は、帆柱にしがみついた作曲家を岸辺に送り返す。作曲家は濡れた服もそのままに、たちまち魂を揺さぶる曲を書き上げ、タイトルを《海の魔王と小船》とつけた。

一か月ほどが過ぎ、みなすでにこのことを忘れていたある日のこと。音楽の授業で、若い音楽のシュポット先生がきれいな野球帽をみんなに見せた。

「これ、賞品なのよ。みんな、大劇場で課題を書いたの、覚えているかしら」とシュポット先生。

「我がクラスのアイルアンが、すばらしい鑑賞力と想像力で賞品をもらいました。例の曲にアイルアンがつけたタイトルは《海の魔王と小船》よ」

アイルアンは教卓のところへ行き、シュポット先生から賞品をもらった。音楽の賞品なんだからハーモニカみたいなほうがいいのにと思ったけれど、もちろん野球帽でもうれしかった。

シュポット先生はさらに発表した。

「レオも賞をもらいました。レオのタイトルは《火山の呼吸》よ」

不思議だなあ。同じ曲なのに、想像するものが違うなんて！

「このクラスで賞をもらったのは三人です。アンナもそう。アンナのタイトルはなんと……《離婚》よ」

にわかにざわめきが起こり、みんながアンナを見た。アンナは、賞品を受け取るとき、ちょっと興奮していたが、その顔つきは笑うというより、泣くに近かった。

このとき初めて、アイルアンはこの少女の変化に気づいた。

アンナは以前、学生代表だった。ダニエルの前任だ。だが、最近、元気がないのは、両親が離婚したからなのか。クラスの中で、両親が離婚しているのは、アンナだけではないが、アイルアンにはどうしても想像できなかった。もしも、ある日、父さんと母さんがほかの人のように、離婚して、アイルアンに「父さんにつくか、母さんにつくか」と返事を迫るようなことになったら、ぼくはどうすべきなのか？

政治の授業で、先生に連れられて養護学校を見学した。そこの生徒は顔かたちがそっくりだ。みな、知的障害をもち、勉強内容は普通の学校とかなり違う。

算数の授業では、どの生徒も手にマルクとペニヒを持ち、お金の見分け方を勉強していた。その後、買い物ごっこだ。

生徒は自分の調理台をもち、そこで自分のご飯を作る練習をしている。

一人の男の子が一心にサラダをかき混ぜている。ひたすらかき混ぜ、あくことを知らない。

アイルアンは見かねて、声をかけた。

「もう混ぜなくていいよ」

その子はふりむいてにっこり。いかにも人のよさそうな笑みを見せると、スプーンでサラダをすくって、アイルアンの口もとに持っていった。

アイルアンは、大きさのふぞろいなきゅうりやじゃがいもを見ると、おいしくなさそうだったので、首を横に振って、一言「ありがとう」。

だが、男の子は頑としてスプーンを置こうとしない。

すぐにアイルアンは悪いと思い返して、スプーンの中のサラダを食べた。思ったよりも食べやすかった。

男の子の視線が、アイルアンのほおからゆっくりのどもとへと動く。その子はやっと、満足そうにいった。

「おいしい」

「おいしいよ!」アイルアンも急いでうなずいた。

うなずいたことで、とんでもないことが起こった。かたわらでトマトスープを作っていた女の子が興奮して、さっとスプーンでスープをひとすくいすると、むりやりアイルアンの口の中に流しこんだ。先生が止める間もなかった。あちッ。アイルアンが声を上げた。煮えくりかえったスープでくちびるにやけどをした。

みんなが大あわてでアイルアンの手当てをしているのを見て、女の子はその場に棒立ちになった。アイルアンは痛くてたまらなかったが、女の子のそのようすを見ると、我慢して、やけどした口をもごもごさせながら女の子を慰めた。

「どってことないよ……ありがとう……」

アイルアンは口もとと舌にやけどをして、しゃべりにくかった。

いくらもたたないある日、学校で一年に一度の募金ボランティア活動が行われた。これは、障がい者のための募金だ。アーノルドは青い薬を塗ったアイルアンの顔を見ると、

「君に、募金してやろうか」といった。

アイルアンは笑おうとしたが、口をゆがめると痛かった。

ボランティア活動の日は日曜日だった。五年生から十三年生まで全員が出て、ふだん、清掃車では掃除できない森の中の小道などを、手分けしてきれいにするのである。ボランティア活動に入るまでに、家庭でできる範囲で募金はすませておくのだ。生徒たちは、保護者宛の校長の手紙を持ち帰った。手紙には今回の活動についての説明と、子どもたちを親戚や友人のところに募金活動にいかせてほしいという依頼だった。

アイルアンはまず母さんから始めた。

「障がいをもった人に援助してください」アイルアンが母さんにいった。「ねえ。息子が大やけどを

したので、障がいをもった人たちがどんなに援助が必要か、よくわかるでしょ」

母さんはためらいなくお金を出した。

今度は父さんの前に行き、もう一度募金を呼びかけて説明した。

「ほんとは、母さんが募金したから、父さんはしなくていいんだけど、ぼくんち、ここに親戚がないだろ。デーヴィッドのところみたいにおばさんたちがいるわけじゃないし。だから、父さんは親戚の代表になってよ」

父さんは親戚の代表を承知するしかなかった。アイルアンも自分の小遣いを少し出した。だが、次の日、クラスの友だちと比べてみて、ちょっぴり恥ずかしくなった。ステファンとダニエルは親戚を訪ねたほか、近所のパン屋、アイスクリーム屋、薬局にまで出かけ、手を尽くした。アーノルドたちは隣家のベルを押した。オスマンはかかりつけの医者まで訪ね、「これからは、ぼく、何度も風邪を引きます」と請け合ってきた。いちばんの驚きは、ベンジャミンだ。なんと、二百マルク近くも集めていた。

どうして、そんなに運がよかったの、とみんながベンジャミンに尋ねる。

ベンジャミンは得意げに目をぱちくり。

「そこが、社長と平社員の違いさ」

「社長って、君が？」

「そうさ。社長は、自分は動かないで、人にやらせるものさ」

「それじゃ」とアイルアン。「君の下で働く、おバカさんがいるの？　給料ももらえないのに」

あははは、ベンジャミンは大笑い。

「ぼくのパパさ」

なんと、学校の手紙を父親に会社にまで持っていってもらい、休憩時間に同僚たちに見せてもらったのだ。日ごろ、仲がよく、いつも一緒に酒を飲んだり、ボウリングをしたりしていたものだから、こんな人助けのときには、当然、力を貸してくれた。

だが、オスマンがいった。

「学校から自分でするようにいわれた仕事だよ。自分で集めたお金でなかったら、値打ちがないよ」

「まあそういわないで。誰であれ、集まればいいじゃない。たくさん集まれば、それだけ、障がいのある人に役立つんだから」とアイルアン。

ボランティア活動のとき、アイルアンとアーノルドら数人が同じグループになった。掃除が割り当てられたのは、ひっそりとした細い道で、つきあたりは、墓地と赤レンガに緑の屋根の教会だった。

掃除を始めるなり、空がかきくもり、やがて細かい雨が降りだした。みんなの動作も自然と早くなる。掃除が終わりかけても、雨はまだ上がらない。ベンジャミンの父親はすでに道のはたに車を停めて、息子を待っている。

アーノルドはきょろきょろ辺りを見回し、こずるくいった。

「ゆっくりやろう。なあ、みんな、ゆっくりいこうぜ。早く終わるなよ」

「どうしてさ」

みんなはわけわからない。

「教会にいる人たちが礼拝を終えるのを待つんだ」とアーノルド。

みんな、合点した。ほんとだ。教会から出てきた人に、募金してもらおうよ。

やっとのこと、教会から人が出てきはじめた。しかし、多くはない。教会税を取られるようになってから、教会に行く人が明らかに減っていた。

まばらな人の群れを見て、ベンジャミンがいった。

「今日、結婚式を挙げた人がいなかったみたい」

「葬式でもいいけど」とアーノルド。

多くはないけれど、みんないい人ばかりだった。教会に来るのが好きな人はとても善良だ。子どもたちが、ずぶ濡れになって、靴にもズボンにも泥をはねあげながら、募金活動をしているのを見ると、慈悲心にかられ、誰もがサイフを取り出した。

アイルアンが集めたお金はもともといちばん少なかったが、その日は運がよく、みんなが気前よくサイフのひもをゆるめてくれた。アーノルドは、やけどした顔をかわいそうに思ってもらえるアイルアンがうらやましかった。

彼らが再び、グループに分かれて街頭に立ったのは、環境保護意識のアンケートをとるためだった。これは政治の先生が出した宿題で、一人少なくても五人にあたり、その調査結果を用紙に書き込むことになっていた。尋ねるときは必ず礼儀正しく、「五分いただけますか」ということ、時間がないからと立ちどまってくれない人がいても、文句をいわないこと、と先生がいいふくめた。答えるべき問題とはこうだ。「ごみの定義を知っていますか」「ドイツには何色のごみ箱があり、どのように分別しますか」「家で不要になった電気器具や家具はどのように処分していますか」「いちばん環境をおびやかしているのは何だと思いますか。車ですか。人ですか。それともほかの要因がありますか」など。

今回、アイルアンはステファン、ダニエルと同じグループだった。アイルアンのやけどは、もうすっかりよくなっていたが、たとえ治っていなかったとしても、今回は何の助けにもならない。

その日は週末だった。中国では週末の通りは行き交う人がいちばん多く、店の売れ行きもいちばんいい。だが、ドイツの法律では、普通の店は土曜日は午後一時か、二時までしか営業が許されなかったから、週末の通りを行き交う人は秋の蚊のようなありさまだった。やっとのことで、一人、二人の目標を見つけると、ダニエルとステファンが先を争ってかけてゆく。つつしみ深い小さな中国人のアイルアンは残ったのを拾うしかなかった。

そのうちの一度、ダニエルが太った人を呼びとめ、どうも英語で話しているようだったので、後で、アイルアンがダニエルに聞いてみた。

「外国人だったの？」

「アルゼンチンの人だって。ぼくが、〝マラドーナ！　マラドーナ！〟っていうと、喜んでいたよ。その人は、英語が少し話せたし、ぼくもちょっと話せるから、英語を話しながら身ぶり手ぶりで、質問に全部答えてもらったんだ」

ダニエルってやり手だなあとアイルアンは思った。

「じゃ、その人、何て答えたの」

「ぼくが何を聞いても、その人、ただ一言答えるだけだった」

「何て」

「I do not know.」

アイルアンは笑った。

「その人、ずっと〝わかりません〟っていってたの？」

かだ。

「英語がだめで、どのように答えたらいいか、わかんなかったかもしれないね」とダニエル。

もう一つの「かもしれない」は、アルゼンチンの人に「ダニエルのいったことがわからなかった」かだ。

しばらくして、ダニエルとステファンが、急ぎ足の娘さんを呼びとめた。その娘さんは手を振って何かいうと、せかせかと通り過ぎていった。

アイルアンが再びその娘さんを呼びとめていった。

「すみませんが、五分いただけませんか」

「いいけど」娘さんはちょっと怒ったように、新聞でふくらんだ自分のカバンを指さした。「代わりに配ってくれるならね」

アイルアンはあっけにとられたが、すぐに承知した。

「いいですよ。ぼくが配ります」そういいながら分厚い新聞の束を手に取った。

今度は娘さんがあっけにとられる番だ。娘さんはアイルアンの目を数秒見つめていたが、この少年は信頼できると見てとると、アンケートに答えることを承知した。

ダニエルとステファンはすでに仕事を終えていた。だが、アイルアンは四人に答えてもらっただけで、まだあと一人足らない。すでに、大通りにはほとんど人影がなかった。

「みんな、先に帰ってよ。ぼく、もうちょっと待ってみる」とアイルアン。

ステファンは機転を利かせた。

「アイルアン、待つことないよ。ぼくんちにくれば、ママがいるよ」

すぐにはアイルアンは合点できない。

「おばさんがどうしたの」

「ママに質問すればいいじゃないか」

「え、いいの」

「いいに決まってるじゃない。うちのママは人間じゃないのかい」

ステファンのママはもちろん人間だったし、ステファンの家もすぐ近所だったから、アイルアンの仕事もすぐに終わった。だが、アイルアンはそのまま家に帰るわけにはいかない。まだ配らなきゃならない新聞の束があるのだ。


アイルアンは初めて新聞配達をした。だが、同じ中国人仲間のタンヤンから新聞配達のことは聞いていた。

タンヤンは新聞配達で小遣い稼ぎをするような子ではない。タンヤンの家庭環境は申し分なかった。母親は医者で、博士の父親は自動車会社に勤め、すでに中間管理職の地位にあった。タンヤンは早くから父親と家事のアルバイト契約を結び、父親が昇給するたびに、すかさずバイト料のアップを求め、今では毎月の小遣いが百マルクあまりにのぼる。そのうえ、お金のいるときには、手を出してせびった。新聞配達するのにはわけがあった。クラスの仲のいい友だちが週末に、親戚の家に行くことになった。だが、その子はふだん、週末に新聞配達をしている。週に一度、発行される無料の新聞で、ページごとに大きな広告が入っている。新聞社は学生や主婦、定年になった人に新聞配達をさせている。一、二時間回って、十五マルク稼ぐことができた。これっぽっちのお金、どってことないが、友のためなら苦労をいとわないタンヤンだから、二つ返事で新聞配達を引き受けた。

タンヤンは自転車を持っているけれど、スケボーで配達するほうが格好いいと思った。家を出たとたん、果たして注目の的。男の子たちでさえ、人差し指と中指でVサインを送ってきた。新聞配達なんて簡単だわ、と高をくくっていたタンヤンは、すぐにそうではないと思い知った。安売りの新聞広告を必要とする人たちもいる一方で、ごみ扱いする人たちもいて、郵便受けに「新聞や広告を入れないでください！」と黄色地に黒字の市販のシールが張ってあった。

タンヤンは一回りするのにずいぶん時間を取られ、やっとのことで家に戻ってきた。帰宅した母さんが、自分の家にも隣にも、黄色のシールが張ってある郵便受けに新聞が押しこまれているのを見て、タンヤンに尋ねた。

「これ、あなたのしわざね」

「そうよ。母さんは知らないでしょうが、生活のために新聞配達をしている人もいるのよ。新聞配達しているキャサリーネのママにばったり会ったの。一か月、わずか五百マルクよ。でも、そのお金がなかったら、三人の子どもはクリスマスプレゼントももらえないのよ。たくさん黄色いシールが張ってあったわ。みんな、子どものクリスマスプレゼントに気をもむ必要がないんでしょ。でも、新聞が配れないと、キャサリーネのママはもっと遠くまで行かないといけないの……それで、あたし、手伝ってきたの……」

母さんはタンヤンの真剣な顔を前にして、内心ひそかに喜んだ。この子も成長したわねえ。

ふいに、タンヤンは相好をくずし「クスッ」と笑った。

「何がおかしいの？」と母さん。

「あたしが黄色いシールの張ってある郵便受けに新聞を押しこんでいると、おじいさんが出てきたの。おじいさんはあたしに黄色いシールを指さすの。明らかに怒っていたわ。あたしいってやったの。〝おじいさん。新聞を読むと得しますよ〝〝何が得なものかい。広告ばかりじゃないか〝っておじいさんがいったので、〝おばあさんが、おじいさんを探している広告がありますよ〝っていうなり、あたし逃げ出したの。つえでぶたれるんじゃないかと思って。ところが、どういうことかわかったおじいさんが、あははは と笑いだして、笑いすぎてぜいぜいやっているものだから、あたしかけもどって背中をさすってやったの……」

この話を聞いたアイルアンは、感心していった。

「タンヤン、人のお金もうけの手助けをしてやるなんてすごいな」

「意外でしょ」タンヤンはほこらしげにいった。

すると、アイルアンが自分たちのことをタンヤンに話した。

「ぼくたち、お金もうけさせないように、手を尽くしているんだ」

今度はタンヤンが驚く番だ。

アイルアンが話しているのは、学校の用務員、ケーニッヒのことだ。ケーニッヒとはドイツ語で王さまという意味だから、ごたいそうな名前だ。学校の用務員はふつう夫婦で、ケーニッヒと奥さんは学校の駐車場の裏手にある小さな家に住んでいる。二人の仕事は主に、校門の開閉、郵便物の受け取り、チャイムを鳴らして授業の始まりと終わりを知らせること、学校の警報装置の管理、校庭の植木の管理と簡単な補修を受け持っていた。このほかに、ケーニッヒはさらに売店をやっていた。売店では飲み物とちょっとした食品を置いている。ミルクココア、バターを塗った上にソーセージを挟んだパンや、ビスケット、チョコレート、ポテトチップスなどの虫押さえのおやつ。品数は多くないけれど、生徒たちは買いにくる。特に、高学年の生徒だ。親はもう朝ご飯を作ってくれないし、自分で作るのも面倒だし、お金さえ持ってくれば、休み時間に売店で朝ご飯になる食べ物や飲み物が買えるのだ。アイルアンは小学校に上がったときから、クラスの友だちと同じように、母さんが作った朝ご飯を持って登校し、九時半の「長い休み時間」に出して食べた。

ある日の朝ご飯のとき。ダニエルは自分のフルーツヨーグルトとアイルアンのパオズ（包子）をとりかえ、まだ食べているのに、外で誰かが「ピザ・トーストだ」と叫んだとたん、あわてでかけていった。しばらくすると、ダニエルは食べ物を手に戻ってきた。イタリアのファストフード「ピザ・トースト」だ。細長く切ったパンの上に、トマトケチャップとチーズとツナが載っている。

ダニエルは背も高く、食欲も旺盛で、パオズを食べて、さらにピザ・トーストも食べた。アイルアンにも少し分けてくれた。味は申し分ない。ダニエルがいった。

「校門の外にファストフードの車が停まっている。イタリアの若者がそこでピザ・トーストを売ってるんだ。上級生はみんな買いにいってる。よく売れてるぜ」

「夏にアイスクリームを売っている人？」

「その人だ」

授業がひけて、家に帰ったアイルアンは母さんにいった。明日は、朝ご飯、いらないよ。小遣いでピザ・トーストを買うことにしたんだ。

だが、次の日の昼、家に帰ってきたアイルアンは、ぷんぷん腹を立てながら、大声で叫んだ。

「おなか、ぺこぺこ！」

「どうして、おなかがすいてるの？」と母さん。「ピザ・トースト、買わなかったの？」

「ケーニッヒったら、まったく、わけわかんない！」

実のところ、誰もバターパンを買わなくなり、イタリアの若者に稼ぎをとられたと気づいたケーニッヒは、許さんというわけで、校門のところに行き、イタリアの若者にいった。

「校門の前に車を停めてはならん。規則だ。わしはここを管理している者だ。君に注意しないと、わしが規定に背いたことになるんでね」

「でも――」

「場所を移せばいい。通りの入り口に停めなさい。あそこなら、何を売ろうとかまわない」

多くの生徒の前で、もったいぶってケーニッヒがこういったとき、まるでパンにバターを塗ったように、顔に笑みが浮かんだ。

イタリアの若者はしかたなく場所を移した。通りの入り口は校門からさほど離れていない。わずか数十歩だ。だが、ケーニッヒの目的は達成された。生徒たちはピザ・トーストを買いにいけなくなった。というのも、学校が保険会社と交わした契約書に、はっきりこう記されている。「生徒は学期間、学校の行事以外は、校外に出てはならない。万一、事故が起きても、会社は責任を負わない」。そのため、学校では管理を強化し、買いに出た生徒は処分されることになった。

アイルアンの友だちはみな憤慨した。

アイルアンもイタリアの若者に同情した。夏には、彼は、通りの入り口でアイスクリームを売っていた。十何種類かで、どれも自分の店で作ったイタリア本場の味で、たったの一マルクで、コーンに丸いクリームが買えた。ケーニッヒが卸売りから買ってくる冷たい飲み物に比べたら、安くておいしかった。アイスクリームは通りの入り口で売っても、どうってことない。生徒は放課後に買いにいけたからだ。だが、ピザ・トーストは朝ご飯として食べるから、午前中に買う人がなければ、もうけにならなかった。

ケーニッヒは規則をたてに、自分のもうけばかり考えている。ちょっとずるいや。アイルアンは思わず、小学校の用務員のハウエンを思い出した。規則では、八時始まりのときは、七時五十分になるまで校門に入れないことになっていた。保険会社との契約で、七時五十分までに何か起こっても、保険会社は責任を負わないとなっているからだ。冬の寒いときに、早く来た子どもたちを、ハウエンは玄関ホールに入れてやり、騒ぐんじゃないよといいきかせた。

二日後、ダニエルがわざとこういった。

「ねえ、みんな、バターパンを買わなくてもよくなったぜ。ピザ・トーストが買えるんだ」

「ケーニッヒが折れたのかい？」みんなが尋ねた。

「とんでもない。ケーニッヒのどケチめ！　彼を追っ払って、自分の売店でピザ・トーストを売りだしたのさ。しかも、倍の値段だぜ！」

みんなは怒ったのなんの。

アイルアンはふだんはどちらかといえば、おりこうさんだった。だがひとたび怒ると、ひともんちゃく起こしかねない。アイルアンはこう提案した。

「ぼくたち、イタリアの若者のために、正義をつらぬくべきだ。ケーニッヒは制裁を受けるべきだ」

この提案はたちまちみんなを興奮させた。女子生徒までも。

今後一切、ケーニッヒのものは買わない。と全員一致で決めた。ピザ・トーストも買わない。売店のほかのものも買わない。

制裁行動はその日から始められた。正々堂々と戦わなかったケーニッヒに痛い目を見せてやるんだ。

二日後、アイルアンとダニエルがこっそり外から売店のようすをうかがった。彼らの予想に反して、ケーニッヒはうちひしがれてはいなかった。割を食っているという意識すらないかのようだ。

そこへ、上級生が一人、売店でピザ・トーストを買っていった。

二人はその上級生の後についていき、声をかけた。

「外でなら、同じお金で二枚、買えますよ」

「ここは高いって、わかっているよ」と上級生。「でも、出て買えないもん。それに、バターパンに比べたら、まだうまいしね」

上級生が行ってしまうと、すぐ女生徒がピザ・トーストを買いにきた。アイルアンはダニエルに首を振るばかり。彼らの力が弱すぎる。「焼け石に水」ってこと。

おでぶのカタリーナの兄さんウォルフガングは、十三年生で、国連の秘書長を目指している。まだ望みはあるかもしれない。彼は小さいときから演説の練習を積んでいた。彼の演説を聞いたクラスメートたちは、太陽が地球の周りを回っているとすっかり信じこんだとか。ウォルフガングは妹の口からケーニッヒ制裁のことを知った。カタリーナは未来の国連秘書長に手を貸してほしいと頼んだ。

そこで、ウォルフガングはアイルアンたちに会って、こう尋ねた。

「君たちの目的は何だい？」

低学年の彼らは、尋ねられて答えに窮した。ダニエルはへどもどしながらこういった。

「も、目的は、ケーニッヒをこらしめることです」

「それは単なる手段にすぎない。制裁は手段だ。手段によって目的に達するのだ」

ウォルフガングは、リビアだとか、イラクだとかの例をあげて、ひとくさり説いた。

「もしも、君たちの目的が、ケーニッヒにイタリアの若者を元に戻させることなら、それは現実的ではないね」

「それじゃ」とアイルアン。「ピザ・トーストの値段だけでも下げさせなくては。あんな値段で売らせてはいけないよ」

ウォルフガングはうなずいた。

「それなら、勝てる」

ウォルフガングはすぐに、ケーニッヒにかけあった。形勢がとても不利で、譲歩しないと、売れ残ったピザ・トースト全部と、おまけにバターパン、クッキー、チョコレート、ポテトチップスなんかまで、自分で食べることになりますよ、と。

「おどかしではありません」最後にウォルフガングはこう付け加えた。

次の日の午後、果たして、誰一人、売店に来なかった。ケーニッヒは降参し、ピザ・トーストの値段はすぐに下がった。

イタリアの若者には何もいいことはなかったけれど、放課後、アイルアンは通りの入り口に行き、彼に勝利の報告をした。

第九章　女子党、男子党をうちまかす

アイルアン、デーヴィッド、アーノルド、フィリップ、ダニエルが、王宮庭園の噴水のそばで落ち合った。党を結成するのだ。

これも政治の授業の課題だ。先生は、市民の選挙権と国家の政府機構の仕組みを説明すると、生徒たちに三人から五人一組で、各自、党派を作り、選挙公約をあげさせ、次の授業で、模擬選挙をして、どの党派が高い得票数を取るかを競わせようとした。

まず考えないといけないのは、党の名前を何にするか、何を行う党にするのか、ということだ。

五人は頭をひねりはじめる。水柱が上下する噴水をぼんやり眺めながら。噴水の台座は銅でできていて、チューリップの形をしている。この噴水は八十八メートル噴き上がり、ヨーロッパ第二位だ。第一位は、スイスのジュネーブ湖にあって、百四十メートルまで噴き上がる。水しぶきが、高いところから雨のように降り注ぎ、陽の光を受けて虹がかかっていた。

「〝七色にじ党〟ってつけよう！」アーノルドがだしぬけにいった。

「その名前、いい感じ」とデーヴィッド。

「フィーシャのみどり党よりすごいや」とフィリップ。

誰も、反応しない。

「どうしてさ？」

「だって、あいつらより、六色も多いじゃないか」

「この党は何をする党なの」とアイルアン。

アーノルドは答えられない。代わりにダニエルがちゃかしていった。

「水鉄砲で人を撃ちまくって、虹をつくるんだ。そうだろ？」

突然、ダニエルの第六感がひらめいた。

「〝悪と狂気の党〟ってつけよう！」

ダニエルはアーノルドのTシャツからひらめいたのだ。「悪と狂気」とは、洋服のシリーズ名で、どのTシャツにもいたずらっぽい漫画がプリントされている。アーノルドが着ているシャツは、胸には、いたずらっ子がおじいちゃんの風邪の水薬をこっそりシャンプーと入れ替えている。背中では、おじいちゃんの口からシャボン玉が飛びつづけ、その横でいたずらっ子が大喜びしている。

「それじゃ」とアイルアンが笑いながらいった。「この党の主旨は、いたずら、バカ騒ぎ、悪さをすることなの？」

「そりゃいいや」ダニエルは負けず嫌いだ。「おれたち、こう宣言しようぜ。もし我が党が政権を取ったら、週に一度は、カーニバルをします、って」

「それじゃ、ネクタイ屋さんがもうかるね」とアーノルド。カーニバルの路上では、ご婦人がたは好き勝手に男の人のネクタイを切っていいのだ。

日ごろ気弱なフィリップだが、このときばかりは、面白そうに口を挟んだ。

「決めておけばいいんだ。ネクタイだけじゃなく、ズボン吊りを切ってもいいって」

ズボンがずれないよう、大の男が手でたくしあげながら逃げまどう姿を想像して、男の子たちは、あはははと大笑い。楽しくてたまらない。

いたずらを面白がらない男の子は、ほんとの男の子じゃない。アイルアンもその気になって、つぶやいた。

「ホント、いいかもしれない。〝悪と狂気の党〟って、面白いな」

アーノルドも賛成した。「どっちみち、模擬選挙だし、お遊びだ。本気にならなくていいさ。アイルアン、君、我が党の立候補者になりなよ。選挙演説も書いてくれ」

「悪と狂気」の党員たちは、全員賛成した。

選挙演説のことを考えると、アイルアンはまた迷ってしまう。選挙はまねごとだけれど、模擬というのは、本当みたいにすることなんじゃないか。選挙演説の中で、いいかげんでふざけていいわけない。みんなの前で読み上げるのだもん。

最後には、アイルアンの説得で、みんなしぶしぶ同意し、環境保護が大切だから、「ドイツ環境保護党」にしようということになった。演説のときにどんなことを提案するか、みんなで話し合って、アイルアンが選挙演説を任された。

アイルアンの成績は、体育がダニエルより少し悪いだけで、誰にも負けなかった。だが、選挙演説は自信がなかった。どのように書いたらいいのだろう。

選挙演説なんてアイルアンは見たことがなかった。いや、思い出した。見たことがある。ナシス博士とアイルマン夫人の演説は、選挙そのものだ。

今年は、英語のほかに、外国語が一つ増えた。フランス語かラテン語で、学生は自由に選べる。選ぶ前に、フランス語のアイルマン夫人とラテン語のナシス博士とが、それぞれ登壇し、いいことばかり、まくしたてるものだから、聴衆は混乱して、どちらに習えばいいかわからない。

——フランス語は昔から世界で最も美しい言語です。二人がいいあらそいをしても、フランス語だったら、音楽のように心地よく聞こえるのです。

——ラテン語は古いけれど、やはり重要な言語だよ。ほかの言語を理解し会得するのに役立つ。ドイツ語、イタリア語、スペイン語、ルーマニア語であっても、また音楽のように耳に心地よいフランス語であってもね。

——かつて、フランス語はヨーロッパの上流社会では必ず身につけておかなければならない言語でした。現在は国連で通用する五種類の公用語の一つです。

——卒業後にいい職業、弁護士だの、医者だのになりたいと思うのなら——ほとんどが国連で働くことはまずないだろうから、ならば、ラテン語の成績は必要だね。

——フランス語は知恵と論理性に満ちています。たとえば、八〇という数字をフランス語でいうなら、二〇が四つというのですよ。不思議でしょ。

——ローマ法王が毎年信徒に福をお授けになるのはラテン語でだよ。ほかの言語をおつかいになったことはない。

アイルアンはナシス博士とアイルマン夫人の演説の中から、その気にさせるような語句を借りて、ついに選挙演説を完成した。

次の日、学校に行くと、カタリーナが立候補者に推薦されたそうだと、ダニエルが聞きこんできた。ダニエルはアイルアンにおおげさにいう。

「あいつら、たぶん、体重計で選んだんだ。体重の重いやつが選ばれたのさ」

アイルアンはこう分析した。

「彼女ら、きっと、カタリーナの兄さんにブレーンになってもらおうと思っているんだ。それで、勝つつもりだ」

アイルアンの推測どおりだった。女の子たちは前回、学生代表を選ぶのに失敗してから、巻き返しの機会をねらっていた。票数の分散による失敗を教訓に、今回は女子全員が団結した。だが、クラスは、女子が十一名、男子が十四名。もし、男子も団結すれば、女子に勝ち目はない。女の子たちは、達人に指導を仰ぎたいと思った。もし、カタリーナが立候補者になれば、彼女の兄さん、ウォルフガングがきっと力になってくれるにちがいない、というわけだ。

女の子たちは「ドイツ児童保護党」にするつもりだった。だが、コーチ、ウォルフガングは、あわてない、あわてない、まず、相手の手の内を探ってからにしようといった。

「あなたたち、何党なの」カタリーナがダニエルにこう聞いてきた。

「それは、おれたちの党の秘密だ。いえるわけないだろ」とダニエル。

「何が秘密よ。ねえ、教えてよ」

「——マフィア党さ」ダニエルは本当のことをいわない。

しばらくすると、学校のチアガールに参加しているソフィーがやってきた。チアガールは誰でもが入れるわけではない。美しくなくてはいけない。ソフィーの脚はいちばん美しく、大声をはりあげるとき、両脚を挙げることができなくても、チアガールには彼女が必要だった。

「ダニエル、あたしたちの党に入ってよ」ソフィーは、なかば本気でなかば冗談でいった。

ダニエルはちょっぴりソフィーが好きだったので、困ったようすでいった。

「だめだよ。ぼく、もう党に入っているもん。裏切れないよ」

ソフィーは気に触ったのか、口もとをゆがめた。

「何さ、そんな党」

そこで、ダニエルは、彼らは「ドイツ環境保護党」だが、もともとは、「悪と狂気の党」なんて、面白いことを考えていたことなどを、ソフィーに話した。

ウォルフガングが妹の選挙の手助けを引き受けたのは、兄妹の情だけではなく、女の子の人数が不利なので、チャレンジするに値すると思ったからだ。相手が初め「悪と狂気」という名をつけようとしていたという情報を得て、ウォルフガングは思わず叫んだ。「すごい想像力だ」彼は、相手が捨てた名前をもらうことにし、女の子たちと相談して選挙演説をユーモアに富んだ、創造的な内容に書き上げた。

アイルアンたちはやっとのことでほかの男子を説得して、総力あげて「環境保護党」の支持にこぎつけた。みんなは絶対勝つと思っていたのに、なんと女子の「悪と狂気の党」（この党名を聞くなり、環境保護党の四人の党員は疑わしげな目でダニエルを見つめた。）に負けてしまったのだ。

「悪と狂気の党」の選挙演説は冗談ぽく、ゲーム感覚で書かれていた。だが、先生は課題を出したときに、こんな冗談やゲーム感覚はいけないと決めていなかった。

有権者のみなさん
おはようございます。今回の選挙に向けて力を合わせるために、我が党では、宣伝用のTシャツを作り、みなさんにプレゼントをするつもりです。しかし、メーカーさんの責任で、今のところ、一枚しか見本ができていません。アーノルドさん、どうぞ、立ってみなさんに見せてください。

「アーノルドさん」はきょとんとした。が、立ち上がり、くるりと三六〇度回って、みんなに例の悪と狂気のTシャツを見せた。

有権者全員、笑いながら拍手した。

この趣向はウォルフガングが苦心して考えだしたもので、最初にみんなに強い印象を与えた。カタリーナはまえもって兄さんに聞いてみた。

「もし、アーノルドが立とうとしなかったら」

「きっと立つさ。ゲーム感覚なんだから」ウォルフガングには自信があった。

カタリーナは「悪と狂気の党」の説明を始めた。

一つ目。これは人にリラックスしてもらう党です。たとえば、わたしたちはまず、党員ではないかたの提案をいただいたのですが、カーニバルではネクタイを切るだけではなく、ズボン吊りも切ります。ズボン吊りが切れたら、当然、ゆったりとした感じになりますよね。

二つ目。これは喜びを伝染させる党です。わたしたちはさまざまな喜びの細菌を実験して培養しました。喜びの必要な人は我が党に申請してください。しかし、喜びを手に入れる前に、先に痛い思いをしてもらわないとなりません。なぜなら、喜びの細菌用の、長くて太い特大の注射針で注射をするからです。

三つ目。これは、意外なことを作る党です。わたしたちの世界は予想どおりのことばかりで、驚喜することがありません。わたしたちは、みなさんに何とかして転んでもらい、たんこぶ大会に出場していただきます。頭のたんこぶで大賞――こぶを吸いとるヒルがもらえるかもしれませんね。

四つ目。これは智力を鍛える党です。わたしたちはいたずら学校を造り、悪知恵の専門家を呼んで授業をしてもらいます。ここの卒業生は、政界、経済界、またはスリラー作家であっても、必ずや、ずばぬけて優秀なのですから。

それから、五つ目、六つ目、七つ目……。

ますます大きな拍手と大きな笑いが起こり、先生までメガネを床に落としていた。

投票するとき、「ドイツ環境保護党」の立候補者のアイルアンはもはや挽回できないと見て、「悪と狂気の党」に一票を投じた。

ずっとこれまで、アイルアンは、女の子に特別な関心をもっていなかった。ソフィーに対するダニエルのように。アイルアンはいち早く、小学三年生の生活の授業で男の子と女の子の生理的構造の違いを知り、「なるほどなあ」と心の中で納得していた。生理的に同じ構造の者どうしが一緒に遊ぶのは、ごく当たり前のことなのだ。幼稚園のとき、いつも自分からアイルアンに遊ぼうとさそってきた女の子が、その後突然、彼を相手にしなくなった。アイルアンも、もうその子と遊ぼうとしなかったが、変だなあと思った。そのことを父さんに話すと、そのとき、男と男の対話ができた。

「父さん、なぜシエナはぼくと遊ばなくなったの」

「アイルアン、どってことないさ。シエナよりいい女の子はたくさんいるよ」

ちょっと考えたアイルアンがうなずいた。

「そうだね。ほかの女の子もぼくと仲良く遊んでいるものね」

父さんは笑った。

「〝きれいな花はどこにでもある〟ってね——君がもう少し大きくなると、わかるよ」

「ねえ、父さん。もし、母さんが父さんと遊ばなくなったら、どうするの」アイルアンがだしぬけにこう尋ねた。

父さんはびっくり。

「母さんが父さんと遊ばないなんてありえない……」

「母さんがシエナみたいに」

「……」

「父さん、〝きれいな花は——〟」

「いやいや」父さんは必死に困難な情勢を立て直そうとした。「みんながシエナと同じというわけじゃない。ほら、ほかの女の子は君と遊んでいるだろ。シエナと違うだろ」

アイルアンは理解したけれど、そのときから、女の子って面倒だなと思うようになった。それ以後、アイルアンがつきあって楽しいと思う女の子はみんな気性のさっぱりした男の子のような、活動的なタイプだ。タンヤンはこのタイプだ。だから、ずっと楽しく遊んでいる。だが、タンヤンの誕生会でのことだ。招かれた六人の客の中で、アイルアンだけが男の子だった。アイルアンはちょっとためらって、電話でこういった。

「みんな女の子だろ。できたら友だちを連れていきたいのだけれど」アイルアンが「できたら」といったのは、もし相手が承諾しなかったら、アイルアンもしかたないと思っていたのだ。幸いにも、タンヤンはあっさりと、考える間もなくOKを出した。

アイルアンはデーヴィッドを連れていった。

タンヤン家で、二人の男の子は五人の女の子を紹介された。アイルアンはきまじめに、五回頭を下げてあいさつしたが、女の子の名前はまじめに覚えなかった。

だが、デーヴィッドはその中のジュリアンの名を覚えた。

食事をしてから、一緒にボウリングにいった。デーヴィッドはジュリアンの前でいいところを見せようと努力したが、そんなデーヴィッドの気持ちを知らないアイルアンばかりが、よりによって目立った。

ぼく、テニスうまいんだよ、デーヴィッドは恥ずかしそうにジュリアンにいった。もし、ジュリアンが「そうなの」と聞いたら、一緒にテニスをしようとさそうつもりだった。だが、ジュリアンは、ハンドボールが好きで、区の少年ハンドボールクラブに最近、新チームができるので、彼女とザビーネはすでに申し込んだという。

「女子チームだけなのかい」とデーヴィッド。

「女子チームはないの。あたしたちは男子チームに入ったのよ」とジュリアン。

デーヴィッドは興奮し、ハンドボールクラブに申し込むことに決めた。だが、相棒を探さなければならない。アイルアンが相棒を探すとしたら、デーヴィッドをおいてほかにはないし、デーヴィッドが相棒を探す場合も、アイルアンをおいてなかった。

それは愛好会で、練習に参加するのに、お金を払う必要はない。申込書に記入して、保護者の署名さえあればよかった。コーチは報酬もないし、おじいさんで、カールという名だった。カールはチームのメンバーを全員自分の家に招待した。カールの家には大きな花園があり、大きなバーもあった。バーの、背の高いガラスケースには、大小たくさんのカップが陳列してある。その中には、カール自身が試合に出てもらったものもあれば、カールが指導したチームが勝ち取ったものもある。ガラスケースの一角が空けてある。間もなく退職なので、最後に指導したこのチームに優勝してカップをもらってほしい、とカールは話した。

一週間に二回、練習がある。つまり、デーヴィッドは一週間に二回、ジュリアンに会えるわけだ。だが、ジュリアンはデーヴィッドにはそっけないもので、ほかの男の子と何ら変わらない。デーヴィッドは一生懸命練習した。また、早く試合になって、腕前を披露する機会を待ち望んだ。

だんだん、デーヴィッドはわかってきた。ジュリアンはウェンリアン（聞亮）という名の男の子に関心をもっていたのだ。ウェンリアンはアイルアンと同じ、中国人だが、アイルアンより体が大きい。彼は誰に対しても親しげで、気安く、特におしゃべりが好きだった。毎回、練習の休み時間には、ほかのチームメートは知らず知らずのうちにいつも聞き役になっていた。

あるとき、ウェンリアンはお酒を飲んだことを得意げに話しだした。ドイツでは十六歳以下はタバコを吸ったり、お酒を飲んだりしてはいけないので、ひけらかすだけの値打ちがあった。

「友だちが数人うちに来たんだ。ビールを持ってね」ウェンリアンは指を一本、立てた。

「一本？」横にいたチームメートが聞いた。

「一ケースだ」

「パパ、叱らないの」うらやましくてたまらないジュリアンの顔。

「父さんはほったらかし。そんな父親さ。その日は、イタリアへ出張さ。おれたち、夜の九時まで飲んで、ビールを全部飲み干しちゃったのさ。一人一ビンずつさげて、外に出て大声で叫んだり、歌ったり。隣の犬は声も出せない。おれたち、戻ってきて寝たんだ。おれの部屋は七平方メートルしかない。ねえ、何人寝たか、当ててごらんよ」

「三人」とジュリアンが答える。

「いいや」とウェンリアン。

「四人」とザビーネ。

「いいや」とウェンリアン。

「五人」とアイルアン。

「もともと、その部屋は詰めこんでも、せいぜい五人だ。その日の晩は、中で六人寝たんだ。どんなふうに寝たと思う」

みんなで当てあった。はみだした人を縄で明かりの下に吊るしたという者。ガムテープでその人を壁に張りつけたという者。ひどいのになると、一人を額縁の中に入れてしまったという者。そんな魔法がある、とかで。

ウェンリアンは、「答えを出すときは、あらゆる条件で考えるものだ。君らは、ワンケースのビールを考えに入れてないねえ」といった。

「ビールと睡眠と、何か関係があるの」

「もちろん、あるさ。あんなにたくさん、ビールを飲んだのに、トイレに行かずにすむかい。一人がトイレに行き、部屋の中は五人が寝て、ちょうどだ。一人目が戻ってくると、二人目がトイレに行く。二人目が戻ってくると、三人目が行く。六人目も行ってしまうと、また、初めからくりかえす……。そうしたら、部屋の中にいる人は増えないってわけ」

コーチのカールが笛を吹いた。休憩が終わり、みんなまた練習に戻った。だが、ジュリアンはまだウェンリアンのビールの話にひたっていて、笑いが止まらない。コーチのカールはジュリアンに向かって笛を吹いた。

その日、クラブがひけてから、デーヴィッドはアイルアンに悩ましげにいった。

「男の子で、タバコもお酒も飲めないって、あんまりかっこいいものではないよね」

ついに、初めての試合がやってきた。

対戦相手の平均年齢はチームよりも一歳年下、背も少しばかり低いので、デーヴィッドはがっかりした。力が拮抗（きっこう）している相手に当たって、初めて力が発揮できるというものだ。

コーチのカールは二人の女子選手に、試合の流れに不利にならないときにだけ出場してもらうからと、まえもって話しておいた。今日の相手のようすを見ると、カールは安心してジュリアンとザビーネに出場させた。このほうが、和やかだし、相手チームの子どもたちにもいいだろうから。

だが、なんと、相手チームの子どもたちはとても強く、つづけて二回、シュートした。もともと、彼らは年齢は小さいけれど、一緒に練習や試合をしてすでに三年になり、できて間もないチームよりもぴったり息が合っていた。

カールはあわてて女子選手を変え、最強メンバーで応戦した。

だが、何の役にも立たなかった。対戦相手はますますのってき、チームはいよいよガタガタ。主力デーヴィッドのゴールをねらった球はことごとくはばまれた。初め、デーヴィッドはあせったが、あせっても何にもならないとわかると、自分を慰めた。ウェンリアンだって一回もシュートしていないもん。

試合が終わりかけになった。スコアは十三対〇。ジュリアンはザビーネと相談して、コーチにもう一度試合に出してもらうことにした。チームの形勢はすでに、瀕死の状態だ。コーチは彼女たちを当てにして、デーヴィッドとウェンリアンをおろした。女の子二人は、ボールを手にしたら、互いにパスをして、敵が奪いにきたら、「いなずま戦術」をつかおう、とうちあわせていた。この戦術は功を奏した。アイルアンがボールをザビーネにパスすると、敵の選手がすぐ前に来て、奪いとろうとする。すると、ザビーネは意味ありげに左目をウインク、男の子をぼうっとさせた。どういう意味だろ？

一瞬の後、我に返ったときには、ボールはすでにしっかりジュリアンの手に渡っていた。ジュリアンはキーパーに右目をウインク、ほんの一瞬キーパーがぼうっとしたすきに、敵方にシュートした。十三対一。まあ何とか、丸ぼうずだけは免れた。

「いなずま戦術」はもうつかうな。コーチは女の子二人にこう注意した。

それ以後、試合数が増え､デーヴィッドもチームでいちばんシュートの多い選手になった。が､ジュリアンはやはりデーヴィッドに少しも優しくしてくれない。依然としてウェンリアンがつばきを周りに飛ばしているときだけ、ジュリアンははじけるように笑った。

デーヴィッドがずいぶん苦しんでいるのを見て、アイルアンが尋ねた。

「ジュリアンに何か、意思表示したのかい」

してない、とデーヴィッドがいう。

ほかの男の子みたいに、ジュリアンに何か書いてみたら。そしたら、ぼくがタンヤンに頼んでやる。タンヤンなら、力になってくれる。アイルアンはデーヴィッドにこう勧めた。学校で、タンヤンはしょっちゅう、こんなことに出くわしていた。タンヤンの後ろに座っている男の子に頼まれて前の席に座っている女の子にメモを渡してやる。だが、ついてないことに、しばしば、後ろから回ってきたメモが、前の席にいきつく前に、先生に見つかってしまう。先生がメモを開いて見ても、こんなメモは普通差出人の名前を書かないから、タンヤンが無実の罪をかぶることになる。先生はとがめていう。

「ヤン。また、あなたなの」

タンヤンは心の中では二人を恨んだけれど、彼らを売るようなまねは絶対しなかった。次にはまた手を貸してやったし、またまた他人のために、ぬれぎぬを着せられるということになる。

だが、デーヴィッドはタンヤンに手助けしてもらうのを嫌がって、アイルアンにいった。

「そんなふうにして、フィリップみたいになったら嫌なんだ」

ある青少年ボランティア消防隊の活動で、フィリップはハイケと知り合った。周辺都市からやってきた百名ほどの少年少女が、色とりどりのテントに寝泊まりして、キャンプファイヤーをしたり、夕べの会を開いたり、楽しく遊んだ。「靴投げゲーム」があった。これは、消防隊員の大きくて重いブーツを、誰がいちばん遠くへ投げられるかというものだ。男の子の競技だけれど、やってみたいという女の子がいて、うっかり革靴を観衆の上に投げてしまった。その観衆がフィリップで靴を投げた女の子がハイケだった。たちまちフィリップはハイケが好きになった。聞いてみると、ハイケはよその都市から来たのではなく、なんと、フィリップと同じ学校で、しかも同じ学年だった。イベント終了後、フィリップは自分の小遣いで真紅のバラを一輪買った。自分は勇気がなかったので、妹のリンナに手渡してもらった。

リンナは三年生のとき、ママにこんなことをいっていた。「あたし、今後、ダンナなんか、いらない。自分で生活していくわ」

これは、パパが早くにこの家庭から離れていったことと関係しているのかもしれない。リンナのいちばん嫌がるほめ言葉は、ますますきれいになるわねえ、といわれることだ。リンナは女の子の服が嫌いだった。赤十字が、不要になった衣服を道のはたに出しておいたら、朝早くに車が回収します、と通知すると、リンナは前の晩に新しいスカートを袋に入れて階下に出した。ママが気づいたときには、すでに車が走り去った後だった。兄さんのフィリップは、よく動き回るが、軟弱な男の子で、すぐ人にちょっかいをかけたがるくせに、いつもやられてしまうので、しょっちゅう妹が出ては相手とやりあった。それ以降、男の子はみんなリンナをこわがった。リンナはクラスでもずばぬけて成績がよく、ハッとするほどの美人だから、初め、男の子から映画にさそうメモが届いたりした。だが、リンナはその男の子に、みんなの前でこういった。

「あたし、こんな遊びは嫌いなの。あなた、時間の無駄よ」

だが、兄さんの悩みにはいたって同情し、自ら花の使者をかってでた。しかし、ハイケはリンナを見つめながら、ため息をついていった。

「リンナ、あなたの兄さんがあなたみたいな性格だったら、あたし、すぐに好きになるわ」

家に帰ったリンナがママにこういった。「かわいそうなフィリップ。神さまはあたしたちを作りまちがえたんじゃないかしら」

だから、第二のフィリップになりたくなければ、直接ジュリアンに気持ちをうちあけるべきだとデーヴィッドにはわかっていた。

そこで、アイルアンはタンヤンのところから、ジュリアンのメールアドレスを手に入れ、デーヴィッドがそのアドレスにメールを打ってみた。

その日から、暇さえあればメールを開いて、デーヴィッドはうれしい便りを待ち望んだが、メールボックスはいつも空だった。

アイルアンがまたデーヴィッドにいった。「ねえ、知っているかい。今、新聞につきあってください、って広告を出すのが、はやっているんだよ。ダニエルがソフィーに一度出したんだって。安くて、十マルクで出してくれるんだって」。

デーヴィッドが聞いた。「ダニエルが出したのはどんな文句なんだい」。

こんな文句だよ——。

ソフィー：君に向かって耳を動かす人は永遠に君を守ってくれる人だよ。

ダニエルの耳は生まれつき動く。だが、この特技が愛の暗号になるなんて、今まで思ってもみなかった。広告に載った次の日、ダニエルがばったりソフィーに出くわしたとき、顔を横にして、ソフィーに向けて耳を動かした。

そのときのようすをダニエルは得意げにアイルアンに話して聞かせた。

「耳を動かすと、ソフィーはどうだったの。鼻を動かしたんだろ」とアイルアン。

「ソフィーが新聞を見ていなかったらと気がかりだったけど、あのようすじゃ、見ていないわけでもない。ぼくが彼女に耳を動かしてみせたら、笑ったんだ」とダニエル。

「え？」

「彼女、こういったんだ。〝どんな動物に教えてもらったのよ〟ってね」

ダニエルの広告が本当に役に立ったかどうかは別にして、デーヴィッドは試してみることにした。だが、どんな文句にしたらいいか思いつかない。

「ぼく、耳を動かせないしなあ」とデーヴィッド。

代わりに考えてよ、とデーヴィッドはアイルアンに頼みこんだ。長い間考えた末に、こんな文句を思いついた。

ジュリアン：君はすでにぼくの心にシュートを決めたよ。

「今度ジュリアンに会ったとき、君は手をみぞおちの上に置くんだ。そうしたら、ジュリアンは君にシュートしたとわかるんだ」とアイルアン。

デーヴィッドは仲のいい友だちのいうとおりに、十マルクを支払って、この文句を新聞に載せてもらった。ジュリアンに会ったときに、手をみぞおちの上に置いた。だが、ジュリアンは不思議そうに、チラッと見ただけで、何もいわずに通り過ぎていった。

ウェンリアンもとうとう感づいて、アイルアンに尋ねた。「君の友だちは、ジュリアンに気があるんじゃないかい」

ウェンリアンに悪意がないとわかったので、アイルアンはデーヴィッドの気持ちを話した。

「ぼくが彼のライバルになるのを恐れているのかい」

ウェンリアンはいぶかった。ウェンリアンにはクラスにすでにお目当てがいた。だが、まだどうなるかわからなかったので、デーヴィッドの気持ちが理解できた。

次の練習のとき、ウェンリアンは何枚か写真を取り出して、みんなに見せた。中国の女の子の写真で、この夏休みに中国に行ったときに持って帰ってきたのだ。知り合ったばかりのガールフレンドで、きれいでおとなしいんだ、とウェンリアンがいった。

ウェンリアンはデーヴィッドに写真を見せた。「きれいだろ」。

デーヴィッドはほっとしたようにいった。「きれいだね」。

ウェンリアンはジュリアンに写真を見せた。「きれいだろ」。

ジュリアンは悲しそうにいった。「きれいだわ」。

ウェンリアンはほっとした。これからはもう、勝手に好きになられることもないし、勝手に恨まれることもないだろう。デーヴィッドの願いどおりになるかどうかは、すべて彼女次第だ。

写真の女の子が誰なのか、アイルアンだけが知っていた。夏休みに、アイルアンも中国に帰ったのだ。この女の子はチャオウェイ（趙薇）という名で、テレビドラマでニセのお姫さま役に扮して、たちまち名が売れ、アイドルとなり、そこらじゅうに彼女の写真が飛び交っていた。

だが、タンヤンは、ジュリアン宛に書かれた広告を見ていて、後でアイルアンにそのことを話題にしたことがある。活発なタンヤンは男の子と女の子がこそこそつきあうのが嫌いだった。彼女は男の子と遊びだすと、我を忘れて夢中になる。たとえば、中国語学校で先生が、作文の課題で習ったばかりの『ムーランの詩』のパロディを作らせた。タンヤンに何でもずけずけというカオイにタンヤンがいった。
「あたし、あんたのことを書いてやるわ」
「ぼくも、おまえのことを書くぞ」カオイがいった。
カオイはこう書いた。

フア・ムーランは、名高い将軍になってからは、男装をやめて、すぐに女子部隊を作った。タンヤンという名の女の子も入隊した。ある日、敵が来たので、ムーランはタンヤンに出撃させた。敵の大将がまたがっていたのは馬ではなくて、一頭の熊だったので、タンヤンは驚いたのなんの。「助けて！」タンヤンは黄色い声をはりあげた。熊はこんな大きな叫び声を聞いたことがなかったし、おまけに心臓病をわずらっていたので、すぐに、主人を地面に放り出した。タンヤンが二回目の叫び声を上げる前に、敵はあわててみな逃げていった。それからというもの、この助けてと叫んだ女の大将を思い出すや、敵の耳はウオーンウオーン耳鳴りがするのだった。

タンヤンはこう書いた。

カオイはムーランと共に、兵士になった。だが、カオイはムーランのように、自ら進んで苦労をかってでるようなことはなかった。練習中に、カオイがまたなまけていたので、司令官が罰として食事を抜かせた。夜、カオイはおなかがすいてたまらず、台所に行って、食べ物を探した。マントウを一つと冷めたお粥一碗を持って、台所から出ていこうとしたとき、突然、足音がした。驚いて、お粥を半分、地面にこぼしてしまった。なんと、敵のスパイが一人、夜更けに司令官の首を取りにきたのだった。思いがけず、ごとんと物音がしたとたん、スパイはお粥に足を滑らせて、すってんころり。見回りの兵士がその音を聞きつけて、すぐにかけつけ、スパイをとらえた。翌日、司令官は、スパイを捕まえた記事を手柄として記録簿に書き込むのに、誰がこぼした粥か知りたがったが、カオイはあえて名乗りでなかった。

二編ともよく書けていたので、先生は、タンヤンとカオイ二人に読ませた。二人が読み、クラスのみんなは、男の子も女の子もあはは、くすくす笑いながら、直したり、付け加えたりした。

第十章　長城に着いたら、汗びっしょり！

夏休みまで、まだ一週間以上もある。アイルアンは今年の夏休みは母さんと中国に帰るのだ。もう予定は立っている。飛行機で上海に行き汽車に乗り換えておばあちゃん家に行くのではなく、今回は、北京に降りる。万里の長城に行くのを、今回、母さんが許してくれたのだ。万里の長城に登らにゃ、真の男じゃない。この言葉は世界じゅうの人が知っている。だが、アイルアンはいまだに、真の男になれないでいた。クラスには、万里の長城に行った友だちは一人なんてものじゃない。純粋な中国人たるアイルアンにとって、これはまったくの恥辱だ。音楽の授業だ。先生が中国の曲《春江花月夜》を流している。アイルアンの思いは自然と中国に飛ぶ。みなそれぞれ。オーストリアの雪山に思いをはせる友もいれば、エジプトのスフィンクスを思う友もいる……いずれも夏休みと関係のある場所だ。

授業の終わりのベルが鳴ろうとするそのとき、突然、恐ろしい音が鳴り響いた。非常ベルだ。アイルアンは、避難訓練で聞いたことはあったが、避難訓練はほんの少し前に終わったばかり。今度は、本物の緊急事態の発生だ。全校一千名あまりの、先生と生徒があわてて教室から飛びだした。階段をかけおり、校外にある所定の三か所の避難場所に向かう。アイルアンの横をかけるダニエルは、緊張し、興奮した面持ちで、こういうのがやっとだった。

「戦争だ！」

まっさきに校門から飛びだした者が、たちまち襲撃された。鉄砲に当たった部分が見る見る濡れそぼる。人々の群れに向かって水鉄砲を撃ちまくる少年少女たちが、大声を上げ高笑いする。そこで、初めてみんなが気づく。卒業生のバカ騒ぎの時期がまたもや到来したのだ。

ほかの学校と同様に、毎年、高校の卒業祝賀会は、卒業生自身の手で行う。今年の祝賀会はニセ非常ベルで幕を開けた。事前に校長と用務員には知らせておいて、千名あまりを一斉に空騒ぎに巻き込むのだ。つづいて、運動場では、追いかけっこの大騒ぎ。さながら中国雲南の水かけまつりだ。水鉄砲のほかに、「水爆弾」と呼ばれる、水がいっぱい入った風船もある。

「おい、見てみろよ」この混乱のさなか、ダニエルがアイルアンに注意をうながす。

太った教師が一人、こっそり校門をすりぬけていくではないか。

というのも、つづいて始まる祝賀会では、学生たちがあの手この手で先生をからかう。今、抜けださなかったら、いつになるやらわからなかったからだ。

ダニエルは逃亡者を捕まえるよう、高校生たちに知らせようとしたとき、なんと、その太った先生が戻ってきた。

先生は、後に続こうとしていた同僚たちにいった。

「出ていこうなんて、思わないことだね」

「どうしてですか」

「ナンバープレートがみなはずされている」

およそ誰もが、ひとしきり涼しくなったところで、やっと全員が室内運動場に招きいれられた。まさに、そこで真のゲームが始まる。

室内運動場はすでに観客席と舞台とに分けられていた。数十名の卒業生はそろいの青いTシャツを着て、舞台の前に一列に並んでいる。誰もがうれしげに、手ぐすね引いて待っている。ドイツには大学入試はなく、高校を卒業しさえすれば、大学に入ることができる。だが、これは大学に入るのが簡単だということではない。高校の最後の一年は、最も忙しい一年だ。学生たちは九年間学んできた勉強を初めから復習して、いろんな試験を受ける。試験の点数が基準点以上だった学生でないと、卒業試験は受けられない。試験は筆記試験と面接に分かれている。筆記試験は一週間あって、筆記試験に合格した者が、二週間後の面接を受ける。この暗黒の試験が終わったとき、百名あまりのその年の卒業生のうち、卒業証書を手にするのはせいぜい、五、六十名にすぎない。これが祝わずにおれようか。試験で苦しめた先生たちに、なんとしても「お返し」しないですませられようか。

アイルアンとダニエルのかたわらに座っている、英語教師のシェーファー先生は心待ちにしながらいった。

「わたくし、緊張しますわ。とても緊張してますの」

アイルアンは不思議に思った。

「彼らが相手にするのは、卒業クラスの先生ばかりですよ。先生がどうして緊張なさるのですか」

「でも、わたくし、とても緊張してますの」

シェーファー先生がいった。

ダニエルが尋ねる。

「いつかこんな日が来るのを先生は恐れているのですか」

「いいえ、こんな日、きてほしくありませんわ。こんな日がないように、わたくし、高学年は教えず、低学年ばかり受け持ってきましたの」

アイルアンがさらに尋ねる。

「先生たちが高校を卒業するときも、先生をからかったのでしょ」

シェーファー先生の目が輝く。

「もちろんですわ。みんなやってきたのよ」

「そのときはどんな出し物だったのですか」

「ほほ。君たちはわたくしが教えた緑のビンの歌を覚えていますか」

「覚えています。『緑のビンが一本、壁にかかっています。緑のビンが二本、壁にかかっています……』」

「わたくしたち、二人の先生に歌ってもらったの。十分間で、どちらが早く歌い、どちらのビンが多くなるか。一本、二本、三本と歌いつづけると、次第にお互いの声がじゃまして、こんがらがってくるの。じゃまされないようにと、先生たちは声をはりあげる。そうして、二人はますます大声をはりあげ、とうとうすっかり声がかすれてしまったのよ。面白かったわ!」

先生に対する試験が始まった。二人の男子と二人の女子で構成する試験委員会が舞台に現れた。彼らは、両肩に銅のボタンがついた白い長服を身にまとっている。古代ローマの元老院の裁判官のいでたちだ。

「先生がたの心臓の鼓動が聞こえています」と女子の一人がいう。

「もし、鼓動の早さを競うなら、その先生がたが優勝でしょう。しかし、本日はそういう競い合いではありません」と男子の一人がいう。彼は、カタリーナの兄さん、未来の国連秘書長のウォルフガングで、このドタバタ劇の主たる立案者だ。

「試験に合格したら、天使が天国にお連れします」

もう一人の男子がいうと、背中に羽根をつけた、かわいい女子が舞台に出てきてポーズをした。

「不合格でしたら、デビルに地獄へひったてられます」

もう一人の女子が、登場したデビルを紹介する。デビルは全身黒ずくめで、頭に二本の角、さらに短いしっぽをつけ、手にミツマタを持ち、観客に向かって、キバをむきひっかくまねをした。


初めに試験を受けるグループは数人の女の先生たちで、特に年齢の高い、よく肥えた先生たちが選ばれている。みんな、チアガールの衣裳を着て、銀色に輝くポンポンを手に持っている。チアガールの女子の指導を受けて、歌いながら踊り、誰がいちばん熱狂的に歌い、美しく踊るかを競うのだ。

演じ終わると、試験委員会が細かくあげつらった。ときには、観客の意見を求め、誰が合格で誰が不合格かを決めることもある。合格した先生は天使に導かれて天国へ行き、緑色の布でおおわれたテーブルの後ろに腰を下ろした。テーブルの上には生花がいけられ、そこで、くつろいでナンバープレートが返されるのを待つのである。だが、合格しなかった先生は、デビルに地獄へ連れていかれた。そこは黒い布でおおわれたテーブルの上にローソクがともされている。そこで「最後の審判」を受けるのだ。

つづいて、男の先生の番になった。フォルカス校長も「招待されて」参加している。彼らは、人を背負って障害物をよけていくという競技をする。フォルカス校長は黒い布で目隠しされ、さらに、一人の同僚を背負った。前には、くねくねとコーンが置いてあって、競技のときに、背負われている人が背負う人に声をかけるのだ。こうして力を合わせて障害物をよけていく。ぶつかって障害物を倒したら、すぐ元に戻して、先にゴールしたほうが勝ちとなる。

全観客の歓声の中、フォルカス校長ペアが勝った。

校長ペアは天国、対戦相手は地獄行き、とウォルフガングが宣言する。

「諸君、何かご意見はありませんか」ウォルフガングが観客に尋ねた。

ダニエルが立ち上がっていった。

「両方とも、背負われる人が同じ重さでないと不公平です。校長先生が背負った先生はちょっとやせているので、校長先生たちの勝ちとはいえないと思います」

だが、反対する者もいた。ある女の子は校長先生の負担は相手より軽いとはいえないので、勝ちに文句はつけられない、といった。

会場じゅうがたちまち大混乱。観客は二派に分かれて争い、大騒ぎになった。

ウォルフガングは、みんなを静かにさせると、すぐにはかりを持ってこさせた。

「ここではかって、決着をつけましょう」ウォルフガングがいった。

「さきほど、発言した君、証人となってくれたまえ」

ダニエルは大喜びで舞台に上がった。

校長と組んだクリストフ先生が先にはかる。それから、相手のフロリアン先生の番だ。

「二人の体重はほとんど同じです」ウォルフガングがいう。

「わずかに差がありますよ。フロリアン先生のほうがちょっとだけ重い」ダニエルがぶつぶついった。

ウォルフガングがすぐにフロリアン先生のポケットを探る。と、ライターが出てきた。だが、クリストフ先生はライターを持っていない。

ライターの重さを減らすと、フロリアン先生はちょっと軽くなった。

だが、ダニエルがいう。

「まだ少し差があります」

アイルアンが立ち上がって提案した。

「フロリアン先生のメガネも取れるんじゃないですか。クリストフ先生はメガネをかけていませんから」

メガネをはずすと、フロリアン先生はさらに軽くなった。

「まだ少し差があります」とダニエル。

全員、かたずをのんで、フロリアン先生とクリストフ先生を見比べる。フロリアン先生が持ってなくて、クリストフ先生からもっと取れるものがないかどうか、見ているのだ。

そんなものはもう見つからなかった。

クリストフ先生のはげあがった頭からふいにひらめいた女の子がいた。その子が立ち上がって尋ねた。

「フロリアン先生の髪の毛は、取れないでしょうか」

ウォルフガングが手を伸ばして、フロリアン先生の髪の毛を軽く持ち上げる。と、なんと、持ち上がったではないか。かつらだ！　こうして、二人の体重は完全に同じになり、初めの判定どおりということになった……。

後から、アイルアンはよくよく考えてみた。「公平」ということからいうと、フロリアン先生の競技時の体重で計算すべきで、ライター、メガネ、かつらなんか、取る必要はなかったのだ。だが、このほうがもっと面白くなる。楽しむために、あんな卒業祝賀会をやるんだから。

遊びといえば、アイルアンも、ほかの子と同じで、ふだん家でよくやるのはコンピュータゲームだ。父さんはコンピュータシステムの専門家だ。だから、壊れたらどうしよう、なんて心配する必要はなかった。時々、友だちを呼んで一緒に遊ぶけれど、いつだって、みんな、アイルアンにはかなわなかった。

今学期、ヨハネスという新しい生徒が転校してきた。成績や顔立ちはごく普通だったから、みんなあまり関心を示さなかった。だが、あるときのこと。アイルアンが友だちとコンピュータゲームのことを話していると、ヨハネスが話に入ってきた。口を開くなり、この道に通じていると感じさせられた。さらに驚かされたのは、ヨハネスのパパがコンピュータ店を経営していて、家族は店の二階に住み、店が閉まると、すぐ下に下りてコンピュータで遊ぶというのだ。ほかの子より恵まれているのは、八台同時につかえることだ。

アーノルドがすぐに声を上げた。

「それだったら、オンラインゲームができるじゃない」

アーノルドの知り合いで数人の十年生たちがオンラインゲームをしている。だが、彼らは各自、家のコンピュータを運んでこないとできなかった。運んでくるのも、持って帰るのも、大人に運転を頼まなければならない。アーノルドのママはとても忙しくて、とうてい頼んでも無理なことだった。それが、今、うまくいくのだ。家がコンピュータ店の友だちがいるのだから。

「いいよ。みんな家においでよ」

早く友だちになりたいために、ヨハネスは快く承諾した。

だが、一週間が過ぎたのに、ヨハネスはみんなに待ってくれという。パパが新しいソフトに入れ替えるというから。

さらに一週間が過ぎた。もうちょっと待って、パパが再度プログラムの手直しをするというから。

ヨハネスがまだ近くにいるのに、アーノルドが聞こえよがしにいった。

「あいつ、うそついたんだ。わざとぼくたちをからかったんだ」

ダニエルがいう。

「パパはコンピュータ店じゃなくて、屋台を引いて、ソーセージを売っているかもしれないぞ」

みんながコンピュータの話をしていても、ヨハネスが入ってこようとせず、離れたところで、悔やしそうなようすをしていることに、アイルアンは気づいた。

アイルアンは、うちでコンピュータゲームをしようよ、とヨハネスをさそった。

「君なら、ぼくに勝てるかもしれないよ」

ヨハネスはすぐ感激していった。

「ぼく、うそなんてついてないよ。ぼくのパパは本当にコンピュータ店をやっているんだ。君に見せてやるよ」

「君の父さんはぼくたちがお店で遊ぶのが嫌なんじゃないかな。だから、プログラムの手直しをするっていってるんじゃないの」

ヨハネスはアイルアンに信じてもらえたのがありがたかった。

「ぼく、何とかする。約束は守るよ」

おそらく、コンピュータでよく遊んでいたからだろう。ヨハネスは頭の回転が速い。家に帰ると、パパにいった。新しい友だち、けっこうコンピュータを持っているんだ。新しいのに買い換えたいって思っている子もいるみたいだよ。

「ねえ。友だちに試しにつかわせてやってよ。そしたら、うちの製品を買うよう、友だちのパパを説得してくれるかもしれないよ」

それも一理あるな。それを聞いて、ヨハネスのパパは承知した。

「だが、際限なく遊ぶわけにはいかんぞ。ほかにもお客さんがいるからな」

「大丈夫だよ」とヨハネス。「店が閉まってからやるよ」

土曜日午後四時過ぎ、多くの商店が閉まると、ヨハネスは友だち五人を店に連れてきた。みんな一列に並んで、コンピュータに向かい合う。ヨハネス以外、誰もオンラインゲームをしたことがなかったし、おまけに、ここでは最新のいちばん面白いソフトを自由に選べるのだ。みんな、手に汗握り、顔を真っ赤にしている。最後はみんな、ヨハネスに負けてしまったのに上機嫌だった。

アーノルドがいった。

「ああ、やりまくったぞ。こんなにやったの、初めてだ」

アイルアンがダニエルにいう。

「ヨハネスの父さんは、ソーセージを売っていたのじゃないのかい」

ダニエルが笑っていった。

「昔はそうだったかも、な」

ヨハネスもほかのみんなも笑った。

ヨハネスの新しい友だちは失望しなかったし、ヨハネスのパパを失望させることもなかった。それ以降、彼らや彼らの友だちがゲームソフトを買うときは、ヨハネスの家のコンピュータ店にやってくる。本当に、パパの商売を繁盛させたのだ。これは、ヨハネスの思ってもみなかったことだったし、さらに、それからもオンラインゲームをするのに、いい口実となった。

遠くに遊びにいくのは、アイルアンにはよくあることだった。中国は別にしても、アイルアンが行った場所は普通のドイツの子どもよりも多かった。ドイツ人のほとんどは、子どもを海辺に連れていって休暇を過ごす。去年、海辺に行くと、今年もまた海辺。そのほうが、気楽で手間も省ける。アイルアンの隣人はこんなことまでいっている。

「遠くまで出かけていって休暇を過ごすなんて、どうかしているよ。わざわざ五千キロも行かないと、休暇が楽しめないとはな。そんなの、会社に行くより、疲れるだろうよ。わしは家にいるほうが休まる」

だが、アイルアンの両親も旅行好きだから、おかげでアイルアンも得をしている。ヨーロッパ各国やアメリカにはずっと前に行っていたし、エジプトやイスラエルにも行ったことがあった。

ドイツ語の授業で、ドイツの大詩人ゲーテの話になった。シュミット先生がみんなに尋ねた。

「ワイマールを知っている人？」

ただ一人、手をあげた。なんと、手をあげたのが、クラスでただ一人の外国の子どもだったとは、シュミット先生は思ってもみなかった。

アイルアンが立ち上がって答えた。

「ワイマールはゲーテが住んだところです。ゲーテは最後、ワイマールで亡くなりました。ゲーテが住んだ家は、現在はゲーテ博物館になっています。おととし、ぼくは両親と行きました」

「よろしい。アイルアン、あなたがゲーテについて覚えていることをみんなに話してあげて」

アイルアンはゲーテの小さいときのことを話した。

「ゲーテが小学校のとき、数人のいたずらっ子がゲーテをいじめました。先生が用事で授業に来なかったことがありました。クラスの子たちは、みんな外へ遊びにいってしまい、ゲーテだけが教室に残っていました。三人のいたずらっ子が、ほうきを持ってきて、机の下でゲーテのすねを力いっぱいたたきました。ゲーテは授業が終わるまで待つことにしました。でも、痛くて我慢できませんでした。終わりのベルが鳴るやいなや、ゲーテはがばっと飛びだし、三人のうちの一人をひきたおし、ひざがしらでその子の背中を押さえつけました」

アイルアンは身ぶりをまじえながら話した。さながら、大道芸人が「武松のトラ退治」（注1）を語っているかのよう。身ぶりを入れないと、一人で三人とどのように渡りあったか、わかりづらいと思ったからだ。

「チビすけが後ろから飛びついてきたので、ゲーテはそのままひきよせ、右手でそいつの首根っこを挟みこみました。残るは最後の一人。ゲーテは左手で相手のえりをつかんで力いっぱいひっぱり、そいつを地面に倒しました。憤慨していたゲーテは、三人が許しを請うまで、なぐり、けとばしました」

ダニエルは思わず喝采した。

「ゲーテこそ、真の男だ！」

アイルアンは続けた。

「ゲーテは三人のやからに警告しました。『今度やったら、目玉をくりぬき、耳をかみ切って、息の根を止めてやる！』」

シュミット先生は思わずつぶやいた。

「大詩人ゲーテがそんなことといったのかしら」

アイルアンは真顔で先生にいった。

「ゲーテ博物館にゲーテを紹介した本があります。ぼくが話した事柄は、その本の中にありました。先生が信じないなら、明日、その本を持ってきます」

シュミット先生はあわててあやまった。

「ごめんなさい。アイルアン、先生もワイマールには行ったことがないので、この話は知らないのよ。面白い話をしてくれてありがとう」

いつも両親と一緒に出かけるので、アイルアンはこう思うこともあった。両親に連れていってもらうのではなく、いつか、仲のいい友だちと一緒に、行きたいところに行けたら、いいなあ。こんな経験が一度だけあった。わずか一日一晩だけのことだったが、思い出すだけで興奮してしまう。

まずダニエルが手に入れてきた情報だった。近くの、ある都市の体育協会が子どもたちのために森の中で「一日ヴィネトウになろう」というイベントを行ったのだ。インディアン（注2）ヴィネトウの冒険物語はドイツで大量に出版され、映画にもなり、誰もが知っている。インディアンはアメリカで暮らしている（おまけにヴィネトウ物語の作家もアメリカには行ったことがなかった）。だが、ヴィネトウがドイツのほとんどの男の子が夢にまで見るあこがれとなるのに、このことは何の妨げにもならなかった。

これを聞くなり、アイルアンはすぐその気になった。

「それって、ぼくたちがインディアンになるってことなの？」

「それに、親の付き添いは一切認めないというきまりなんだ」

アイルアンはデーヴィッドもさそった。デーヴィッドもとても行きたがったのに、どうしてもママがうんといわなかった。デーヴィッドのママはたった一人の息子に冒険させるなんて、想像すらできなかった。もしも、吊り橋から落ちたら、森の中で迷子になったら、毒蛇にかまれたら……どうするの？　だが、ダニエルのママはスリラー小説のファンで、前々からその趣味で強い意志と沈着な心を鍛えていた。ダニエルが宇宙人の空飛ぶ円盤に乗ったとしても平気だったろう。アイルアンの両親はスリラー小説はめったに読まなかったけれど、このようなイベントは子どもにとって意義あるものだと思っていた。

アイルアンとダニエルが集合場所に着いたとき、子どもたちの中で、自分たちがいちばん年上だということがわかった。いちばん小さいのは、八歳のモリスで、しゃべると乳歯が一本ぐらぐらしている。デーヴィッドの親に代わり、ぼくが恥ずかしくなったよ、とダニエルがいった。

各人の好みでそれぞれが変装を始めた。物語のインディアンたちはそれぞれの部落に分かれている。シャイアン、カイオワ、アパッチ等だ（ヴィネトウはアパッチ部落の最後の酋長であった）。部落ごとに装いが違う。

身繕いが終わると、アイルアンとダニエルはお互いに、顔に色を塗りあった。アイルアンがダニエルに描いたのは、アパッチ部落の模様で、自分の顔の模様はシャイアン部落のだ。

モリスは誰にも手伝ってもらわずに、自分で色を塗りたくっている。それを見て、アイルアンがモリスに尋ねた。

「君、それはどこの部落なの？」

モリスは得意げにいった。

「モリス部落だよ」

ここにきて、こんなに好き勝手に顔に塗りたくることができて、モリスはうれしくてしかたがない。家では想像すらしていなかった。

彼らはリーダーのマックスについて川辺にやってきた。そこに三人しか乗れないボートがあった。十数人が分かれて川を渡る。マックスはずっと船尾に腰を下ろしたままで、二人の子どもにボートをこがせて、子どもたちが岸に上がると、自分がこいで戻るのだ。

モリスはアイルアンと同じボートに乗りたがった。モリスは力いっぱいこいだが、モリスの力はアイルアンほど強くなかったので、へさきがまっすぐに進まない。マックスはへさきがどうして曲がるのかを説明して、アイルアンに力半分でいいといった。モリスは不服だ。

「それって、ぼくの力はアイルアンのわずか半分ってことなの？」

アイルアンは笑いながらいった。

「半分もないさ」

モリスは声をはりあげていった。

「半分よりもっとあるぞ」

二人はこぐのをやめて、川の真ん中でけんかを始めた。

「けんかはやめろ。インディアンのやり方で果たし合いをしたらどうだ」

「いいとも。果たし合いだ」

モリスはすぐに賛成した。

「ただし、岸に上がってからだ」

みんなが川を渡ると、マックスは本当にすぐ果たし合いの用意をしだした。オールを一本、土の中に埋めて杭にし、リュックから長い縄を取り出してその杭に巻きつけると、その縄の両端をアイルアンとモリスにひっぱらせた。

マックスがいう。

「君たちは映画で見たことがあるだろう。果たし合いは本来なら、互いにナイフを投げ合うんだが、今は、土だんごをつかおう」

みんなは二人の勇士のために、土だんごを用意した。最後にマックスは土だんごが大きすぎないか、調べた。

だが、勇士二人のうちの一人に、戦う気がない。アイルアンは手でモリスと背丈を比べて、きまり悪げにいった。

「これって、ランクが違うよ」

ダニエルがモリスにいう。

「おれ、代わってやる。あいつを負かしてやるから」

モリスは断固として承知しない。

そこで、果たし合いが始まった。土だんごが飛び交い、二人は右に左に身を交わす。十回戦まで、勝負がつかなかった。

十一回戦。モリスは土だんごを二つつかむと、いっぺんに投げつけた。不意打ちをくらったアイルアンは一つは交わしたものの、もう一つが鼻に命中した。

マックスはモリスを叱りつけた。

「何てことするんだ？」

モリスがいう。

「していけないって、きまりがないでしょ」

「それもそうだな」マックスがぼやいた。「ぼくが悪かった」

マックスはモリスの片手をあげて宣言した。

「勇士モリスの勝ち！」

みんなはインディアンの格好をまねて、ひとしきり歓声を上げた。

だが、勇士アイルアンの鼻から血が出ている。鼻はいちばんぶつかると弱いところだ。マックスはアイルアンに鼻を押さえさせたまま、我慢させ、森に入ったら何とかなるからな、といった。幸いなことに、川辺から遠くないところに森があった。マックスは葉っぱを数枚摘むと、これは止血の薬草だといって、アイルアンの鼻の穴に詰めさせた。果たして、薬草は効き目を表し、すぐに血が止まった。モリスも薬草をちぎって、ポケットに入れた。

「血が出たとき、探しにいかなくても、止められるものね」

マックスは生物を勉強していた。だから、どんな草が薬になるか知っていたばかりか、どんなきのこが毒きのこでないかも知っていた。子どもたちは、歩きながらきのこをとった。これもインディアンがすることだ。

次に、彼らはインディアン村を作る。まず、帆布と棒で先のとがったテントを建てる。昔は、テントは獣の皮で作ったが、今は帆布で代用している。子どもたちはテントに部落の模様を描く。「モリス部落」なら、何を描いてもいいのだ。それから、丸太を立てる。これは神を祭る柱だ。さらに、ゲームする場所を設ける。ゲームはいつも冒険的なものだ。いちばんみんなが緊張と興奮したのは、谷間にぶらさがる吊り橋をかけたときだ！

夜、たき火の上の焼き肉がじゅうじゅう油を吹きだし、おいしい香りが漂い、きのこスープが煮えている。たき火のそばではインディアンの神聖な儀式が行われる。友情を育んだ子どもたちが一組ずつ「義兄弟」となるのだ。ダニエルは初めから、彼とアイルアンとは、当然義兄弟だと思っていたのに、なんとモリスに先を越されてしまった。

モリスは自信ありげにいった。真の義兄弟は「けんかしなけりゃ、親しくなれない」ものだ。ヴィネトウは一人の白人とけんかすることで親しくなり、のちに義兄弟となって生死を共にしたのだ。アイルアンは喜んで承知した。彼らが儀式をとり行う最初のペアだ。

二人はまず一碗の水で手を清める。それから火の周りを踊りながら一周する。つづいて、古いしきたりではナイフで二人の腕に十字をきざむのだが、今は赤鉛筆で一つずつ描き、その腕に描かれた「血の十文字」をお互いくっつけあう。そのときから彼らは実の兄弟よりもさらに親密になる。もしモリスの兄さんとアイルアンが負傷したなら、モリスは自分の馬をアイルアンのほうにゆずるのだ。義兄弟がさらにしなければならないことは、コショウと塩のかかった焼き肉を一緒に食べることだ。昔は火薬の粉を振りかけた。こうすれば、風にさらした牛馬の肉がそんなに固くないのだ。

契りも結び、飲み食いも終わった。次に、マックスは、「真の男」の選出を行った。モリスは「いちばん服の汚い男」に選ばれた。ダニエルは「いちばん食べる音の大きい男」に選ばれた。「いちばん蚊に食われた跡の多い男」を選ぶとき、みんな服を脱いで、一つ一つマックスに数えてもらった。

最後の肩書きは「いちばん夢の話のうまい男」だ。マックスは明日の朝にならないと選べないといった。

真の男に選ばれて、ますます勇敢になったモリスがみんなにいった。とっても恐ろしいことをやります。臆病な人は目を閉じてください。そこで、モリスは手を口の中に突っ込んで……このとき、目を閉じていたのはモリスただ一人。モリスは、ひどくぐらついていた乳歯をむりやり引き抜いたのだ！もう一方の手には、摘んでおいた薬草を準備よろしく持っていたが、血が出なかったので、薬草の出番がなくて、ちょっと残念だった。

万里の長城に登らにゃ、真の男じゃない。その後、アイルアンはついに中国の万里の長城に登った。こちらから遠くまで連なるのろし台を眺めながら、すさまじい古代戦争を想像して、思わず感慨にふける。

このとき、二人の観光客がはあはあいいながら、下から登ってきた。そのうちの一人がもう一人にいった。

「長城に登らにゃ、男じゃない。長城に着いたら、汗びっしょり！」

これを聞いて、アイルアンはその「汗びっしょり」の観光客を尊敬のまなざしで見送って、母さんにいった。

「あの人のいったのは詩なの？」

母さんは笑った。

「そうともとれるわね」

アイルアンは歩きながら、眉根を寄せてぶつぶつつぶやいている。

「どうしたの」と母さん。

「ぼくも詩を作ったの」

アイルアンは自分の詩をその人の詩の後につけたした。

「長城に登らにゃ、男じゃない。

長城に着いたら、汗びっしょり。

好漢、好漢、汗をふき、
登っても登ってもまだ半分。

——母さん、どう？」

「いいわ」母さんはティッシュを取り出して、好漢の汗をふいてやった。

「ほんとにいい？」

休憩のとき、アイルアンは自分と見知らぬ人との合作のこの詩をドイツ語に訳して、さっき買った長城の絵はがきに書いた。仲のいいデーヴィッドに送るつもりだ。

（注1）『水滸伝』の中の人物の一人。勇猛で激しい気性で素手で猛虎を打ち殺した。
（注2）現在はアメリカ原住民と呼ぶが、ここでは原作どおり、インディアンという語をつかった。

第十一章　黒い肺

「また、服が違うよ」

一時間目の終わり、アイルアンがダニエルに注意した。

ダニエルが自分の格好を見る。起きるのが遅く、手当たり次第に服を着るので、ダニエルは、しょっちゅう、パパやママの上着を着て登校してきた。背格好も両親と変わらないから、取り違えていてもなかなか気づかない。今日のこの服はパパのか、ママのか。ダニエルなりの見分け方がある。――手を両方のポケットに入れればいい。

ポケットからライターが出てきた。

「パパのだ」とアイルアン。

「ママも持ってるんだ」とダニエル。

右ポケットからタバコ、それと口紅が出てきた。二人ともタバコを吸うから、余分に口紅が出てきたら、ママのだ。

ダニエルはライターをおもちゃにして、火をつけたり消したりしている。だが、タバコはこわくて吸えない。吸ってみたことはある。ダニエルときたら、悪ガキになるのは平気のくせに、ドイツの学生、十三から十七歳の三十%がタバコを吸うにもかかわらず、いまだに断固として七十%側にふみとどまっている。しかも、ダニエルの仲間のスモーカーたちは、二度とタバコを手にしなくなった。ダニエルにおどされたのだ。まず何より、ダニエル自身が恐れおののいたのだ。それはある放課後の課外活動がきっかけだった。

ある日のこと。運動場へ行くのに、アイルアンはガス室の前を急いで通り過ぎる。ナチスの収容所のガス室のことではない。実は、単なる先生の喫煙室のことだ。学校ではここだけ、喫煙が許されている。入り口に近づくだけで、タバコのにおいが鼻をつく。それで、アイルアンがガス室と呼んだのだ。中の壁紙はすすけて黒ずんでいる。アイルアンがまだタバコに興味を示さないのは、両親に注意されているだけでなく、このガス室が一役かっている。この人たち、かわいそうだなあ。タバコ中毒で、こんな汚く、臭いところに閉じ込められ、一生、タバコの奴隷だなんて。

アイルアンは息を止めて足早に通り過ぎようとした。と、ガス室の中から担任のスグハト先生に呼びとめられた。

ガス室の中にアイルアンを入れず、先生がタバコの火をもみ消して中から出てきた。休暇中に、環境協会が主催する課外活動に参加したい者は申し込むように、みんなに伝えてほしいという。スグハト先生からはいいづらい。というのも、今回の活動テーマは喫煙反対だからだ。学生たちは、当然、まず先生に申し込みさせようとするだろう。

「参加して禁煙できなかったら、面目丸つぶれだからなあ」

スグハト先生は困ったようにいった。

アイルアンはダニエルを探した。

「君、自分が学生代表ってこと、覚えてる？」

「いけねえ、忘れるところだった。おれさま学生代表が出るような、そんな重要な使命なのかい」

アイルアンは課外活動のことを話し、みんなに参加を呼びかけてくれるよう頼んだ。その前に当然のことながら、君がまず参加することだが、とも。

だが、ダニエルはこのテーマに興味を示さなかった。

「ぼくは参加するよ。スグハト先生がいうには、とてもこわいものを見学するんだって」

ダニエルの気持ちがちょっと動く。

「とてもこわいものだって」

「みんなにちゃんといってくれよ。臆病者は参加するな、って」

指導員に引率されて、州立医科大学に到着する。長い廊下を通って、中に入る。誰一人、口をきかない。

実験室に入るなり、変なにおい。壁にたくさん写真がかかっている。展示されているのは、みんな、タバコに関係する病気で、癌になってしまったものもある。

「煙突みたいだ」アイルアンが喫煙者の気管を指さして、ダニエルにいう。

ダニエルはじっくり見ている。

「こんな汚い煙突じゃ、サンタさん、入ってくるとき、嫌だろうな」

ガラスビンの中に、白いかたまりが浸かっている。指導員がダニエルに尋ねた。

「これが何か、わかるかい」

「おなかの中のもの」

「おなかの中の何かな」

「胃かな、肝臓かな」ダニエルが当てずっぽうにいう。

「肺だ」とアイルアン。生活の授業で習ったことがあった。

「そうだ。肺だ」指導員はそばにあるいくつかの黒いものを指さした。

「これは何だと思う」

黒いものを取り囲み、みんなしばらく見つめている。が、誰にもわからない。

「これも、肺だよ。ビンのは正常な肺で、この黒いのは、病気になった肺の標本だ」と指導員。

子どもたちは小さく驚きの声を上げた。喫煙者の肺は魚の燻製のように黒く、ひどいものには、たくさん穴があいて、まるでぼろ綿のようになっている。

「触ってごらん」

「え、触るの」

「そうだよ。普通、展示品は触らせないが、ここの標本は、見学者に触ってもらうために、置いてあるんだ。みんな触ってごらん。ちょっと触る、それだけで、一生、忘れられっこないと思うよ」

子どもたちは顔を見合わせる。誰から触る？

常に男の中の男でありたいダニエルはと見ると、顔から血の気がうせている。アイルアンはそろそろと近づいていき、人差し指を伸ばして、黒い病気の肺をちょっとつつく。標本の表面は乾燥しているが、依然として弾力性を保っている。内臓の標本作りは、ヨーロッパではすでに長い歴史があって、防腐処理を経て、標本に細菌が発生することはない。

つづいて、どの子も触りにいった。

帰ってから、ダニエルは仲間たちをさんざんこわがらせたばかりか、両親にも注意していった。

「もうタバコは吸わないでよ。ぼく、こんなに小さいうちから一人ぼっちになりたくないもの」

パパは納得しない。

「彼らのいうことを真に受けるな。科学者のいうことをいちいち聞いていたら、わしら、生きてられないさ。今や、化学物質の影響を受けていないものなんて、ないさ」

ママがダニエルにいった。

「タバコがよくないことは、ママにもわかっているの。でも、イライラすると、吸いたくなるの。これから、ママを困らせないようにしてよ。先生から懇談のメモをもらってこないようにしてよね」

こういわれると、ダニエルは何もいえなくなった。ママをいちばん悩ませているのは、ダニエルの成績だった。留年して、理屈からいえば、もう一回勉強するから易しくなるはずなのに、まったくよくならなかった。いちばんいいのはやはり体育で、いちばん悪いのは英語だった。だが、不思議なことに、アイルアンはクラスで英語がいちばんよくできたが、英語のコンピュータゲームをやると、ダニエルの相手じゃない。ゲームの中のもっと難しい単語でも、ダニエルは当てずっぽうで意味がとれた。


ドイツの法律では、十六歳から酒が飲める。そのため、男の子の多くは十六歳以前に酒を飲むのが格好いいと思っている。アイルアンのハンドボール仲間のウェンリアンもそういう男の子だ。彼は十五歳だが、しょっちゅう、みんなの前で酒が飲めると自慢している。

彼の一家も中国人で、アイルアンの家と親しく、二家族一緒に休暇を過ごしたりしている。バイエルン地方に行ったとき、ウェンリアンの両親は用事があったので、ウェンリアンだけ、アイルアンの一家と同乗した。美しいバイエルン湖畔にテントを建てて、山登りをする。だが、ウェンリアンは残って留守番するといいだした。山の中は樹が多く、上から落ちてきた虫にかまれたら、バカになっちゃう、近所の人が被害にあった、というのだ。ウェンリアンのいうことも、あながち根拠のないことではない。確かに、ドイツでは、この手の虫用のワクチンがある。だが、二週間前に打たないと効果がない。今回、急いでいたので、予防注射を打つ間がなかった。アイルアンの父さんが、笑いながらウェンリアンにいった。

「それじゃ、残ってもいいよ。ご両親にバカになった息子さんを連れて戻るわけにいかないからね」

アイルアン一家が山から戻ると、ウェンリアンは隣のテントの三人の女の子とすっかり仲良くなっていた。夜にはもっとたくさん集まって、酒を飲む、というのだ。その夜、彼らは、まずビールを飲み、さらに、「ゴルバチョフ」と呼ばれる強い酒を飲んで、大騒ぎ。夜中になっても、静かにならなかった。さらに、よその人のテントに耳をつけて、どのテントのいびきが大きいか、と口々にいいあい、点数をつけて、意見が合わないと顔を真っ赤にして大声でいいあらそうものだから、周りの人はうるさくて寝つけない。アイルアンはウェンリアンを指さして、父さんたちにこういった。

「虫にかまれてもいないのに、ウェンリアン、おかしくなっちゃったね」

アイルアンの経験では、ウェンリアンがいちばん「おバカ」というわけではない。

両親とプラハに行ったとき、旅行社の二階建てバスに乗った。同じバスに、中学生がたくさん乗っていた。彼らはアイルアンと年は大して変わらない。みんな自分で稼いだお金やためた小遣いで遊びにきていた。この手の夜行バスはけっこうつらい。だが、若者はへっちゃら。安上がりがいちばんというわけだ。

アイルアン一家は下側に座った。そばに四人の男の子が座り、ずっとトランプで遊んでいた。にぎやかに笑うときもあるが、けっこうおとなしくしている。

バスが一時間ほど走り、すでに深夜十二時過ぎだ。二階の連中はたえず、タバコを吸い、酒を飲み、大声で騒いでいる。運転手はマイクで声をはりあげた。

「二階、うるさいぞ。ほかの乗客はもう寝ようとしてるんだ。それ以上騒ぐと、放り出すぞ!」

アイルアンはうとうとしかかっていたが、運転手のどなり声ですっかり目が覚めた。

このとき、二階から男の子が一人、下りてきた。しゃべると、酒のにおいがぷんぷんする。下側の男の子たちがその子に聞いた。

「トミー、君たち、酒を飲んでるの?」

トミーがいった。

「高校生たちが先に飲みはじめて、コーラしか飲めないんだろ、ってバカにしたんだ。おれ、ユーケンに目配せすると、ユーケンがビールを開けたんだ」

「何本、飲んだの」

「一人三本ずつ」

「すげえ!」

「そいつら、それでもやじを飛ばしてくるから、おれたち、ウイスキーを一口ずつかわるがわる飲んで、一ビン、あけた」

「豪傑だねえ」

「豪傑なんてもんじゃない。ユーケンが戻しちゃって、体も床もべちゃべちゃ。臭いのなんの、我慢できないので、おれ、下りてきたんだ。そのままいたら、おれまで、戻しそうだ」

アイルアンは二階の方を向いて、鼻をひくひくさせる。かわいそうなユーケン、と心の中で思いながら。

においが我慢できないのは、トミーだけではない。すでに、二階の乗客が運転手に訴えでていた。バスが停まった。もともと、停まる必要もあった。ここで給油するのだ。ドアが開くなり、ユーケンがふらふらトイレに下りてきた。今にも吐きそうだ。そのとき、運転手がバスの乗客たちに向かって、大声を上げた。

「この子の連れは誰だい」

トミーが答えた。

「ぼくです！」

トランプをしていた四人の男の子もあわてて答える。

運転手がトミーにいった。

「君の相棒は、もう乗せていけない。ほかの乗客に迷惑をかけるわけにはいかないからな。あの子の荷物を降ろしてくれ」

乗客たちはみな唖然とした。つづいて、バスに乗っている子どもという子どもはみな、ユーケンをからかった例の高校生たちまでもが、ユーケンを許してやってと頼んだ。

アイルアンも、前に進み出て、自分の意見を述べた。

「ありえない、夜中に、こんなところで……」

「電話で警察を呼ぶよ」と運転手。

どうして、警察を呼ぶの。

運転手がいった。

「警察に証明してもらうさ。夜中に子どもをこんなところに置き去りにしたって、法律違反じゃない。だが、この子は法を犯している。十六歳にもなっていないのに、酒を飲み、おまけに、吐いて……」

警察を呼ぶと聞いて、大人たちも次々と発言した。さっき運転手に訴えでた乗客まで、警察を呼ぶことに賛成はしなかった。心理的な暗い影をその子に残すからと。

「ユーケンを乗せてやってください」トミーは運転手に頼みこむ。「あいつはクリーニング代も払いますし、それに、ぼくたち、行儀よくしますから。もう酒も飲みません」

「誰にも酒は飲ませません」

ほかの子どももきっぱり請け合った。みんなで、何とか運転手のかたくなな心をほぐして、最後には、クリーニング代は百五十マルク、誰にも二度と酒は飲ませないことを約束して、やっとユーケンはこのガソリンスタンドで一人寂しく夜を過ごさなくてもよくなった。ここには、ユーケンの顔見知りは誰もいない。あ、いや。お巡りさんと知り合いになったかも。

そこへ、ユーケンがトイレから出てきた。ちゃんと立っていられなくて、ずるずると塀の裾にへたりこんだ。

運転手はいらだって、クラクションを鳴らしていった。

「バスを出すぞ！」

トミーともう一人の男の子が急いでかけおり、ユーケンを立ち上がらせた。だが、トミーの両足も突然力が抜けて、ユーケンと一緒に倒れこんだ。トミーもユーケンと同じくらい飲んでいたのだ。すると、男の子たちがバスから降りた。その中にはアイルアンもいた……てんやわんやの大騒ぎ。ユーケンはひきずられてバスに乗せられた。「死んだ犬をひきずる」こんなやり方を中国語ではこういう。アイルアンは下側の自分の座席をユーケンにゆずろうと思ったが、すでにそこまでユーケンをひきずる力がなかった。ユーケンは通路で寝転んでいる。さすがに、運転手もおかしいと思ったのか、運転席を離れ、この小さな酔っ払いのそばに来て、腰をかがめた。このとき、ユーケンの顔は青ざめ、すでに意識不明の状態だった。運転手はつぶやく。

「やっぱり電話しよう……」運転手は電話で救急車を呼んだ。

十分もしないうちに、救急車が到着した。ユーケンのようすを見て、すぐ病院に搬送しようとした。

トミーが大声でわめく。

「おれも行く。病院に付き添っていく！」

「席がないから、どうしても行きたければ、タクシーで行くんだな」救急車の人がいう。

救急車が走り去っても、トミーはわめいている。

「おれが悪いんだ。あいつがあんなになったのも、おれが始めたからだ。あいつ一人、ほっとくなんて、おれにはできない！」

結局、トミーはタクシーで病院に行き、ユーケンに付き添った。

アイルアンはプラハのカレル大橋で、またトミーに出会った。大きな橋の上には多くの芸術家たちが、自分の絵や工芸品を売っていた。その場で景色や人物を描いている者もいた。両親が手作りの装飾品を選んでいるとき、アイルアンは、欄干のそばに立ち、絵描きに似顔絵を描いてもらっているトミーを見つけた。絵描きは大した腕前で、手元の紙を見もしないで、ひたすらトミーの顔を見ながら、さらさらと手を動かして、あっという間に、トミーの顔を描き上げた。

　絵描きがいう。

「景色を描き足しましょう」

「もう一人描いてよ」

「どんな人かな」

「おれの友だち。プラハに来たがっていたのに、来れなかったんだ」

　絵描きがにっこりする。

「いいですとも。友だちの顔かたちをいってください」

　トミーがユーケンの姿かたちを描写する。トミーはチェコ語がわからない。絵描きはドイツ語がわからない。二人は英語で意思疎通をはかる。が、トミーの英語がへたくそで、画家にはいつまでたってもわからない。かたわらに立っていたアイルアンがたまりかねて、トミーに助け舟を出した。アイルアンの英語はいつも最高点だ。すぐに、絵描きは紙の上にユーケンを描き足した。口を描くとき、絵描きが聞いた。

「笑わせますか」

　トミーはちょっと考えて、「うん」といった。そこで、ついてないユーケンはにっこりした。紙の上の友だちのかたわら、後ろにはユーケンが楽しむことのなかったプラハの景色。

　トミーがアイルアンにいった。病院で付き添っていたが、二日目にユーケンの家の人がやってきたので、やっと汽車に乗って、ここへ来ることができた。飲酒が引き起こしたやっかいごとのために、トミーの旅行費用はとても高くついた。もちろん、いちばん悲惨だったのは、ユーケンだった。プラハへの往復代金、宿泊費はすでに旅行社に支払っていたが、みんなどぶに捨てたようなものだ。お金も楽しみも、すべて無駄になった。というのは、ユーケンの家庭は厳しく、友だちとの初めての旅行だったので、特別楽しみにしていたのだ。それに、ユーケンの祖母がプラハに住んでいたことがあって、必ず「クネドラ」という名物を食べるようにといわれていた。アイルアンは食べたことがあった。チェコ映画の大きな広告をたらしたレストランで食べたが、確かにおいしかった。クネドラは、中国のマントウのようなもので、小さく切ったクネドラを煮込んだ牛肉のスープにつけながら、牛肉と一緒に食べるのだ。アイルアンは食べながら難しい顔。どうもわからないので、両親に尋ねる。どうしてチェコ人もマントウが作れるの？　両親は答えられない。アイルアンが自己流でこう解釈する。おそらく、昔、ある中国人がチェコに逃げてきた。チェコの国境警備隊がその中国人の体からマントウを見つけだす。それが何かわからないから、一生懸命研究する。のちに、「クネドラ」というコックが研究をやりとげたので、マントウに西洋の名前がついたのだ、と。

市の青少年相談管理センターが毎年禁煙・禁酒・薬物中毒に関する講習会を開いている。対象は七年生だ。参加者は二日間、宿舎に泊まりこまなければならない。もちろん、すべての郊外の課外活動と同じで、保護者のサインがいる。同意する保護者が半数に満たない場合、この活動は中止となる。留年生のダニエルは今や「経験者」だ。親を説得してサインしてもらえと、みんなをけしかけた。

「めっちゃ、面白いぞ」

アイルアンの母さんは、息子の話を聞くと、心にひっかかるものがあった。二日間、授業をやめてまでする価値のある活動なのかしら。しかも、このテーマには驚かされる。こんな小さい年から禁煙・

禁酒だとか、薬物中毒だとかを聞いたら、逆効果じゃないのかしら。

そのために学校は保護者懇談会を開いて、実際は健康的な趣味を啓発する活動であることを説明した。懇談会で、トビアスのママが気にかかっていることを述べた。一昨年、トビアスの姉さんがそこへ行ったことがあった。トビアスの姉さんがそこへ行ったことがあった。管理センターから派遣された二人の若い人がみんなに、喫煙、飲酒はよくない習慣だと話した。ところが、夜、二人は、タバコに火をつけ、酒を飲みだしたので、子どもたちはとても嫌な印象を受けたというのだ。

そこで、今年の二人の女性指導員が保護者に紹介された。一人はウィルヘルマさんで、一人はライムラさんだ。二人とも二十歳そこそこだが、二度とそんなことがないと請け合った。二人とも、専門的に訓練を受けていて、自分たちの役割を心得ていた。

ウィルヘルマさんがいった。

「どうか、みなさん、これからわたしたちに協力してください。タバコを吸ったり、お酒を飲んだりなさらないでくだされればいちばんいいのですが、それができないなら、子どもさんの前で楽しんでいるようすはしないでください」

「それじゃ」ある保護者が小声でつぶやく。「酒を飲むときには、薬を飲むみたいに眉をしかめなきゃならないってかい」

活動の一日目は、討論だ。みんな一緒に座る。指導員が質問する。

「ねえ、みなさん、楽しむとはどういうことで、中毒とは、どういうことでしょう」

ある学生がいった。

「お酒を飲むって、一種の楽しみでしょう。ぼくのおじいちゃんやおばあちゃんはご飯のとき、おいしそうに葡萄酒を飲むよ」

アイルアンもいった。

「母さんがおかずを多めに作ると、父さんが必ず、ビールを飲もう、っていう。父さんがビールを飲んでいるときは、本当に幸せそうだよ」

ダニエルがいった。

「宿題しないで、一日じゅうゲームをするのも、一種の楽しみだろ」

メラニーが口をへの字に曲げる。

「ゲームをしすぎると、頭も目も痛くなるわ。それって、何を楽しむの？　お酒を飲むのは楽しみだっていうけれど、酔っ払いが車の行き来する路上で寝転がっているのは、自分の安全すらちゃんと守れないのに、楽しみだなんていえないわ」

先生がいった。

「みなさん、とてもいい意見ですよ。それじゃ、次に、楽しみと中毒の違いはどこにあるのでしょうか、探してみましょう」

アイルアンがいった。

「中毒はたぶん、自分でコントロールできないで、いつもそれがしたくなるんじゃないのかな。害になるとわかっていても。酔っ払いみたいにさ。父さんはうれしいときに、一、二杯ビールを飲むだけだから、母さんがもうよしたら、っていえば、すぐ飲むのをやめるよ」

アーノルドがいった。

「チョコレート一つや二つなら楽しみだけど、つづけてたくさん食べたら、毒にもなるし、害にもなるよ。前に、おばさんが来たとき、チョコレートを持ってきてくれたんだ。ぼく、一つ食べると、我慢できなくなって、もう一つ食べ……ママが注意しないのをいいことに、半日で一キロのチョコレートを全部たいらげちゃった。そしたら、二日間、ご飯は食べたくないし、おなかは痛いし、便秘で大変だったんだ」

クリスは沼地の鳥撃ちの例をあげた。

そのころ、はやっていたコンピュータゲームだ。空飛ぶ鳥が一群れ、沼地に現れる。パンパンパン。それらを撃ち落とす。撃ち落とせば、撃ち落とすほど、腕が上がる。どういうわけか、五、六歳の子どもから五十余歳の大人まですっかりはまり、毎日やりまくる。特に、会社員。おそらく仕事のリズムが単調だからか、鳥撃ちに夢中になった。事務室で暇さえあれば、ゲームをやり、家に帰ってからもコンピュータに張りついた。クリスのパパもそうだった。一日じゅう、何羽撃ち落としたか、どのレベルまでいったかばかり気になって、家の電話代の支払いも忘れ、電話局から二、三度督促状をもらっても、払わず、電話を止められそうになった。Ｆ１チャンピオンのシューマッハの弟（彼も有名なＦ１選手）が、テレビで、南アフリカにトレーニングにいったとき、ずっと雨降りで、部屋で暇をもてあまし、沼地の鳥撃ちをやっていた、といった。このゲームを開発した会社は我が意を得たとばかり、続編「沼地鳥の復讐」というのを二番煎じで作り上げ、新たな鳥撃ちのブームを起こした。その後、動物愛護委員会の人たちを驚かせることになる。彼らは、野生動物を殺すことを奨励していると抗議し、今まさにこの会社の告訴を考えている。

二日目、学生たちは二人の先生が指導する各種の面白いグループに参加した。まだ実習中のウィルヘルマさんは男の子のようなショートカットで、ディスコもロックもできた。寸劇も演じ、マジックまでした。メガネをかけたライムラさんは、美術や手工芸、報道インタビューなど別のグループを担当した。アイルアンとアーノルド、トビアスたちは報道インタビューのグループに加わった。ライムラさんは彼らに自分でインタビューのテーマを考えさせた。

アーノルドがいった。

「通行人に聞こうよ。何か、よくない趣味をもっていますか。ご家族は何かよくない趣味をもっていますかって」

アーノルドは、本当にこんなふうにインタビューした。腕に入れ墨をした若者がやってきた。この人、きっとよくない趣味をもっているぞ、そう思ったアーノルドが呼びとめた。

「すみません。インタビューさせてください。何かよくない趣味をもっていますか。ご家族で何か――」

若者がいった。「おれのよくない趣味はこれさ」若者はアーノルドに向かって大きなげんこつを振りまわした。「おまえの趣味がなぐられることでなかったら、すぐに道をあけることだな」

アイルアンが用意したテーマは「学生のとき、どんな願いや夢をもっていましたか」というものだった。

太った中年の人がこう答えた。

「子どものころ、パン屋の前を通るのが大好きでねえ。本当は、家から学校までの間に、パン屋はなかったんだけれど。いつも通る道にあったら、毎朝、誰よりも早く家を出たんだがなあ。ぼくは、オーブンから立ちのぼる香りが好きで、まだ店に着く前から、香りでフルーツケーキの違いをかぎわけることができたものさ。それで絶対ケーキ職人になる、と決めたんだ」

「なったんですか」

「今は機械のエンジニアをしている。機械油のにおいはケーキみたいによくはないけれど、今の仕事にすっかりなじんでしまったね。だが、家で暇なときには、無性にケーキを焼きたくなるんだ。もとからの願いは趣味となったが、それもいいものさ」

おじいさんはこういった。

「あのころのわしの望みは、多くの男の子がそうだったように、ちょっとの間パイロットだったが、次は汽車の運転士で、しばらくしたら船長だったりしたものだ。その後に、戦争があって、本当にパイロットになった。だが、最初の任務遂行で撃ち落とされたんだ」

「ナチスの空軍だったのですか」とアイルアンがおじいさんに尋ねた。

「そうだよ」とおじいさん。「わしは、爆弾を落としにいって、逆に撃ち落とされて、傷を負った。負傷したおかげで、爆弾を投下しなくてよくなった。学生のとき、まさか爆弾を投下するパイロットになるとは思ってもいなかったね」

「その後、汽車の運転士さんになられたのですか」

「いいや。はしけの船乗りになったよ。一人の船乗りがはしけを一台任せられたから、わしも船の船長だったといえるだろう」

「あなたの願いが実現したのですね」

おじいさんはにっこりして、子どもたちをはげました。

アイルアンたちがインタビューを終えて戻ってくると、ほかのグループはまだ活動していた。ベンジャミンはテニスボール、三、四球つかって球回しの練習をしている。ダニエルは静座しているという。お猿のように落ち着きのないダニエルがじっと座っていられるとは、アイルアンには信じられなかった。でも、ベンジャミンによると、ダニエルは神秘的なことが好きで、静座はインドのヨガに似ていると先生が説明すると、すぐにその気になった。静座を会得したら、ヨガの達人のように空中遊離ができると思っているのだ。

アイルアンが静座室の前まで行くと、部屋の中から音楽が聞こえてきた。中国の音楽か、日本の音楽かアイルアンには聞き分けられない。その音楽はうすい雲がゆっくりと漂っているような感じ。静座はドイツでとてもはやっていた。薬物をつかわない、医者すらいらない一種の神秘的な治療法だとみんな思っている。アイルアンはできるかぎり静座している友だちのじゃまをしないようにつま先立ちをして歩いた。だが、そっとドアを開けてみると、部屋の中のようすはまったく、思いがけないもので、数人が、床の上で眠りこけている。ダニエルの寝相がいちばんぶざまで、よだれをたらしている。アイルアンはダニエルを起こしたが、ぐっすり寝入っていて目を覚まさない。そこへ先生が来て、音楽を止めた。もう一度起こすと、ダニエルはむにゃむにゃいいながら、目を開けた。

頭がはっきりすると、ダニエルがアイルアンに尋ねた。

「ねえ、インタビューは終わったの」

「終わったよ」

「ぼくにインタビューをしてよ。面白い夢を見たんだ」

アイルアンはダニエルの夢を書きとる。

「みどり党の人がぼくに組織に入ってくれと頼み、緑色の爆弾を一つ手渡してこういう。世界最大のタバコ工場を破壊してくれ。ぼくは出かけ、タバコ工場のエントツをのぼりはじめる。エントツのなんと高いこと。どんどんのぼって、やっとのこと頂上までのぼりつめ、爆弾をエントツの中に放り込んだ。ドーンという音がしない。その爆弾は音の出ない爆弾だったのだ。家に戻ると、パパもママもあわてふためいて買ってきたタバコの包みを一つずつ開け、一本また一本とライターで火をつけようとしている。だが、どうしてもつかない。タバコはみんな緑色になっていた。ぼくの爆弾のしわざなのさ。ぼくはやりとげたってわけ！」

第十二章　ボーイ・スカウト

アイルアンがボーイ・スカウトに入ったのは、ハジャリンに勧められたからだ。ハンドボールクラブに入ったのも、デーヴィッドに勧められたときのように。（だが、デーヴィッドは、その後、ハンドボールをやめて、射的に移り、それから、柔道が好きになっていた。だが、アイルアンはずっとハンドボールを続け、今や、チームの主力メンバーだ。）ハジャリンはアイルアンとは、週に一度、土曜日に中国語学校で会うだけだったが、大の仲良しだった。

ボーイ・スカウトの主な活動は遠足やキャンプで、車にも乗らず、ホテルにも泊まらない。普通の旅行よりかなりきついものだ。

ハジャリンが通ったのは、ミッション系の幼稚園で、その後もミッション系の小学校、中学校だった。ミッション系の学校は特に、環境に適応する能力の育成に力を入れている。ハジャリンは五歳ですでに、幼稚園から一週間の遠足に行っている。七歳でボーイ・スカウトの「子おおかみ組」（七歳から十一歳の組）に入った。初めは、家の近くの森で、キャンプファイヤーをして、指導員から肉や鶏の脚の焼き方を習った。それから、テントの張り方も教わった。八歳で、家からちょっと離れた郊外に連れていかれた。

指導員は子どもたちを二、三人一組の小さなグループに分けた。各グループは住所をいくつかもらい、その住所どおりに村へ行き、泊めてくれるところを探すのだ。

ハジャリンのグループはついてなかった。一番目の家を見つけ、仲間の一人がノックをしたが、いくらノックをしても物音一つしない。主が留守だったのだ。二番目の家は、主はいたけれど、伝染病

患者がいるのでお客はもてなせない、といわれた。

もらった住所は全部で三か所なので、今、残るのは一つだけだ。二人ともノックしていたから、今度はハジャリンの番だ。

ハジャリンがノックすると、年寄りの農夫が出てきた。

ハジャリンが尋ねる。

「おじいさん、おじいさんちに伝染病患者はいますか」

「おお、神よ！」おじいさんは急いで十字を切った。「そのような災難にあわぬよう、神さまがお守りくださっておる。はて、おまえさんたちは、病院の人じゃなさそうじゃが」

「ぼくたちはボーイ・スカウトです。おじいさんちに伝染病患者がいないなら、ぼくたち、泊めてもらえますよね」とハジャリン。

おじいさんはすまなさそうなようすで、

「うちに泊まりたい……昨日だったらいけたんだが」

「今日ならどうしてだめなんですか」

「ああ。今日、神さまがかわいい孫娘を授けてくださってのお。客を招いて祝っておる。家の中はもういっぱいじゃ」

ハジャリンはがっかりして二人の仲間を見た。二人とも途方に暮れた顔をしている。ハジャリンはまたおじいさんの方を向いて、小声でつぶやいた。

「だけど、リーダーがいってました。いかなるときでも、不可能を可能に変えるよう、がんばるのだ、って。おじいさん、どうか、『がんばって』くれませんか」

おじいさんは、申し訳なさそうに、

「わしも何とかしてやりたいんだが……」

こうなったら、自分で不可能を可能にするしかない。ハジャリンは、ちょっと考えてから、また聞いた。

「おじいさんちに倉庫はありますか」

「倉庫はあるが、中は物でいっぱいだぞ。だが」おじいさんがいった。「羊囲いならある。今は空いとる。そこに泊まるのでよけりゃ、わらを敷いてやるが、どうじゃな」

ハジャリンと仲間はすぐに承知した。

羊囲いのそばは牛囲いで、木の柵一枚で仕切られているだけだ。羊囲いにわらが敷かれると、隣の牛たちが口を伸ばして、わらを引き抜き、「むしゃむしゃ」食べる。ボーイ・スカウトの戦士たちは、寝袋にもぐりこんだ。体の下のわらはチクチクするし、蚊に食われたところがぽつぽつ赤くふくれている。ハジャリンが風油精（注1）を取り出して、仲間たちに塗ってやった。中国から持ってきたのだ。体に塗るとすーっとして、かゆみがとれる。ドイツの男の子二人にしたら、ボーイ・スカウトに入ったおかげで、羊囲いの中にも寝たし、羊囲いの蚊にも食われたし、中国の風油精を塗るとどんな感じがするかも味わえたというものだ。

ボーイ・スカウトは国際的な青少年のボランティア組織で、現在、世界じゅうにおよそ二千六百万の会員がいる。一九〇七年、イギリスの軍人ベーデン・パウエルが提唱して作った。ボーイ・スカウトとは、敵地を斥候する男の子のことで、中国では、「童子軍」と訳している。アイルアンのおじいちゃんが子どものころには、上海のような都会には、軍服に、銅ボタンのベルトを締めたボーイ・スカウトがいて、肩で風を切っていたものだ。だが、現在、ドイツでは、隊員服を着ないというところもある。子どもは成長が早いので、一年に大して着もしないうちに合わなくなってしまい、もったいないし、ボーイ・スカウトの倹約精神にも反しているというのだ。

ボーイ・スカウトの十か条は次のとおり。

一　ボーイ・スカウトの信頼は絶対である。
二　ボーイ・スカウトは忠実である。
三　ボーイ・スカウトの務めは、有為な、人助けのできる人間になることである。
四　ボーイ・スカウトは友であり、ほかのボーイ・スカウトとは兄弟である。
五　ボーイ・スカウトの隊員は礼儀正しい。
六　ボーイ・スカウトの隊員は動物の友でもある。
七　ボーイ・スカウトの隊員は両親あるいはリーダーのいいつけを自主的に守る。
八　ボーイ・スカウトの隊員はいかなる困難な状況でも、笑い、口笛を吹くことができる。
九　ボーイ・スカウトの隊員は倹約する。
十　ボーイ・スカウトの隊員の、考えること、話すこと、行うことは、すべて一貫している。

ボーイ・スカウトの規則はおおむね同じだが、国によって小さな違いがある。たとえば、敬礼は中指三本で行う。この三本指は「元首に忠誠」「命令に服従」「団結と助け合い」を表している。だが、中国の以前のボーイ・スカウトでは、三本指は「智」「仁」「勇」を表す。また、握手も違う。ボーイ・スカウトは左手を出す。心臓が左にあるからで、これは誠実を表している。だが、アラブ国のボーイ・スカウトは右手で握手する。イスラム教徒は右手で食事をし、左手でおしりをふくから、左手で握手をするのは相手にとても失礼だと思っている。だから、もし、ドイツのボーイ・スカウトがイランのボーイ・スカウトにばったり会って、握手しようとしたら、ちょっと困ったことになる。

ボーイ・スカウトに入りたいと思っている子どもは居住地のボーイ・スカウトの分隊に行けば申し込みができる。アイルアンはハジャリンと同じ地区に住んでいるので、ハジャリンについてきてもらって分隊の指導員に会った。

ボーイ・スカウトの指導員はみな、ボランティアで、いろんな職業の人がいる。社会教育に携わる人、コック、労働者、音楽家などだ。ハジャリンやアイルアンのような、十二歳から十六歳の少年の指導員はキーマンという名前だった。二十六、七歳で、養護学校の音楽と美術の先生だ。大学に入ったとき、電気を専攻していたが、後、教育に変わった。というのも、理科系は味気ないように思えたからだ。彼の父親は会社を経営していて、息子が卒業したら、一緒に仕事ができると当てにしていたが、後に、人間、自分の好きなことができることこそ幸せなのだと悟ったのだ。

キーマンはアイルアンと二人だけで話した。

「クラブに入ったことはあるの？」

「あります。ハンドボールです」

「いいねえ。だが、ボーイ・スカウトはもっと規律が厳しい組織だよ」

「ぼく、十か条は知っています。ハジャリンに聞きました」

キーマンがアイルアンにいった。ボーイ・スカウトの隊員になるには、宣誓をしなくてはならない。ハンドボール部のフォワードになるにはそんなことしなくていいけれどね。もし、考えが決まったら、来週の土曜日にもう一度来て、ほかの男の子たちと一緒に宣誓式に出るように、と。

キーマンにあいさつをすますと、アイルアンはハンドボールクラブに行き、練習に参加した。ずっと地区の女子チームができなかったため、ジュリアンとザビーネは少年チームの練習に参加している。彼女たちはいつまでも主力メンバーになれず、試合のときにはいつもベンチを温めている。だからといって、チームにとって、いてもいなくてもいいというわけではなかった。その点、老コーチのカールはよくわかっている。二人の女の子が活躍するのは主にコート外でだ。メンバーに声援を送ったり、相手を妨害したり。彼女たちの応援は実に効果てきめん。もちろん、勝ちが決まったときは、女の子たちを出場させて存分にやらせてやることも老コーチは忘れなかった。

ひとしきり練習してから、休憩。二人の女の子は男の子に冷たい飲み物を買いにいかせる。今回はアイルアンの番だ。

「はっ！」アイルアンが敬礼する。

ジュリアンがアイルアンの三本指の敬礼に気づいた。

「あら。アイルアン、ボーイ・スカウトに入ったの？」

「まだだよ。まだ宣誓していないもの」

ジュリアンがザビーネにぼやく。

「イギリスにはガール・スカウトがあるし、スコットランドにもあるっていうのに、ドイツにはないのよ！」

「でも」アイルアンが女の子たちにアドバイスする。「男子と一緒にボーイ・スカウトに入っても、誰も反対しないと思うよ。君たちが男子チームでハンドボールをしちゃいけないって、誰もいわないようにさ……」

「そうよね」とジュリアン。

ザビーネがアイルアンに尋ねる。

「ボーイ・スカウトの指導員さんを知ってるの?」

「キーマンさんだよ」

「かっこいい?」

アイルアンはちょっと考えていたが、キーマンの格好がどうのこうのといいたくなかった。

「興味があるなら、自分で見にきたら。入場券はいらないよ」

一週間後、アイルアンは二人の女の子をキーマンのところに連れていった。すでに何人かの男の子がそこに来ていた。

キーマンはジュリアンとザビーネをちょっと観察していたが、二人に尋ねた。

「ボーイ・スカウトに入りたいのかい」

ザビーネがジュリアンの耳もとにささやく。

「ごく普通ね。ひげは男の人のひげじゃないみたい」

ジュリアンはクスっと笑う。

「バカね。そんな言い方したら、彼が生やしているのは、女の人のひげってことになるわよ」

彼女たちのひそひそ話は聞こえなかったが、キーマンには自分のことを話しているのがわかる。キーマンはつづけて説明した。

「ボーイ・スカウトは年齢さえあえば、男女を問わず、誰でも受け入れる。だが、男の子と一緒に、山を越え、川を渡る覚悟がいる。それに、ガスコンロやガスボンベなどのキャンプ用品はみんなで公平に分担する。一人あたま、十数キロ担ぐことになる。女の子だからって、担がなくていいなんてことはないからね」

「でも、声は素敵じゃない」また、ザビーネがジュリアンにささやく。

今度は聞こえたので、キーマンがいった。

「歌を歌うのは得意だ。音楽の先生だからね。ボーイ・スカウトの規則に、余計なものを持っていってはいけない、というのがなければ、ギターを持っていって、君たちに聞かせてあげるんだがなあ」

余計なものを持っていけないと聞いて、ジュリアンがあわててキーマンに尋ねた。

「クマのぬいぐるみでもだめなの？　とっても小さいものなんだけど」

「もちろん、だめさ」

キーマンがアイルアンに一枚の紙を渡した。

「これは誓いの言葉だ」

誓いの言葉を受け取ったアイルアンはひととおり目を通したが、何やら気にかかるようす。

ひきつづき行われた宣誓式で、アイルアンはほかの男の子たちと声をそろえて宣誓の言葉を読んだ。

わたしは、神と我々の生存環境に対する務めを全力で果たし、他人を助け、ボーイ・スカウトの規則に則って生活することを、名誉にかけて誓います。

こうして、男の子たちは正式にボーイ・スカウトの一員となった。彼らは毎週、指導員の指導を受けて活動する。連絡会に出たり、ほかのコミュニティや同年齢のボーイ・スカウトたちと交流したり、交歓会を開いたり。ときには、障がいをもった子どもたちと一緒にピクニックに行く等の福祉活動も行う。ハジャリンたちが河川掃除に参加したとき、川底からいろんなごみが出てきた。ハジャリンは車のナンバープレートを拾った。指導員は彼に警察に届けさせた。これが事件解決の手がかりとなった。盗んだ車のナンバープレートをとりかえて東欧に売り払ったのだ。もちろん、ボーイ・スカウトがいちばん興奮するのはキャンプだ。学校の休み、特に夏休みには、ボーイ・スカウトのランの花の旗が野山や密林に翻っている。ハジャリンはすでにいろんなところに行っていた。最初はドイツ国内の徒歩旅行で、その後ヨーロッパ各国に行っている。

式の後、キーマンがアイルアンをその場に残した。

「君は、宣誓のとき、誓いの言葉の一部分を読まなかったね」

アイルアンはうなだれた。

「はい」

「君は、〝神さま〟のところを読まなかったね」

「はい」

「どうして？」

顔を上げたアイルアンはちょっと顔を赤らめながら、

「キーマン先生、ぼく、ハジャリンみたいに、ボーイ・スカウトのキャンプにとても行きたいんです。でも、ぼく、仏さまを信仰するのか、神さまを信仰するのか、まだ決めていません。心の中で信仰していないのに、口に出したら、誠実ではないし、〝考えること、話すこと、行動は一致させる〟というボーイ・スカウトの規則にも反するでしょ」

キーマンは小さくうなずく。

「もしも」アイルアンが口ごもる。「もしも、誓いの言葉を全部読まないとボーイ・スカウトに入れないなら、ぼくは入れなくてもいいです」

「アイルアン、君はしっかりしているね」キーマンがいった。「神さまを信仰していなくても、ボーイ・スカウトになるのに、何の妨げにもならないよ。逆に、神さまに忠誠を尽くすという人が、神さまの顔に泥を塗るようなことをしでかしたりもする」

キーマンは、実際に体験したことを話してくれた。

キーマンが電気から教育に変わったとき、彼の両親は教育を学ぶ人が多すぎるので、将来仕事が見つけにくいのではないかと案じた。果たして、大学卒業後、キーマンは学校や幼稚園で実習する機会を得ることができなかった。家でチャンスが来るのを待っているのが嫌だったので、キーマンは、稼いで返すことを約束に両親から一千マルクを借りて、愛するギターを背に家を出た。養護学校の先生をするまで、キーマンはあちこちを「放浪」した。建設現場で土方をしたり、花園の手入れをしたり。七歳からたえずボーイ・スカウトの野外訓練を受けてきたから、あちこち放浪する生活には慣れていた。仕事は労働局に行ったり、新聞で探した。個人の仕事は、仕事が終わると、現金をもらってまた旅立つ。だが、会社や役所にかかわると、ちょっとわずらわしい。規則では、金額の大小にかかわらず、金銭はすべて銀行から個人の口座に振り込まれることになっていた。

あるとき、キーマンはドイツ南部のバイエルン州のある村で、地元の愛好会のために家を建てた。給料は口座に振り込まれる。当時、キーマンは自分の口座をもっていなかったので、代わりに受け取ってくれる地元の機関を探さなければならなかった。だが、そこに知り合いはいない。小さいときからボーイ・スカウトで培った助けを求める能力が今こそ、役に立つのだ。ボーイ・スカウトの精神の一つは、不可能を可能に変えることではないか。キーマンはお巡りさんのように、ゆっくりと通りを歩いた。と、突然、十字の標識が見えた。教会だ。目の前がぱっと明るくなった。教会ならちょっとだけ口座を貸してくれるにちがいない。しかも、神父さんは最も人助けを願う人であるはずだ。神父さん特有の慈悲深い豊かなゴマ塩ひげを思い浮かべると、キーマンの心の中が温かくなった。

呼び鈴を押す。背の高い大きな中年の女の人が出てきて、キーマンをじろりと見やり、何の用事かと問うた。キーマンは神父さんに用事があると答えた。その人は、神父は留守だというなりドアを閉めた。自分はよくよくついていないと思い、キーマンがきびすを返してそこから離れようとした。と、そのとき、中から六、七十歳の老人が出てきた。ほほえみを浮かべた顔にゴマ塩ひげ。キーマンは思わず尋ねてみた。

「あなたは神父さまですか」

老人が答えた。

「いいや。神父さまは中におられる」

神父さまが中におられる？　なぜ、あの女の人はうそを？　キーマンは自分の身なりを見た。つなぎの作業着はしわくちゃで汚れている。背中にはギターと寝袋。髪は長くくちゃくちゃ。このため、歓迎されなかったのか。キーマンはその場で呆然とした。だが、彼はそこから離れるつもりはなかった。ボーイ・スカウトだったとき、指導員がこういっていた。いかなる状況であっても、努力を忘れてはならない、と。

二回目の呼び鈴を鳴らす。またもや、あの女の人がドアを開けた。キーマンがいった。

「どうか、中に入れてください。直接、神父さまにお話ししたいのです」

その女の人はふりむいて、大声を上げた。

「ハンナさま、あの流れ者がまたやってきましたよ」

彼女はこちらに顔を向け、キーマンにいいふくめた。

「ここで待ちなさい」

ハンナ神父が門口に現れた。五十歳くらい、メガネをかけ、ほおと下あごに青いひげそりあとがある。神父はキーマンを中に入れず、ただ尋ねる。

「何か、大切な用事かね」

キーマンは自分の窮状と要求を訴えはじめた。が、いくらも話さないうちに、ハンナ神父は叫んだ。

「アンナ、このかたに昼ご飯を差し上げなさい」

キーマンはあわてて自分は昼ご飯が欲しいのではなくて、口座の問題を解決したいのだと説明しようとした。が、ハンナ神父はアンナが持ってきた紙包みを受け取ると、キーマンに渡していった。

「まだ処理しなくてはならない大切な用があるので、とりあえず、これでお引き取りください」

そういうと、背を向けて中へ入った。あのアンナがまたもやドアを閉めきった。

人がどんな助けを求めているのか、まったく知ろうともしないなんて、どうしてこんなにひどい神父がいるのか、キーマンには理解できなかった。ため息をついて、何げなく紙包みを開けてみた。中には、固くなった黒パンが三切れあるだけで、バターすら塗ってない。ましてや、ソーセージが挟んであるなんて、ありえない。

「あんなに腹が立ったことはなかったね」キーマンがアイルアンにいった。

「ぼくも、こんなに腹が立ったことはありません」とアイルアン。

「物乞いだと思われたんだ」

「たとえ、物乞いだったとしても、そんな応対すべきじゃないですよ」

当時、キーマンは腹にすえかねていた。やつらの仕打ちは神の教えに背くことだ。絶対、誰かにいってやる。隣家の前を通りかかると、門の中に美しく着飾った娘さんが二人いた。さっそく自分の遭遇したことを娘さんたちにぶちまけた。娘さんたちはほほほとしきりに笑い、彼に座るように勧め、コーヒーとビスケットを持ってきた。少し食べれば、気持ちも落ち着く。それから、奥の部屋に入っていった。すぐに、中年の男の人が現れ、キーマンと握手をしながら名を名乗った。彼はワーナといった。ここは弁護士事務所で、君を助けられると、いった。彼はすぐに娘さんの一人にタイプを打たせ、例の愛好会にファックスを発信した。およそ半時間後、お金を転送できるとファックスが返ってきた。ワーナ弁護士は、すぐに娘さんに三百マルクあまり、耳をそろえてキーマンに払わせた。キーマンは何度も礼を述べて、事務費としていくら払えばよいかと尋ねると、弁護士はふりむいて、二人の娘さんに問うた。

「いくらか貸したかい？」

二人の娘さんはやはりにこにこしていった。

「いいえ」

「ＯＫ」

弁護士はキーマンの方を向いて、

「この子たちがこういうんだから、あなたは何も払う必要はありませんよ。次は幸運を祈ります」

「お金が入った後、いちばん最初に何を買ったと思う？」キーマンがアイルアンに尋ねる。「絶対、当てられっこないよ」

感激して弁護士事務所から出てきたキーマンは、すぐさまスーパーマーケットに行き、バターと包装紙を買った。バターをていねいに包み、それから教会のポストに放り込んだ。

バターを目にしたハンナ神父は、一枚のメモを読むだろう。

ハンナ神父さま
こんにちは。次回、人に昼ご飯をごちそうするときには、干からびて裂け目のあるパンにこのバターを塗ってやってください。

この話を聞いて、アイルアンは黙ったまま何もいわない。

「何を考えているの？」キーマンが尋ねた。

「ぼく、今後、キャンプするなら、その村がいいなあ。その神父さんに会わせてほしいよ」

「神父さんに何かいうつもりなのかい？」

「えーと……ハンナ神父。今後、ひげをそってはなりません。あなたの憐れみの心とゴマ塩ひげとを一緒に生えさせていってください、ってね」

次の休暇が来ると、キーマン率いるボーイ・スカウトは出発した。今回はフランスだ。

まず、汽車でドイツとフランスの国境に行った。そのフランスの小さな町はアルザスといった。キーマンが子どもたちに説明する。フランスの作家ドーデの小説『最後の授業』に書かれている場所で、ここで作品は書かれたのだよ。『最後の授業』とは、一人のフランス語の教師がドイツ軍に占領された後、最後のフランス語の授業をするのだ。

アイルアンと一緒に、ジュリアンもザビーネも新隊員となっていた。ボーイ・スカウトに入るために、ジュリアンは彼女のぬいぐるみのクマとしばし、別れなくてはならなかった。彼女は小さいときからいつもぬいぐるみのクマを抱いて寝ていたのだ。キャンプ必需品を分担するほかに、それぞれみんな袋を一つ用意する。中に安全ピン、ゼムピン、チョーク、釘、カッター、ロウをしみこませた防湿マッチ棒などが入っている。その中には、十センチごとに結び目のついた、一メートルのひももあった。

キーマンは新隊員に答えさせる。

「このひもは何につかう?」

ザビーネが答える。

「人を助ける。誰かが川に落ちたら、みんなのひもをつなぎあわせて、落ちた人に投げてやるの。このひもにつかまらせて岸に引き上げるのよ」

かたわらのハジャリンが反論する。

「一本ずつつなぎあわせていたら、落ちた人は溺れて死んでしまうよ」

アイルアンがいった。

「森の中にはカレンダーがないから、このひもをカレンダーにするんだ。一日過ぎるごとに、結び目をほどいていく。ひもに結び目がなくなると、十日過ぎたことになるだろ」

「それっていえてるよね」とハジャリン。「でも、そんな使い方をしたことないよ」

ジュリアンがいった。

「このひもでダイエットするのよ」

ますます、おかしなことになり、誰も真に受けない。

「わたしのいってるのは、ダイエットの効果をチェックする、っていうことよ」

ジュリアンが説明する。

「これでおなかを測るの。結び目はダイエットの目印なの」

ジュリアンがハジャリンのおなかを見たので、みんな笑った。隊の中でハジャリンがいちばん肥えている。ここ数年、ボーイ・スカウトで苦労してないわけないのに。

キーマンはハジャリンにいった。

「君がいちばん古い隊員だ。このひものつかい道を話してやってくれたまえ」

ハジャリンがいうには、容器に結びつけて、谷川や湖水のほとりで水をくむ。キャンプファイヤーをするとき、これでたきぎをしばる。ものさしがわりにつかえる。森でゲームするときに、しょっちゅう、測ったり、線を引いたりするからね。ゲーム中に捕虜を捕まえるときにも、つかえるし……。持ってきているこまごました物も実に役に立つ。なんと、彼らはゼムピンで魚を釣ったのだ！

それはキャンプの三日目のことだった。前を歩いていた隊員から後方に手旗信号が送られてきた。湖を発見したというのだ。湖畔に着くと、大きな石板に釘で丸が描いてあり、その丸の中に水紋が描いてあった。これは、よそのボーイ・スカウトが残してくれた記号で、ここの水は飲めるということだった。もし、飲めないときは、丸の中の水紋に、線が引いてある。（ボーイ・スカウトにはたくさん決まった信号がある。たとえば、矢印の上に横線が二本描いてあったら、前方に障害あり、三角は危険注意、ばつ印は道が違うので引き返せということ等々）すぐに誰かが湖に魚がいるのを見つけた。

ほんとに、魚がいた。アイルアンはすぐに魚釣りを思いついた。北京に行ったとき、おじさんと郊外で魚釣りをしたことがあった。アイルアンはすぐに、ゼムピンをかぎに曲げ、ミミズを見つけてえさにし、かぎをひもで小枝にくくりつけると、さっそく魚を釣りはじめた。

みんなはアイルアンが魚を釣り上げるのを期待する一方で、こんな竿で魚が釣れるはずないと思っていた。

ここの魚はおそらく人に釣られたことなどなかったのだろう。何ら警戒することなく竿にかかった。釣った魚はおよそ一キロ。今晩は魚のスープが飲める、とみんな大喜びだ。キャンプではほとんど真空パックの黒パンにソーセージを挟んだものだったから、おいしい熱々のスープだと思うだけで、もう興奮した。みんなは次々とアイルアンを取り囲み、竿を貸してほしいと頼んだ。

先にジュリアンに貸そうか、それともハジャリンにしようか、アイルアンが迷っていたとき、ふと、水面に何か見つけた。木の看板の端っこだ。この看板は岸辺の水の中に立ててあったのが、次第に傾き、湖水に今にも沈みそうになっていたのだ。

アイルアンがそばに行って、木の看板を立て直すと、看板の字が現れ出た。

環境保護区内での魚釣りを禁じる

みんな、呆然とした。

隊員の一人がいった。

「ここは荒れ野で、誰も管理していないよ。ぼくたちが釣った魚は神さまのおくりものだよ……」

誰も彼の話をさえぎらなかったが、彼もそれ以上、話そうとはしなかった。

アイルアンは黙ったまま魚を湖に返した。ほかの子ももう竿を貸してとは、いわなかった。

その晩、「神さまのおくりものだ」といったあの子が食事当番だった。今日、みんなは魚のせいで、少し、食いしん坊になっていたので、食事は工夫する必要があった。そこで、大きななべでスパゲティーをゆで、市販の粉末トマトを放り込んでかき混ぜた。家で食べるスパゲッティのソースには手をかける。まず、玉ねぎのみじん切りとミンチ肉をいため、それから新鮮なトマトの皮をむき、種を取り、それを細かく切って、トマトケチャップを作る。それを玉ねぎとミンチに混ぜて、一緒にいため、いためおわったら、コショウなどの調味料を入れ、熱いうちにスパゲッティの上にかける。最後に粉チーズを振りかけてもいい。だが、こんな山の中でミンチや新鮮なトマトは見つけられっこないし、チーズは常温で置いておいたら、すぐにカビが生える。だが、粉末のトマトをかき混ぜただけのスパゲッティが食べられる、それだけでみんなは十分満足だった。

ボーイ・スカウトの活動で、寝るというのは、ただ休息をとるというだけではない。実際、ヨーロッパ各国どこでも、条件のよいキャンプ場がある。炊事、ふろにも入れる。ただ、少しばかり、費用はかさむが。しかし、こんなのはボーイ・スカウトの主旨に反する。ボーイ・スカウトはもっぱら、道なき道を行き、人のいないところでテントを張る。それは自分の生きていく力を鍛えるためにだ。森の中で夜を過ごすと、夏でも冷え冷えとしている。長ズボンをはき、セーターを着て、靴下も脱げない。アイルアンはハジャリンと同じテントで寝た。初めは、相手の汗臭さや靴下のにおいが鼻についたが、二、三日すると、もうにおわなくなった。その日、ハジャリンは寝る前に、外へ、「花に水を」やりにいき、ザビーネをびっくりさせた。

これは、ボーイ・スカウトの専門用語で、小便のことを「花に水をやる」といい、大便は「こやしをやる」というのだ。ボーイ・スカウトは自然を愛し、環境を守る。いつでもどこでも、自然に貢献するのだ。だが、そのときちょうど、ジュリアンがそこで自然に貢献しているところで、ザビーネがジュリアンのために、見張りをしていたのだ。ハジャリンがやってくるのを見たザビーネは、わざと懐中電灯を自分の下あごから上向きに照らした。一度、やってごらん。暗がりでこうやると、絶対みんなこわがるから。ザビーネはおまけに、目をむいて、舌を出したから、すっかり女のおばけだった。

ハジャリンはテントに戻ると、ザビーネのやり方でアイルアンをおどかした。そんなのちっともこわくない。それより、おばけの話をしようよ、とアイルアンがいった。ハジャリンは先にアイルアンに話させた。アイルアンは『聊斎志異』（注2）の中の話をした。幽霊が人間の皮の上に美女の絵を描くと、本物の美女となって書生にとりつき、書生の心を食べようとしたという。ハジャリンの中国語はアイルアンのようにうまくなかったので、中国語の本は読めなかった。そこで、ハジャリンは本当にあった、こわい話をするといった。

「ある日のことだ。物理の先生が、落ちたリンゴからニュートンがどうやって引力を発見したかを教えていたちょうどそのとき、突然、リンゴが木から落ちるように、壁に掛けてあった時計が落ちてきた。先生は反応が早かったので、頭に直撃することはなかった」

「それが、こわい話なの？」アイルアンはちょっとがっかりした。

「まあ、あわてるなって。同じ日、宗教の授業がちょっとのびたんだ。そのとき、サッカーボールが運動場から飛び込んできた。いいかい、ぼくたちの教室は、三階なんだぜ！」

アイルアンは笑った。こわい話で、人を笑わせるようじゃいけないなあ。アイルアンがハジャリンに聞いた。

「同じ日に、まだ何か起こったの？」

「化学の先生が黒板に字を書こうとした。チョーク四本つかったけれど、どれも字が書けない。五本目は赤いチョークだったのに、青い字になったんだ」

「青インクがついてたんじゃないの？」

「おばけのせいじゃないかって、みんないっている。ぼく、これは……」

ハジャリンの話がとぎれる。テントの外は静かで、遠くの方で夜鳥が不気味な鳴き声を立てている。

「これは教室の壁の十字架がさかさまにかかっていたからなんだ。十字架の上側は少し短くて、下側は少し長いだろ。ところが、そのとき、反対になっていたんだ。わざと十字架をさかさまにする人なんていないだろ。どんなわんぱくなやつでも、神さまにいたずらはできないよ。それじゃ、誰がしたんだ。おかしなことにさ。さかさまになっているのが、ぼくにしか見えないんだ。ほかのやつには見えないのか。それとも、さかさまに見えているのに、口に出さないか。口に出せないのか。考えれば考えるほど、納得いかないんだ。だけど、どうしてだか、ぼく、ずっと、このことは心の中にしまったままにしていた。それからは、教室に入るたびに、その不思議な十字架を見ずにはおれなかった。ところが、ある日、それが元に戻っていたんだ」

その夜、アイルアンは長い間、寝つけなかった。

その後も、たくさんこわい話は聞いたけれど、今回ほど印象深いものはなかった。寒さ身にしみる森の夜、ふくろうのむせび鳴く声を聞きながら、そんな中で聞くこわい話ほど、刺激的なものはない。

（注1）中国では万能薬といわれ、家庭の常備薬の一つ。
（注2）中国、清代の怪異小説集。

第十三章　交換留学

土曜日、中国語学校に行くと、タンヤンがアイルアンに聞いてきた。

「あなたたちの学校、もう書いた？　交換留学の申し込み」

アイルアンには、タンヤンが何のことをいっているのかわかった。七年生になると、「交換留学」として、海外に行くチャンスがある。勉強している語学によって行き先が決まる。ラテン語を勉強している者は、イタリアの学生と交換、フランス語を勉強している者はフランスへ行き、英語を勉強している者はイギリスかアメリカへ行く。アイルアンとタンヤンは同じで、最初にフランス語かラテン語かを選択するとき、二人ともフランス語を選んだ。そのときから、ずっとルーブルやエッフェル塔を見るのを楽しみにしていた。だが、アイルアンの学校と提携しているのは、フランス教会の学校で、かくべつ要望が厳しく、順番からいけば、本来ならアイルアンのクラスなのに、フランス側が、是が非でも双方の男女比を合わせようとした。だが、アイルアンのクラスと、相手のクラスとでは、性別が合わなかった。

「実際、男の子の家でも、女の子の家でも、ぼくたち、どってことないのにさ」アイルアンがいった。

「だのに、相手の学校はしゃくくし定規で、結局、ほかのクラスが行くことになったんだ。そのクラスの男女比がちょうど要望どおりだったから」

タンヤンが自分の申込用紙をアイルアンに見せた。申込用紙には、家庭状況、兄弟姉妹、両親の職業などを書き、さらに自分の趣味やどんな学生の家にホームステイしたいかも書く。タンヤンの父さんは、フォルクスワーゲン社の中堅社員で、母さんは医者。タンヤンには兄も姉も弟も妹もいない。趣味の欄にはこう書いてあった。将来の希望は母さんのように医者になること。ピアノが弾け、賞を取った。文章を書くのが好きで、クラス新聞の主な執筆者兼編集者。ほとんどどんなスポーツでも好きだが、得意種目は水泳とスキー。「どんな学生の家にホームステイしたいか」では、タンヤンに特に要望がなかったので、「誰でもいい」と書き込んであった。というのも、彼女はクラスの中では、どんな子ともうまくやれたからだ。

「クラスの中には、テレビゲームが好きだから、そういう経験が交流できたらいいですって書いた友だちもいるわ。ヨハンは、フランスのクレープが大好きです、って書いていたわ」

クレープは、大麦と燕麦で作ったうすいチエンピン（うす皮焼き）で、熱いうちにイチゴジャムやヨーグルトを載せて食べる。甘くておいしい。

「ぼくなら、魔法使いの家にホームステイしたいって書くよ」

アイルアンは『ハリー・ポッター』を読んだばかりで、魔法にとても興味をもっていた。

「それじゃ、魔法使いがほうきをプレゼントしてくれるだろうから、ドイツに帰るとき、それに乗って帰ってこられるわね」

次の土曜日、タンヤンはアイルアンと顔を合わせると、申込用紙を見せた。それは、タンヤンのフランスの友だちが書いたものだ。フランス側では、ドイツ側の申込用紙を受け取ると、男の子も女の子も、友だち選びを始め、自分たちも申込用紙に書き込んで送り返してくる。タンヤンの友だちは、ナタンという女の子だった。

アイルアンはその申込用紙を読んだ。ナタンのパパはフランスの航空会社の販売経理担当で、ママはファッションモデル出身。八歳の妹と四歳の弟がいる。動物が好きだが、「両親は飼うのを許してくれない」。ナタンはこう書いている。「ママは毛皮のコートをたくさん持っているので、あたし、こういってやったの。毛皮だけが好きなのね。なんて残酷な人なのって」

「一か月したら、ナタンが来るわ」とタンヤン。「家ではすっかり用意できているわ。ナタンはもちろんわたしと同じ部屋に泊まるの。ナタンにはあたしのベッドに寝てもらって、あたしは床の敷き物に寝るわ。クラスの子たちは、自分はベッドに寝て、お客は敷き物に寝させるのよ。でも、あたしたちは中国人よ。礼儀の国よね。母さんにもいってあるの。ナタンはフランスから来るから、西洋料理に慣れている。朝昼晩、中国料理じゃだめよって」

クリスマスイブに、ナタンはクラスの友だちと一緒にやってきた。ナタンの長い髪は金色と茶褐色の中間だが、最も人目を引いたのは、彼女の背丈だった。一メートル七十八センチの身長はおそらくモデルのママと関係あるにちがいない。

タンヤンの部屋に入ったナタンは、ベッドと敷き物に目をやると、タンヤンにドイツ語でいった。

「あなたはベッドに寝て、わたしは……」

ナタンは敷き物を指さした。「敷き物」という言葉がいえなかったのだ。

「いいえ」

タンヤンは自分の口の形をナタンに見せていった。

「わたしは敷き物に寝て、あなたはベッドに寝るのよ」

ナタンはフランス語に変えた。

「あたし、敷き物のほうがいいの」

タンヤンもフランス語で答える。

「あなたはお客さん。中国人のお客はベッドに寝るのよ」

「それって、中国人のきまりなの」

「まあ、そうね」

ナタンはしかたなく、タンヤンのベッドに寝た。

すぐに、タンヤンはそれが間違いだと気づいた。一メートル七十八センチの女の子がこのベッドに寝るにはあまりに窮屈で、体をエビのように丸めたまま、寝返りも打てない。

「きついわね」タンヤンはナタンが床に寝ることにしぶしぶ同意した。

ナタンがタンヤンに聞いてきた。

「あたしがなぜあなたと友だちになりたかったかわかる？」

「どうして」

「あたし、中国人に親近感をもっているの。あたしの体にも中国人の血が流れているのよ」

「そうなの？」タンヤンは驚いた。ナタンから中国人の特徴はまったく見出せない。

「母方のおばあちゃんはフィリピンから来た中国人で、母方のおじいちゃんはフランス人よ。ママは半分、中国人ってことでしょ。でも、パパの家族にはギリシャとルーマニアの血が流れているの……」

タンヤンはあっけにとられてナタンを見つめた。彼女の血が、色とりどりのカクテルみたいに、複

雑に混ざりあっているのを想像しながら。

ナタンはタンヤンの本棚に何語かわからない数冊の本を見つけた。タンヤンに聞くと、中国語だという。四分の一の中国人として、ナタンはちょっぴり恥ずかしかった。

タンヤンはナタンが抜きだした本を指さし、『花季・雨季』（注）という本で、女子中学生が書いた小説なのよと教えた。

夏休み、中国に帰ったタンヤンが母方の祖父母を訪ねたとき、いとこが、中国の少年少女の生活が書いてあって、とてもはやっているのよ、といって一冊の本をくれた。だが、その本には緑色の紙がつかわれ、おまけに変な香りがして、タンヤンはなじめなかった。自分で本屋に行き、普通の紙の『花季・雨季』を買った。とても気に入って、何度も読みかえし、両親にまで読ませた。

タンヤンはいとこがくれた本をナタンに見せた。

「この色は目が疲れやすいの。特にこの香り、あたし、かいだとたん、くしゃみが出るの」

タンヤンが鼻を本に近づけると、案の定、たちまち、大きなくしゃみを二、三回した。タンヤンはナタンにも試させた。ナタンは香りをかいでいった。

「変なの」

だが、どんなにかいでも、くしゃみが出ないので、申し訳なさそうだった。

ナタンがいった。

「いつか、中国へ行ってみたいわ」

ナタンのママはモデルをしていたとき、いろんな国に行ったけれど、中国には行ったことがなかった。

「じゃ、あたしたち、一緒に行こうよ。おばあちゃんちに泊まればいいよ」

二人は話せば話すほど気が合い、夜中の一時になっても、話は尽きない。

「明日は学校でしょ」

タンヤンの母さんが注意しにきて、やっと二人は眠りについた。

次の日の朝、二人の女の子がねぼけまなこで食卓についたとき、タンヤンの母さんはすでに酒蒸饅頭を作り上げていた。タンヤンの予想に反して、ナタンは中国料理に舌つづみを打った。

クリスマスの祝いで、学校は交歓会を催す。タンヤンのクラスは外国の友人がいるので、二つの合唱を用意することになった。フランスの女子生徒とドイツの男子生徒にはドイツ語の歌を歌わせ、ドイツの女子生徒とフランスの男子生徒にはフランス語の歌を歌わせようというのだ。まず、みんなで何を歌うか話し合った。

ドイツの男子学生トニーが、ドイツ語の歌なら「首相の歌」がいいと提案した。ドイツの首相シュミットは、一度、ケルンで群衆にサインをしたとき、そばにいた人に、

「ビールを持ってきてくれ、でないとサインはやめだ」と、軽口をたたいた。

あるテレビ局のお笑い番組の司会者は、このシーンとこのセリフをテレビ用の曲にしたて、短い歌詞をつけた。

わたしは欲しい　ビール
ビール
ビール

一口、一口、また一口

シュミットの映像は編集され、伴奏曲がつけられると、首相の腕が伸びてはちぢみ、伸びてはちぢみ、とても面白い格好になった。わざわざシュミットにインタビューした記者もいた。このマンガチックな歌をどう思われますか、という問いに、シュミットはにっこりして答えた。

「おかげでますます有名になったよ」

確かに、多くの人がこの歌を知っている。特に学校の生徒たちだ。いつかシュミットが首相でなくなっても、この「首相の歌」は人々に記憶されるだろう。

歌詞が短くて、覚えやすいし、面白いから、フランスの女子生徒たちはトニーの提案に賛成した。フランス語の歌では、一人のフランスの男子生徒が、簡単な「さくらんぼ摘み」を歌ったらどうかと提案した。これなら、ドイツの女の子たちも困らないだろうから、と。

一、二、三　果樹園にいこう
四、五、六　さくらんぼを摘もう
七、八、九　手かごに入れよう
十、十一、十二　赤いさくらんぼ

だが、フランスの女の子たちは、ドイツの女の子たちのために、この男の子の提案に反対した。

「ちっとも、面白くないわ」

「赤ちゃんの歌よ」

するとナタンがいった。

「面白いドイツの歌で、フランスでもはやっているのがあるわ。『何、持ってるの』っていうんだけど、フランス語で歌ったら、どうかしら」

みんながその歌をよく知っていたので、ナタンの提案が通った。

何、持ってるの？

持ってるとしたら、それは何。ほかの人は持っていないの？

前は持ってなくて、今は、持っているの？

いったい何なのか、誰も知らないわ

知りたいなあ。いったい何なのか。

それって、あたし、とっくに持っているかも。

平べったいの？　丸いの？　四角いの？　長いの？

正直、あたし、わかんない。それって何、知りたいなあ。

いったい何を持ってるの？

いったい何を持ってるの？

いったい何を持ってるの？

ふだんの練習はいつもナタンたちが先に終わった。ナタンはタンヤンの練習が終わるのを待って、二人は一緒に帰った。

あるときのこと。ナタンは、例のトニーが校門のところでバラを一輪手に持ち、やや緊張した面持ちで誰かを待っているのに気づいた。トニーはタンヤンが出てくると、手招きして呼び寄せ、バラの花を手渡し小声で二言三言ささやいて立ち去った。

ナタンがタンヤンに尋ねた。

「ボーイフレンドなの？」

「とんでもない」タンヤンがいった。「この花はトニーがあなたに渡してくれって」

ナタンはいささか驚きながら、花を受け取った。花弁の間に、小さく折ったメモが挟んである。ナタンがメモを開いて読んだ。

「明日の放課後、喫茶店に行きませんか」

ナタンは不思議に思った。

「さっきまで、校門でずっと一緒に立っていたのに、どうして直接手渡さなかったのかしら。トニーは恥ずかしがり屋なの？」

「たぶん、あなたが外国の女の子だったからじゃないかな。クラスの中ではこんなじゃないもの。あたしもトニーからメモをもらったことあるもの」

「デートしたの？」

「するもんですか。あたしもメモを書いてやったわ。『自分がバカだって気づかないの？　自分がだらしないって気づかないの？』ってね。だって、トニーたちは宿題もしてこないで、いつもあたしのを写して、先生のチェックをすりぬけているのよ。いつだったか、嫌だっていってやったわ。そしたら、ほかの女の子から借りていたわ。女の子たちは喜んで貸してやるのよ。かっこいいし、先生にさからってばかりいるような男の子って、みんな好きなのよねえ」

ナタンがさらに聞いてきた。

「男子と女子がこんなふうにやりとりし、花なんかも送ったりしているのに、先生は何もいわないの？　うちの学校だったら、処分されるわ」

今度はタンヤンが驚いた。

「あたし、フランス人って、いちばんロマンチックで、友だちに会うと、ドイツのように握手だけでなく、抱き合い、ほっぺたをくっつけ、キスしあうとばかり思いこんでいたわ。意外だわ、学校がそんなに厳しいなんて」

「フランスの学校がみんなこんなだというわけじゃないの。でも、ママはわたしのためにわざわざそんな学校を選んだの。そのうち、弟も妹もこの学校に入ることになるわ……」

ナタンとクラスメートたちは、ドイツで二週間過ごした。その二か月後には、タンヤンたちがフランスを訪問することになっている。

ナタンの家族はパリの郊外に住んでいる。が、パリ市街に、四部屋あるマンションをもっていて、パリの学校に通う三人に貸していた。毎朝、ナタンのママは車で子どもたちをそれぞれ学校と幼稚園に送り、午後ナタンの弟を迎えにいく。ナタンとタンヤンはバスに乗って自分で帰ってくる。週末、三人の学生は、郊外の自分の家に帰っていくので、ナタンはタンヤンを連れてパリに遊びにいくと、そのマンションに泊まることができた。

フランスに着くなり、タンヤンはフランス語を話すことになる。ドイツにいるときは、ナタンはドイツ語で話さなければならなかったが、ほとんどフランス語で話した。フランスの学校ではドイツ語を教えるペースがかなりゆっくりだったので、ナタンがつかえる日常語では限界があったし、ナタンはドイツ語を話すのが好きではなかったからでもある。フランス人は普通、外国語を話したがらない。たとえ聞きとれたとしても、話すのをおっくうがる。フランス人は特別自国語を愛するということか。フランスでは法律で、ラジオ局は決まった時間帯にはフランスの歌を放送しなくてはならない。また、みだりに外国語で宣伝してはならない、と決まっている。

アイルアンがタンヤンにこんな話をしたことがある。アイルアンの母さんがフランスに行ったとき、英語で道を尋ねると、そのフランス人は聞きとれた。ところが、英語で話したのは、一言だけ。「ユーゴー（こう行くんですよ）……」といった後、全部フランス語だった。最後に、アイルアンの母さんは「サンキュー」といったものの、どう行ったらいいのかさっぱりわからなかったというのだ。

ナタンとタンヤンはぶらぶらとショッピングしながらエッフェル塔の下まで来た。タンヤンはサングラスが気に入ったので、フランス語で値段を尋ねた。ところが、そのフランスの物売りはタンヤンにちらっと目をやると、

「中国人かい？」と中国語で話してきた。

タンヤンはうれしいやら驚くやらで、

「中国語、話せるんですか」と聞いた。

「うん。できる」

タンヤンはからかい気味に、

「それじゃ、あなたのお名前は？」というと、物売りは手をしきりに横に振っていった。

「わたしの品物、高くない」

あははは、とタンヤンは大笑い。あっさりと商談が成立した。後から、ナタンは残念そうに、

「このサングラスなら、もう少しねばれば、二十フランで買えたのに。三十フランも払うなんて」

だが、タンヤンはとても喜んでいた。今、中国語を学ぶ人がどんどん増えてきたが、物売りまで中国語を勉強しているなんて。物売りも喜んでいた。中国語を勉強して無駄ではなかった。おかげでお金が余計にもうかったのだから。

ドイツに帰ってから、タンヤンとナタンは手紙やカードをひんぱんにやりとりした。どのカードにも赤いハートがついていた。タンヤンの十四歳の誕生日には、ナタンは金紙で包んだハート型のチョコレートを十四個送ってきた。

タンヤンの母さんはちょっと心配になってきて、タンヤンの父さんにこっそりといった。

「ヨーロッパの女の子が十二、三歳にもなれば、ボーイフレンドができてもいいころでしょうに、あのナタンたら、いまだに男の子が嫌いで、タンヤンとこんなに親密だなんて、ちょっとおかしいんじゃないかしら」

タンヤンの父さんはそうは思わなかったので、母さんの取り越し苦労にとりあわなかった。

タンヤンは母さんにいった。

「何て勘ぐりをするのよ。学校では、あんな男の子たちを相手にしちゃいけないっていいながら、今度は、女の子と仲良くしたら、同性愛じゃないかしらなんて心配する。こんな中国人の親って、ホン

トまいっちゃうわ」

　父さんがあわてていった。

「こんな中国人の母さんにはホントまいっちゃうわ、っていうべきだろ」

「二人がそういうなら、わたしは反対しないわ。でも、その言い方はちょっとひどいんじゃない？」

「こんなこと、そんなに珍しいことでもないのよ。仲のよい友だちどうしはみんなこんなだわ。うちのクラスの二人の女の子なんか、友情の深さのあかしに、タトゥーするところにわざわざ行って、二人の腕に赤いハートを彫ってもらったの。それぞれの腕にハートを半分ずつね」

　この話を聞いた母さんの顔から血の気がうせた。

「タンヤンたら、おどかさないでよ。そんなこと、絶対しちゃだめよ」

　母さんの驚く姿に、タンヤンも父さんも愉快でならなかった。


　復活祭の前に、アイルアンの家に一本の電話があった。

「ハイル」電話に出たアイルアンがふだんどおりに答えた。

「アイルアンかい？　ぼく、シュイカイ（許凱）だよ」と相手がいう。アイルアンはとっさに思いつかない。さらに相手は、

「ぼくたち、北京で会ったじゃない。ぼく、君のおじさんちの隣の者だよ」

「やあ、こんにちは」

「ぼく、ドイツにいるんだ」

　シュイカイはすでに外国語学校の高等部にいて、ドイツ語を勉強していた。学校では、毎年、成績、

品行ともに優秀な高校生をドイツで数か月、勉強と生活させた。旅費は自分もちだが、ドイツでの費用はドイツ側がもってくれる。ドイツには通常、もっぱら、このような交流のために、資金と援助を提供する協会がいくつかある。できるだけ費用をきりつめるために、協会ではボランティアで外国の学生を受け入れてくれる家庭をつのる。だが、医療保険は協会が負担する。

シュイカイを受け入れた家庭には二人の男の子がいた。上の子の年はシュイカイと同じくらいで、下の子はまだ八歳だった。シュイカイが家の中に入るなり、八歳の男の子が、まず「ニイハオ」と中国語でいった。

「ニイハオ」シュイカイも答える。

「ぼく、アボット。君は？」

「ぼく、シュイカイ」

シュイカイはアボットの次の質問を待ったが、それ以上続かなかった。アボットの兄さんがドイツ語で話した。彼とアボットは学校が主催する中国語の愛好会に入っている。三年間で、二十足らずの中国語のいいまわしを学んだにすぎないのだ。

「どうしてなの」

「三年間、指導員が教える内容が同じだからさ」

ドイツにはトルコ語を教える学校はある。その地区のトルコ人が一定の比率を占めているからだ。だが、中国語を正式な科目に組み入れて授業している学校はなかった。アイルアン、タンヤンたちが学んでいる中国語学校は、中国人留学生が先生をしていて、アルバイト的な性格を帯びていた。しかし、アボット兄弟が入っている愛好会は、指導員が政治を勉強している人で、彼ができる片言の中国語は一度行った香港旅行から持ち帰ったものだった。

「ぼく、ほかにもいえるよ――」アボットが突然、中国語を一言口にした。「風水」。

シュイカイは変に思った。普通につかう言葉ではない。

アボットがシュイカイにいった。

「中国人は家を建てるとき、風水にこだわるんじゃないの。ドアが道路に向いてちゃいけない。そうでないと、金運が通る車にもっていかれるとか。トイレは家の中に作っちゃいけない。そうでないと、縁起が悪いとか……」

こんなおかしな話、シュイカイは初めて聞く。「中国」の話だっていうのに。

アボットはまじめくさっていう。

「ドイツ人は違うよ。トイレは家の中にあるほうが便利だもん」

シュイカイは声をはりあげていった。

「ぼくんちのトイレも家の中にあるって！」

なんと、アボットはママにくっついて、風水の講座に出たことがあったのだ。ときには、香港の風水の大家が講義することがあっても、大部分はドイツ人が講義した。アボットとママが受けたのは、ドイツ人の講座だった。これらのドイツ人はあまり知らないのに、講義したがった。太極拳や気功など、生半可の知識しかない中国人は決して講義しない。ところがドイツ人はおかまいなしだ。興味をもつ人がいれば、平気で話した。両極端なのだ。一方は、理解できないものは受け入れがたいというもので、中国について理解できない人たちは、中国旅行なんて思いもしない。十数年このかた変わることなく、スペインの小さな島々に行って日光浴するとしても、新しいことを試すよりはましだと思っている。もう一方で、不思議であればあるほど惹かれ、どんなものでも、古代の東洋と関係するだけで、神秘的に感じ、おおげさに風水のことをしゃべれば、それだけで聴衆の好奇心を満足させられるというもの、と。

だが、アボットのママが、中国の子どもを引き受けたのは、自分の子どもたちにもっと中国文化を知ってほしいからで、いつか、はるか遠くのその国を訪ねてみようとも思っていた。

シュイカイが、週末にアイルアンのところに二日ほど泊まりにきて、二人は楽しく過ごした。ドイツ人家庭について、シュイカイがいちばん印象深く思ったのは、ここでは何でも自分で解決するということだった。普通、大人たちは、おなかいっぱいになったの、寒くないの、なんて、聞いてこない。自分の子どもにも聞かない。そんなことは、子どもが自分でわかることだったから。シュイカイが旅行したいなと思ったことがあった。すると、ホームステイ先の主人がシュイカイに、駅に行って、最も自分に適したルートと値段を相談してきたらいいといった。シュイカイは自分の賢さや有能さをこれまで疑ったこともなかったが、彼自身驚かされたのは、ドイツに来てからできることが増えたことだ。

シュイカイがアイルアンに話した。中国にいたとき、ドイツの子たちと手紙のやりとりをしていたが、その子たちが、休暇に招待してくれたというのだ。

「ぼく、ペンフレンドの女の子の誕生パーティーに出たことがあるんだ。そのパーティーは、もうからないボウリング場を借りていた。ダンスをするときは、ボウリングのレーンをよけて踊るんだ。上には何本かひもが張りめぐらしてあって、たくさんのリボンや風船がぶらさげてあった。真ん中の長机の上にはお菓子や飲み物が並べられ、ビールもあった。みんなの自己紹介が終わると、ペンフレンドはぼくをほったらかして、自分だけ遊びにいっちゃったんだ。ぼくは自分で相手を見つけておしゃべりした。誕生祝いの女の子が戻ってきた。彼女の髪の毛はぼくと同じぐらい短かったけれど、赤く染めていた。彼女はぼくをダンスにさそった。そのとき、恐ろしいことが起こったんだ……」

「女の子とダンスしたことなかったのかい」アイルアンがシュイカイに尋ねた。

「したことあるさ。だが、〝あんなの〟したことなかったね」

アイルアンはシュイカイより二つ三つ年下だったけれど、あいまいな笑いを浮かべた。

その子はとてもおおっぴらで、ダンスが終わると、シュイカイの首に抱きついて、彼の左のほっぺたに「あれ」を、今度は右のほっぺたに「あれ」をした。シュイカイはすっかりうろたえてしまった。その子はくちびるをあざやかに塗っていたから、口紅がシュイカイの顔についていたかもしれない。シュイカイは、それを手でふきとることもできないで、ほかの人に失礼じゃなかったかばかり気にしていた。

驚かされたけれど、シュイカイはこんなパーティーを面白いと思った。自分の小遣いを出し、自分で企画し、自分でセッティングして、人を楽しませるような趣向を凝らす。

アイルアンはシュイカイを連れて街をぶらついた。駅の近くに臨時に建てられたテントが何張りかあり、上から標語がたれさがっていた。それで初めてわかったのだが、なんと、この日は薬物使用者の死者のためにドイツが定めた記念日だったのだ。かたわらに、宣伝カーが停まっており、異なる党派の議員たちがこのときばかりは、同じトーンで道行く人に演説していた。人がだんだん集まってきた。鐘が鳴り響いた。教会から聞こえてくる哀悼の鐘の音である。つづいて、主催者は群衆と一緒に薬物で亡くなった人たちの名前を書いた白い風船を天空に放った。亡くなった人のつれあいたちも来ていたが、死者の多くは若者でつれあいすらいなかった。人々に白いバラを配っているのは、亡くなった人たちの親で、この人たちは、長い名前の協会を作っていた。「人道的で、納得できる薬物治療方法を勝ち取るために努力する親・家族の自助協会」という名称で、親たちは道行く人たちにチラシを添えた四百本の白いバラの花を配っていた。

シュイカイはちょっとショックで、理解に苦しんだ。シュイカイがアイルアンに尋ねた。

「国が薬物中毒者のために、記念日を定めているの？　それって、強盗やスリに記念日があるようなものじゃないの」

アイルアンはちょっと考えた。

「強盗やスリの記念日は四月一日だよ」

「エイプリル・フールのこと？」シュイカイがいった。「それは逆にどんな不思議なことでも起こる日だろ」

「最初の質問に答えるよ。授業で話し合ったことがある。悪い人は薬物をつかうが、薬物使用者が悪い人とはかぎらないだろ。この人たちをみんな犯罪者だとみなすわけにはいかない。国は納税者のお金を、薬物使用者の治療に当てている。だが、大事なのは、人々がみんなに薬物は悪魔のように恐ろしいものだと伝えることなんだ」

「それじゃ、〝納得できる治療方法〟って何のこと」

すると、アイルアンが説明した。

「そこは精神病院ではなくて、学校みたいなところ……」

シュイカイがそこで見たもう一つの珍しいものは、図書館の壁に張ってある広告だった。内容は、本市の副市長フェンサ女史は、毎月第一月曜日と第二木曜日、午後一時半から四時半まで、特設の事務所で青少年の提案と批判に耳を傾ける、というものだった。

シュイカイがアイルアンに尋ねた。

「提案した友だちがいるのかい」

「いるよ。ダニエルが行ったんだ。ジュラ紀公園を造り、中の恐竜は機械仕掛けではなくて、クローンで培養した本物の恐竜にする、って提案したんだ」

「副市長は何ていったんだい」

「ダニエルは満足していたけれど。フェンサ女史はダニエルの提案をパソコンに打ち込みながら、こういったんだ。『市の建設に関心をもってくれてありがとう。よい考えが浮かんだら、また来てちょうだい。スピルバーグでも考えつかなかったものがいいわ』ってね」

（注）『花季・雨季』郁秀著、一九九六年出版。作者が十六歳のときに書いた作品で、発表と同時に、百万部を超えるベストセラーとなった。

第十四章　ママは毎日でもケーキを焼きたいわ

復活祭の休みに、アイルアンはイギリスで投函された大きな封筒を受け取った。誰が送ってきたのか、思い当たらない。イギリスに友だちはいなかった。封を開けると、バースデー・カードが出てきた。カードの表に、小ネズミが一匹いて、警告している。

気をつけろ、中は……爆弾かも！

カードを開けると、ネズミはすでに顔じゅう真っ黒こげになっている。そばには爆弾であいた穴が一つ。

穴に手を入れてみな。いいことがあるかも。

アイルアンが穴に指を突っ込むと、中は袋になっていて、そこから二十マルク札が一枚出てきた。カードに名前があった。誰だかわからなかった送り主は、なんと、ハジャリンだった。

その晩、メールも来て、それで初めて、なぜハジャリンがイギリスにいるのかがわかった。ハジャリンの英語の成績は、ほかの科目とどっこいどっこいで、いつも「3」か「4」だ。家庭教師についても、よくならない。ハジャリンの父親は、新聞の広告で、イギリスで開講される「英語特別クラス」があることを知り、イギリス人に英語を習うのがいちばんだと考えた。これを香港の親戚に話すと、従姉も受講することになり、復活祭の休みに、ロンドンで香港の従姉と落ち合って、ハジャリンにいわせれば「監獄よりももっとひどい」三週間の生活を始めることになったというわけ。

「君、ロンドンに行ったことがあるね。それだったら、ロンドン・ダンジョンを見学したよね。ぼくのいるところはそこよりひどい……」

ハジャリンはアイルアンにこう訴える。

アイルアンはロンドン・ダンジョンに行ったことがあった。この変わった博物館は、昔は地下牢だった。外観はどうってことはないが、古びた門は狭い上に低く、背の高い人は、背をかがめないと通れない。まず、最初の部屋で、中世ヨーロッパでつかわれたいろんな刑具を見学する。次の部屋は法廷になっていて、中世の裁判官の法衣をまとい、卓の前に腰を下ろした男が、いかめしく問いかける。

「アメリカから来た者はおらぬか」

見学者の中にいたアメリカ人のお年寄りたちが手をあげ、何か答えようとすると、突然、裁判官が彼らを指さして大声をはりあげる。

「有罪！」

裁判官が中の一人に問いかける。

「おまえはガムを食べているか」

「はい」その人が答えると、裁判官はその人を指さして声をはりあげる。

「有罪！」

次に、髪の毛を半分赤く半分緑に染めた少年に問いかける。

「自ら望んでそんな髪にしたのか」

「はい」

「有罪！」

……打ち首となる罪状を書きならべた大きな表が壁に張ってある。そこまでくると、見学の人たちは、不思議なことに、みんなうなだれてしまう。奥に行けば行くほど、うす暗く陰気になり、ふいに、響いた不気味な音でぞくりとさせられる。目の前に、立看板が現れる。

「これから尋常とはいえない体験をします。心臓病、妊婦、神経の細い人は、通用門から出てください」

一人の少女が先に進めなくなり、一緒にいた少年が少女の後について通用門から出ていった。それでも残った人たちはそこから木の船に乗り、ほの暗いなか「死の川」をさかのぼる。両岸には、むごい拷問の場面が次々に現れ、見学者はどきどきのしどおし。曲がり角で一瞬明かりが消えた後、再び明かりがともると、突然、機関銃を手に持った男が躍り出て、「ダダダッ」と船の人に向かって銃弾を浴びせかける。と、船は流れに沿って、突然落下！　みんながほっと一息ついたそのとき、目の前に刃を押しつけられた罪人の頭が現れた。

「……刑を執行せよ！」

という声が聞こえると、明かりは暗くなり、つづいて「ガシャ」という音。顔や体に液体が飛び散った。触るとねばねばしているので、思わず叫び声を上げる人もいた。周りがすっかり明るくなって、そこで見学が終了。顔にかかったのは水で、血ではなかった。だが、不思議なことに、今触ると、ちっともねばつかない。

「特別クラスを牢にたとえるのはおおげさだというかもな。だが、本当だよ。ここから一歩も出られないし、いつも監視されているんだ」

とハジャリンは書いていた。

「ぼくたちを押さえつける暴君は、バーバラという名だ。おれたち八人は一日じゅう、彼女の小言を聞かされている。あと二、三日もたてば小説が書けるよ。『女暴君と八人の奴隷』というタイトルでね……」

バーバラは毎日、「奴隷」たちの宿舎を点検し、おやつを見つければ、即没収だ。特に、従姉の中国のおやつには厳しい。それは、バーバラが包装紙の中国の文字が読めないからだろう。

「これは何なの」

バーバラは五香話梅（五種類の薬味で味付けした梅）を指さす。

従姉は返事に詰まる。英語が下手だからイギリスにまで来てるってのに。従姉はしどろもどろになりながらも、英語で説明するしかない。

「これは……五つの味の、話ができる……」

「梅」は英語でどういうのか、従姉は知らない。

「これは？」

今度は青島魚片を指さす。

「これは、死体ではなくて……」

そういいながら、従姉はやたらと手で細かく切るしぐさをする。

バーバラが薩其馬（サチマ）（おこし風揚げ菓子）を指さしたとき、従姉はほっとして、こういった。

「これは馬の一種です」

「馬ですって」

バーバラは文句をいう。

「中国人の想像力ってどうなってるの。馬が何で長四角なのよ」

三回目の点検のとき、いつもはおとなしいハジャリンが、たまらず口を出した。

「質問してもいいですか」

バーバラは彼をにらみつける。

「ぼくたちのおやつ、どこへ持っていくんですか」

ハジャリンはドイツ語混じりの英語で尋ねた。

「シャラップ（お黙り）！」

バーバラは声を殺して叱りつけた。

「シャラップ！」

ハジャリンはそのままバーバラに返す。バーバラよりももっと大きな声で。バーバラが怒りだす前に、ハジャリンはまたドイツ語混じりの英語でいった。

「ぼく、あなたに習いました。ぼくの発音、合ってたでしょ？」

「正しく話せているわ」

バーバラは怒りを抑えて、冷ややかにいった。

「あなたがいつもいってるんだもの。でも、ぼくたちの英語の先生がいってました。この言葉はとても失礼だから、やたらとつかうものじゃないって」

ハジャリンがそういいおわると、ほかの七人の「奴隷」が我先にとバーバラの前に立ち、ハジャリンを指さして、声をそろえて「シャラップ！」といった。それから、アハハハと大笑いした。

バーバラの顔はたちまち怒りで青くなった。

授業では、バーバラが現れると、みんなが起立。両手をまっすぐ下ろし、声をそろえてあいさつし、バーバラの許しが出てから座る。この一連のしぐさは、香港の従姉にとって珍しいものではない。従姉たちは、いつも、起立しあいさつしながら、おじぎまでしている。だが、ドイツの学校はずいぶんゆるやかだ。特に中学はそうだ。朝、先生が教室に入ってきてみんなにあいさつしても、ぱらぱらと気のない返事が返ってくるだけだ。先生も、バーバラのように、四六時中、竹の鞭を持ち、たえず生徒たちの机をたたきまわって、おびえさせ、習ったことを忘れさせないようにすることはない。

毎日、初めの日に教えた単語をひととおり暗唱させる。暗唱できなければ、二十分間立たせておき、それからまた暗唱させる。最後の一人が許されてやっと食堂に入る。ところが、そのときには、時間がたっていて、スープの残りと冷めたおかずだけになっている。高い食事代を払っているのに、食べ物はまずいし、肉や魚なんてまず出てこない。

「ここに三週間もいて、英語の力がどれほどついたことだか。習っていることも正しいかどうかもわかんなくなる」

ハジャリンはこう書いていた。

「もっとたまんないのは、バーバラが笑うことを禁止していることだ。教室では笑ってはいけないし、宿舎でもだめ。ぼくたち、笑い方を忘れちゃったよ」

メールを受け取って、アイルアンはハジャリンの境遇にいたく同情した。アイルアンはハジャリンにこう書いてやった。

「ぼくにいい考えがある。うまくいくかどうかわかんないけど。バーバラが、笑うのを許してくれるようにしむけるんだ。それにはまず、何とかして彼女を笑わせなくっちゃ……」

アイルアンは返信に、こんな笑い話を書き、さらに、英語の訳をつけてやった。

ウサギのハボットは、ソーセージを買いに、ファストフード店に行きました。

店員がウサギに聞きました。

「ポテトをつけますか」

「つけてくれ」とウサギ。

「ソーセージは、大ですか、小ですか」

「大だ」

「ソースはマスタードですか。それとも、ケチャップですか」

ウサギはめんどくさそうに、

「ケチャップだ」

「辛めですか。それとも、辛くないやつですか」

「辛くないやつだ」

「ここで、召し上がりますか、それとも、お持ち帰りですか」

ハボットはとうとうこらえきれず、大声を上げました。

「君んとこは、ファストフード店か、それとも法廷かね」

ハボットは腹を立てて外へ飛びだしながら、ぶつくさぼやきました。

「やれやれ、ここで静かにソーセージを食べようと思ってたのに。こんなことなら、家でニンジンでもかじっていたほうがましだった！」

ハジャリンが、この笑い話を七人に読んでやると、みんな面白がって笑った。従姉が、

「そんなに大きな声で笑ったら、バーバラに聞こえるわ」

というと、ハジャリンは、

「彼女に聞かせているのさ」といった。

果たして、血相変えて、バーバラが飛んできた。

「ここで笑っちゃいけないっていったでしょ。笑いたければ、ドイツに帰んなさいよ。香港に帰んなさいよ……」

ハジャリンはアイルアンにいわれたとおり、英文に訳された例の笑い話を差し出して、いった。

「ぼくの友人からのプレゼントです」

バーバラはいぶかしげに「プレゼント」を受け取った。たちまち、十六の目が彼女の顔に集まり、奇跡が起こるのを待っている。というのも、彼女が笑うのを誰も見たことがなかったからだ。

読んでいたバーバラが、ふいに背を向けた。体がこきざみにふるえているようだ。それから、そそくさと出ていった。

午後の授業のとき、テキストは面白くも何ともないのに、ファストフード店が出てきただけで、バーバラが笑いだした。

初め、バーバラが笑うのをみんなはあっけにとられて見ていた。バーバラは不格好に笑っている。笑っちゃいけないとよくわかっている。けれど、ふだん笑わないせいか、笑いのエネルギーがたまりにたまり、ブレーキがきかなくなってしまったらしい。そこで、「奴隷」たちも心ゆくまで大いに笑った……。

ハジャリンはドイツに帰ってから、イギリスの受講のつらかったことをひとくさり両親に話して聞かせた。息子はおおげさだと両親は思った。もし、ほんとにそんな講座だったら、これほど多くの人が申し込みをしたり、こんなに高い学費を取るなんてできるわけがないはずだ。しかし、そんな親たちがたくさんいるから、バーバラのような教師のいるでたらめな私立学校が大手を振って金もうけをするんだ、とハジャリンはいった。

ハジャリンはアイルアンに一目置いていた。どの科目も成績はいいし、スポーツクラブにも通っている。そのうえテレビゲームもやりたいだけやっている。経済的には、ハジャリンのほうが、いちばんいいパソコン、いちばん高いゲームソフトが買ってもらえるはずなのだ。彼の両親は上海出身だが、香港で暮らした後、ドイツに渡り、苦労して事業を起こし、ついに自分の中華料理店をもち、何がしかの財産を築くことができた。ところが、家のパソコンは旧式で、十年前、ハジャリンの兄さんが家にいたころに買ったもので、ほとんど、ゲームができない。やっとできたとしても、人形芝居のようにぎこちなく動くだけだからいらいらする。

「もうちょっとましなパソコン、母さんが買ってくれないんだ。そんな時間があれば本を読みなさいって。自転車をこいで、新鮮な空気を吸いにいくだけでも、ゲームで遊ぶよりずっとましよ、だってさ」

ハジャリンがアイルアンにぼやいた。たまたま、ハジャリンがアイルアンの家に遊びにきたことでゲームにはまってしまうことになったけれど、彼の両親は、息子がアイルアンのような優等生とつきあうのを好ましく思っていた。

ハジャリンは末っ子だった。兄さんや姉さんとは十いくつ、年が離れている。こんな子どもはわがままになりやすいけれど、ハジャリンは生まれつき気立てがよく、小さいときから、けんかもしないし、両親の手をわずらわせることもなかった。だが、成績は祖先に顔向けできないくらいはかばかしくなく、緊張しすぎて、いつも試験にしくじった。それでもたまに、『1』や『2』を取ると、両親はにこにこした。

「ごほうびをあげるわ」と両親がいう。

「何をくれるの？」

「旅行よ。スイスにスキーに行きましょう」

「ぼく、嫌だよ」

「それじゃ、エジプトにピラミッドを見にいきましょう」

「それも、嫌だ。それより、ましなパソコンを買ってよ」

両親の顔から笑みが消える。母さんはきっぱりといった。

「どんなものでもいいけど、パソコンだけはだめ。時間を無駄にするし、ゲームに夢中になったら、『4』だって取れないようになるわ」

「アイルアンだってゲームしてるよ」

「あの子の成績はどれも、『1』か『2』じゃないの。あなたもそうなったら、買ってあげるわ」

この話をアイルアンにすると、アイルアンはハジャリンを慰めていった。

「ぼくだって、『3』を取ったことがあるよ」

「うそだろ！」とハジャリン。

「ほんとだよ」

それは、ドイツ語の先生が病気で、実習中の先生が代わりに授業したときのことだ。その先生はみんなに作文を書かせた。豊かな想像力をつかって物語を書きなさい、と。その先生にしたら、アイルアンの物語は最後が書けていない、終わり方が唐突すぎるということで、「3」にしたというわけだ。

ハジャリンはその物語を聞きたがった。

それはこんな物語だった。


食いしん坊の人がいた。自分のものを食べてしまうと、同僚のものにまで手を出した。それからは、見るもの何でも食べるようになった。紙、机、いす。とうとう紙くずかごまで食べてしまった。みんなは困りはてて、打つ手はないものかと頭を寄せた。ついに、うまい考えが見つかり、この人を空の上にやった。みんなほっと息をついたそのとき、同僚の一人がいった。

「空で食べるものが見つからず、月や太陽まで食べられてしまったら、どうしよう？」

そう尋ねられて、みんな呆然とした。


「うまいなあ！　この物語に『3』をつけた先生こそ、空の上へ行くべきだ！」とハジャリンは息巻いた。

アイルアンは笑っていった。

「ハジャリン、あの女暴君の小説、どこまで書いたの？」

ハジャリンがいった。

「小説といえば、ねえ、『ハリー・ポッター』を読んだことがある？」

そのころ、魔法学校のこのシリーズは、ドイツ語版は第一部が出たばかりだったが、クラスの友だちがどれほど夢中になっているか、アイルアンは知っていた。アイルアンがまだ読んでいないと知ると、ハジャリンは自分が買った本を貸してやった。

アイルアンがハジャリンに聞いた。

「小説を読むのを、親は許してくれたの？」

というのも、アイルアンがハジャリンを訪ねると、本棚にあるのはみんな勉強の本ばかりで、小説なんかなかったからだ。中国では小説を「暇つぶし」という親もいる、と母さんがいっていた。ハジャリンの両親も、よい生徒たるもの、暇つぶしの本なぞに時間をつかうものではない、と思っている。アイルアンの家にあるのは、この手の本ばかりだが。

ハジャリンがいった。

「小説だと知らないんだ。ドイツ語を勉強しているといっただけで、何もいわなくなったよ」

ハジャリンはうまくごまかした。彼の両親はドイツに来て、十数年になるが、ずっと商売が忙しかったために、ドイツ語はへたくそだった。仕事上の郵便物のやりとりは主に、ハジャリンの兄さんが引き受け、たまにハジャリンも手伝った。

ハジャリンは『ハリー・ポッター』の第二部も買った。第三部はまだ出ていない。この女性作家は今、頭をかかえながら（ハジャリンが問題を解くときと同じように）続きを書いているのかもしれない。ハジャリンやほかのハリー・ポッターファンは、すでに早々と本屋に予約していた。

第三部売りだしの日が来た。ハジャリンはアイルアンをさそって一緒に本屋へ取りにいった。クリスマスにはまだ少し間があったが、発売のその日をクリスマスと見たてて、大小どの本屋もこの日の夜十二時に販売開始と決めていた。本屋の中は、いつもは煌々と明かりがともっているのに、ローソクがともっているだけの神秘的な飾り付けで、壁には湖のほとりにてっぺんのとがった大きな城――ホグワーツ魔法学校が描かれ、幽霊やいたずらな亡霊たちが飛び交っている。店内には魔法使いのとんがり帽やつえ、空飛ぶほうき、不思議な薬を煎じる釜が並べられている。ふくろうもいる。そのふくろうは、本物のふくろうの標本で、翼を広げ、空中に細い糸で吊りさげられている。本の中では、ふくろうは手紙や小包を配達する。

「これは何につかうの？」

ハジャリンが筆と黒い絵の具を指さした。

店員がいった。

「メガネを描くのにつかうんですよ」

ハジャリンとアイルアンは初めて気づいた。先に来た子どもたちは、男の子も女の子もみんなハリーのメガネを描いている。そこで、二人も面白がって互いにメガネを描きあった……。

誰もがみんな、平凡な生活の中で奇跡が起こることを望み、誰もがみんな、平凡な自分でも不可能なことはないと空想できる。だから、ハリー・ポッターは国際的スターになったのだ。

ハジャリンはこの本をくりかえし読んで、空想にふける。魔法の力を得て元気いっぱい、魔法のつえをさっと一振りすると、どれも「1」だ。「1」「1」だ。家に帰ると、新しいパソコンが部屋の中でちゃんと彼を待っている。母さんがいう。

「もっと前に買ってあげたかったのよ。父さんが許してくれなくて」

「何でわたしなんだ」と父さん。
ハジャリンがおおらかにこういう。
「許してあげるよ」と。

ハジャリンに比べたら、ウェンリアンのプレッシャーはやや小さい。決して彼の両親の期待が小さいというわけではない。ただウェンリアンはハジャリンよりも頭の回転がちょっと速いということだ。ウェンリアンの両親は中国の北方の農村出身だった。ウェンリアンはクラスの友だちによく投げやりにこういうのだった。

「うちの両親はぼくがご先祖さまに顔向けできるようになるのを待ち望んでいるんだ」

これを聞くと、クラスの友だちはアニメの「ムーラン」（注）を思い出し、祠でいいあらそう花家の先祖たちを思い起こし、自分たちがドイツ人であることを喜んだ。彼らの勉強は両親のためでもないし、まして会ったこともない先祖のためでもない。ただ自分のためにするのだし、趣味や専攻は自由に決められた。

ウェンリアンの両親は数学の問題集、精選、数学オリンピックの問題集を中国からどっさり買い込んできて、暇さえあれば息子にさせた。五歳でドイツに来たウェンリアンは、中国語は話すことはできても、読めないし書けなかった。問題集の中国語が理解できなければ、当然問題が解けない。問題集はウェンリアンに「天の書（難解な書物）」と呼ばれていた。数学オリンピックの問題集の扉にドイツ語でこんな書き込みがしてある。

天の書であっても、ぼくは学び、解かなけりゃならない。両親が毎日ぼくに食べさせてくれるご飯が豚のえさと同じになってしまったら、申し訳ない。

これは四年前にウェンリアンが書いたものだ。今では、ウェンリアンの数学の成績は、クラスで一、二番で、彼はもう「天の書」の練習問題をすることもないし、ハンドボールクラブの参加も両親に許されている。

ウェンリアンはしょっちゅう、両親の教育観は原始的だとけなしているが、「点数主義」の意識はウェンリアンに根づいてしまっている。彼はアイルアンに会うたびに、いつも席次の話をした。

「アイルアン、ドイツ語は今、クラスで何番だい？」

「たぶん、一番だろ」

「数学は？」

「たぶん……」

「何で、『たぶん』なのさ？」

「先生が席次を発表しないから、みんな、自分が何番か、はっきり知らないよ」

それはウェンリアンのクラスでも同じことだ。これは中国と違うところで、先生が席次で子どもたちのおしりをたたくことはない。だが、先生が発表しなくても、自分で聞きにいくことはできる。ウェンリアンは毎回、試験が終わると自分の席次を確かめにいくのだ。

ウェンリアンは、一つ「1」を取ると、家で二十マルクのほうびをもらう。ウェンリアンの地理の成績はとてもよい。地理の先生は地理で「1」を取った人は、ケーキを持ってきて、クラスのみんなと喜びを分かち合うという、特別なルールを作った。だから、ウェンリアンはしょっちゅう、クラスのみんなにケーキをごちそうした。ウェンリアンの母親はこんなふうに人にいう。

「わたし、毎日でもケーキを焼きたいわ」

アイルアンの両親は息子に席次を聞いたことがない。息子が試験のとき、同じような間違いをくりかえさないことだけを求めた。点数が高いのはもとより悪いことではないが、肝心なことは、試験で自分の弱いところを知り、もう一度復習することだ。アイルアンにはゆったりした学習態度が身についている。ウェンリアンのようにマルクの誘惑がなくても、成績は安定していた。だが、ウェンリアンのほうは気分にムラがあった。全クラスでただ一人「1」を取る試験もあれば、「5」を取ってしまう試験もある。歴史の授業の宗教史には興味がもてなかったり、好きな女の子がふりむいてくれなかったり、理由はさまざまだが、そんなときはいつも試験場での敗北ということになった。

「世の親心を憐れむべし」だ。中国の親は、国内、国外ともに、自分たちが最も哀れだと感じているのかもしれない。だが、海外に出た上は、こう考える人もいる。子どもはこのような環境にいるのだから、ここの子どもと同じように成長させたい、と。タンヤンの親がそうだ。タンヤンが四歳でドイツに来てから、彼女の両親はドイツの同僚にならって、たいがいのことはタンヤン自身に決めさせた。

街へ靴を買いにいくと、タンヤンはおしゃれなちょうちょう結びの飾りのついたエナメルの靴は嫌がり、男の子用の足のにおいが鼻につくような、スニーカーを欲しがった。彼女が選ぶ服は、いつもタンヤ色でなければネズミ色だ。母子二人で中国の友人の家におじゃまするとコーヒーンの母親にこういった。

「あなたはきちんとしたものを着ているのに、どうして、お嬢さんには男か女かわからない格好をさせているの。どっかから拾ってきたお古なの？」

タンヤンの母親は余計な説明はせず、タンヤンが自分で選んだのよ、とだけいう。他人はそれを信じず、タンヤンの母親は娘にお金をかけるのを惜しんでいると陰でうわさした。これはまったくのぬれぎぬで、実際のところ、タンヤンが選ぶ服はどれも値の張る高級ファッションだった。ただ、タンヤンが着ると、高級ファッションには見えなかっただけである。

ドイツ人と同じように、タンヤンの母親は家の中をとてもきれいに片付けていた。だが、子ども部屋はずっとほったらかし。どんなに汚く散らかろうが、それはタンヤン自身のことであるというわけだ。

アイルアンは母さんと一緒にタンヤンの誕生日のお祝いにいったことがある。子どもの誕生祝いだけは、タンヤンの親はドイツ人のまねはしなかった。なぜなら、ドイツでは、子どもの誕生祝いは、子どもだけを招き、大人は呼ばないからだ。ドイツの親は車で子どもを玄関先まで送り、約束した時間に迎えにくるだけだ。だが、中国人はいつも子どもも大人も一緒に招き、子どもの誕生日を口実に大人たちも集まって楽しむのだ。その日、タンヤンの母親は、娘にこういった。

「あなたのお客さんは自分の部屋にお連れしてね。客間はだめよ。母さんたち大人がおしゃべりするんだから」

アイルアンがタンヤンの部屋に行くと、机の上もベッドの上も本やおもちゃで山積み、床には、服に靴下、ミネラルウォーターのペットボトル、コーラの空き缶だらけで、足の踏み場もない。タンヤンは片付けはじめたが、実のところ、片付けるのではなくて、置き直すというもので、床の上のものを机の上に、机の上のものはベッドの上に移しかえたにすぎない。アイルアンは再利用できる空きビンは地下室に持っていき、コーラの空き缶は外の分別用のごみ箱に入れるようにと教えてやる。また、本の整理をしてやり、書棚に空間をつくってやった。

お客が来たら、アイルアンの母さんは息子に「おじさん」だの、「おばさん」だのとあいさつさせた。わずらわしかったが、アイルアンはあいさつするものだと思っていた。タンヤンはそんな必要がなかった。お客が帰るときでも、タンヤンはイヤホンをしてテレビを見ている。お客が彼女にあいさつしても聞こえない。彼女の親も一緒にお客さんを見送るようにとはいわない。アイルアンにはうらやましいかぎりだ。

部屋が散らかっているといえば、ウェンリアンも同じだった。だが、ウェンリアンの母親はタンヤンの母親とはずいぶん違い、何でもウェンリアンの代わりにやった。ウェンリアンのベッドも机も母親が片付け、サッカーではいた臭い靴下も母親が片付けて洗う。ときには、八歳の妹も代わりに本を書棚に片付けた。家の仕事をウェンリアンはめったに手伝わなかった。ウェンリアンが勉強をちゃんとやりさえすれば、両親はそれでよしとした。ウェンリアンもそのまま受け入れ、両親が中国的すぎるなどと文句をいうこともなかった。もちろん、教育面では、両親が一方的に主導権を握っていた。たとえば、ウェンリアンがブランド品を着たいと思いはじめる。だが、ジャケットやズボンが一着一、二百マルクもする。

母親は息子もかわいいが、お金もかわいい。

「あなたは今、風船みたいに、どんどん成長しているのよ。新しい服は何度か着るだけで、すぐに着られなくなるわ。だのに、こんなに高い服……」

ナイキの靴一足が二百マルクあまり、普通の品ならわずか数十マルクである。母親がいった。

「わたしには区別がつかないわ。ナイキでないといけないの」

「何で区別がつかないんだ。ナイキの靴には、かぎマークがついているじゃない」とウェンリアン。

「やっぱり、普通のを買いましょう。母さんが白いかぎマークを描いてあげるわ」と母親。

「よその人に、ぼく、おかしいっていわれちゃう！」

ウェンリアンの母親がアイルアンの母さんに道で出会ったとき、ため息をついてこういった。

「ねえ、どう思う？　こんなかぎマークが、少年少女たちの心をひっかけ、わたしたちの財布の中のマルクもひっかけていくのよ」

やむなく、ウェンリアンの母親は息子に降参しかかった。だが、ウェンリアンの父親が最後の財布防衛戦をしかけた。父親がウェンリアンにいった。

「父さんたちは普通の靴一足分のお金を出す。どうしてもそのかぎマークが欲しいのなら、自分で出すことだ」さらに一言付け加えた。「おまえの友だちはみんなそうしてるだろ」

それでもウェンリアンがもう一押しすれば、父親も降参したかもしれない。だが、父親の最後の言葉が、ウェンリアンのプライドに火をつけた。

ウェンリアンは計算してみた。もうすぐ夏のバーゲンが始まる。そのとき、値段は半額近く安くなる。さらに、アルバイトで少しは稼げる。クラスには週末に建築現場でアルバイトしている子もいる。ミキサーで粘土のモルタルを混ぜたり、レンガを運んだりするのだ。ウェンリアンはレンガ運びの仕事は好きじゃなかった。いちばんいいのは頭をつかう仕事だ。彼は以前に低学年の子の算数やラテン語を見てやったことがある。二科目、一時間半で、三十マルク手に入った。だが、そんなチャンスはいつもあるわけではない。手軽に稼げるのは新聞配達だ。そこでウェンリアンは新聞配達を選んだ。

毎週、水曜日の午後、ウェンリアンは百部あまりの新聞を配達する。別にどうってことないが、タンジェント家の大きな犬には肝をつぶした。新聞を門口に配達するたびに、犬がけたたましくほえながら飛びかかってきた。それがいつもウェンリアンの心配の種で、犬をつないでいる細いくさりが切れたら、とんでもないことになる。

靴の上のかぎマークのお金がたまったら、新聞配達はおしまいだ。最後の日、ウェンリアンは勝ちほこったようにタンジェント家の入り口に向かった。

おまえとは、今後、会うことも、声を聞くこともないぞ。そう思った。

だが、その大きな犬は今日はほえなかった。ウェンリアンになついたのだ。

ウェンリアンがいった。

「よし。それなら、またぼくがお金のいるときに新聞配達で来てやるよ」

(注) ディズニーアニメ「ムーラン」。ほかに京劇「木蘭」がある。内容は、北方騎馬民族の侵攻を防ぐため、各家男子一人が徴兵される。花家の男子は年老いた病気の父親のみ。父親思いの一人娘ムーランは、男装して入隊。さまざまな苦労の末、軍功を挙げるというもの。

第十五章　リンナの誕生会

この章では、リンナのことを話そう。ほら、兄さんをかばって、いつも男の子とはりあっていた男勝りのあの子。アクセサリーもつけない、おしゃれもしない、きれいだ、っていわれるのも嫌がっていただろ。でも、今は違う。もう十四歳だもの。今日が誕生日だ。

「リンナ、急いで。アイルアンとタンヤンが来てくれたわ。もう出かけないと」

リンナのママは部屋の中にいる娘をせかしながら、二人にはアイス・ティーをいれた。

「お茶はけっこうですよ。すぐに出かけるんでしょ」とアイルアン。

リンナのママはにっこりしていった。

「すぐには無理よ」

リンナは部屋で化粧の真っ最中。今は、毎日化粧して学校に行くから、机の上も本棚も、化粧品や香水、かつらであふれている。友だちと出かけるときには、少なくても一時間は部屋にこもっているわ、とリンナのママがいった。

タンヤンがいった。

「部屋に入ってもいいですか」

ドアはしっかり閉まっている。

リンナのママがいった。

「今、中では大忙しよ。アイラインや口紅を引いたりふいたり。髪の毛を赤くしたり、緑にしたり。最後は、部屋に入ったときと同じ姿で……」

そういっているところに、リンナが現れた。果たして、顔には何も塗ってない。化粧しないリンナがいちばんきれいだ。

このごろ、リンナ、変わったぞ、とハジャリンがアイルアンにいったことがある。だが、どこが変わったのか、ハジャリンははっきりいわなかった。

髪の毛の色が濃くなっただけで、何も変わっていないじゃない、とアイルアンは思う。これは、女の子に対して、アイルアンがまだ何も感じないというだけ。アイルアンは変わらないのではなく、まだ変わるときを迎えていないということだ。

アイルアンはリンナより半年小さいから、リンナとアイルアンは同学年のはずだった。リンナは十一月生まれで、誕生日が六月末以降の子どもは、普通は次の年に学校に上がるからだ。だが、リンナは隣のアンジェラと同級生になるんだといってきかなかった。二人は、幼稚園でいつも一緒で、ポケットに風船ガムが一つ残っていたら、いつも、半分こしあった。リンナのパパは、娘が早く学校に上がることに、最初は反対した。十分に遊ぶ時期を過ごさなかった子どもは、教室にじっとしておれないから、と。

「わたしは、クラスでいちばん小さかった」パパはママにこういった。「静かに聞いておれなくて、いつも先生に叱られていたし、しょっちゅう、宿題を忘れていった」

だが、ママは心配していなかった。幼稚園の先生はリンナを高くかってくれていたからだ。実際、リンナはフィリップよりもはるかに自立していた。まだ数か月なのに、自分で明かりを消して寝た。だのに、フィリップときたら、いつも、ママの口の中がカラカラになるまでお話をねだったあげく、ほんのいっときもしないうちにすぐにパパとママのベッドにもぐりこんできた。リンナは二歳で、自分一人で服を着、靴もはいた。左右逆にはくことがあっても、ママに触らせず、必ず自分ではきかえた。

　結局、リンナは望みどおり、アンジェラと一緒に学校に上がった。学校での成績はずっと申し分なく、新しい友だちもたくさんできた。

　しかし、リンナとアイルアンのつきあいは、着てもいたんだり古くなったりしない服のようなもので、体の成長と共に変化しながら続いてきた。二人のつきあいはママたちのつきあいから始まった。アイルアンの母さんはドイツに来たばかりで、リンナのママは、まだリンナを生む前で、フィリップだけのママだったころ、二人は水族館で偶然出会ったのだ。熱帯魚を見にきたはずなのに、二人の中国人女性は、熱帯魚にじっくり観賞されることになる。異国で同胞に出会った彼女たちが、どんなに感激したことか。

　アイルアンが十か月のとき、両親はアイルアンを連れて、リンナの家で週末を過ごした。母さんはアイルアンをリンナ兄妹と一緒に、二階部屋の絨毯の上で遊ばせ、大人たちは階下でコーヒーを飲みながらおしゃべりしていた。ほんのいっときもたたないうちに、アイルアンの泣き声が聞こえてきた。母さんが二階に上がってみると、五歳のフィリップがあわてていった。

「どうして泣くのか、ぼく知らないよ」

　悪いことはできないものだ。おそらくフィリップは、アイルアンはまだ話せないから、なぜ泣くのか、大人にわからない、とでも思ったのだろう。

まさか、一歳半の妹が情け容赦もなく、フィリップを指さしてはっきりとこんなことというなんて。

「フィリップが、アイルアンのおもちゃ、取ったの」

「取ってないよ！」

「取ったわ！　それに、アイルアンの耳のそばで、大声出した」

フィリップは必死にいいのがれる。

アイルアンは十三か月になってやっと、話せるようになったけれど、リンナは九か月でもう話しはじめていた。

だんだん大きくなったアイルアンは、幼稚園に入る前に、いっとき、南京のおばあちゃんのうちで暮らしたことがある。これは、中国人とドイツ人を比べるよい機会となった。——同じ人間なのに、中国人だったりドイツ人だったりする。犬にいろんな種類があるように。中国人は中国語を話す。また、ドイツ語の話せる中国人もいる。だが、ドイツ人はドイツ語だけ話し、中国語は話せない。中国人は黒い髪に黒い目だが、ドイツ人の髪や目の色はそれぞれ違う。中国人の父さんも母さんも中国人だし、アイルアン自身も、南京のいとこも、上海のいとこも、みんな中国人だ。ドイツ人のパパもママもドイツ人、アイルアンの幼稚園の友だちだったクリスチャン、ナタリー、アレキサンダー兄弟もみんなドイツ人だ。だが、リンナは、アイルアンを困惑させる。

リンナのママは中国人だ。だが、パパはドイツ人だ。リンナの目はママに似て、黒い色をしている。だが、金髪で鼻の高いところは、パパに似ている。リンナはふだん、ドイツ語を話す。でも中国語学校で中国語も学んでいる。

「君は、中国人なの、それともドイツ人なの？」

アイルアンがリンナに尋ねる。

「半分ドイツ人で、半分中国人よ」とリンナが答える。

アイルアンはあっけにとられる。なんと、人間でも、ツートンカラーのアイスクリームみたいに、半々だなんて。アイルアンが興味をもったもう一つの疑問は、

「君のパパとママは、どうして知り合ったの。幼稚園でなの？」

「幼稚園じゃないわ。パパはママより六つ上だもの、幼稚園が一緒なわけないわ」とリンナ。

リンナのパパ、カービンは技師だった。会社から中国に派遣されたときに、リンナのママ、リュウユン（劉匀）と知り合った。リュウユンは英語の通訳で、当時、ドイツ語の通訳を見つけるのは難しく、リュウユンは、カービンの通訳をさせられていた。どっちみちドイツ人は英語も聞きとれたからだ。

カービンの仕事ぶりはまじめで、ほかの従業員と一緒になって、機械を直し、しょっちゅう、油まみれで、退社時間が遅くなった。自分がまじめだから、他人のふまじめが許せない。あるとき、仕事中に新聞を読んでいる者がいたので、カービンは、すぐさま、リュウユンにいった。

「あいつにいっといてくれ。今度見つけたら、新聞を破くぞってな」

リュウユンがカービンの言葉を通訳すると、その従業員は、ニタニタ笑いながらいった。

「破けるものなら、破いてみろよ。新聞は公共のものだぞ」

この従業員の言い草に、リュウユンは恥ずかしくなって、そのとおり通訳しないで、

「わかったって」と、カービンには答えておいた。

カービンが作業場を一巡して戻ってくると、例の従業員はまだ新聞を読んでいた。むかっときた

カービンは、新聞を奪いとるなり、一枚を二枚に、二枚を四枚にと……細切れにしてしまった。従業員はてっきりカービンが自分の顔に投げつけると思ったが、カービンはきょろきょろと辺りを見回し、リュウユンにこう尋ねた。

「ごみ箱はどこ?」

リュウユンが手を差し出した。

「渡して。捨てておくわ」

「まずかったかな?」とカービン。

「いいえ」

「君だったら、新聞を破かないわ」

「破かないわ」とリュウユン。「あなたに破いてもらうわ」

そういうと、リュウユンはにっこりし、カービンも笑った。

リュウユンは、アイルアンの母さんに、昔のことをこう話して、ため息をついた。

「笑わなければよかった。これって、笑いがとりもつ縁よね」

この笑いの後、すぐにカービンは張り切ってリュウユンに中国語を習いだした。その中のとんちんかんな話に、しばしばリュウユンは笑わせられた。

あるときのこと。カービンが果物屋の店先で、こういった。

「ぼく、売りたいんだけれど」

「売るじゃなくて、買うよ」

リュウユンがいいなおした。

また、カービンがこう尋ねた。

「〝おしり〟はいくら」（「おしり」（ピーグー）と「リンゴ」（ピングオ）は発音がよく似ている。）

果物屋のおかみさんからは何の反応もない。カービンはリンゴを指さした。

「この青い〝おしり〟と、赤い〝おしり〟の値段は同じなの？」

リュウユンは涙を流して笑いころげた。

また、こんなこともあった。

中国語で女の子は「姑娘」といい、花のように美しくなってほしいということから、中国人は女の子の名前によく「花」をつけると聞いて、カービンは自己流に工夫してつかった。春節のパーティーのとき、カービンはリュウユンの前に進み出ていった。

「〝花姑娘〟さん、踊ってくれませんか」

リュウユンは驚いて尋ねた。

「そんな言い方、誰に教えてもらったの」

カービンは得意げに、

「ぼくが作りだしたのさ」

リュウユンは笑いをこらえていった。

「わたしをさそったからよかったものの、ほかの人だったら、日本の兵隊が来たのかと思うわよ、リュウユンがそういいかけると、カービンはあわてていった。

「ぼくが、ほかの人をさそうわけないよ！」

およそ一年ほど、カービンは中国にいた。中国を去るとき、リュウユンにこういった。

「君を必ず、妻にする」

ドイツに帰ったカービンはすぐに必要な書類を送ってきた。だが、リュウユンの上司は彼女に忠告した。外国人をそう簡単に信じるんじゃないよ。外国に行ったはいいが、捨てられたら、どうするんだ？　リュウユンの両親も心配で気が気ではなかった。ドイツに行くなんて、無謀すぎる。ドイツはファシズムの国じゃないの。だが、リュウユンはすでにこのおひげのドイツ人が好きになっていて、誰の反対も受け入れなかった。数か月後、リュウユンはドイツに飛び、結婚式では、教会のパイプオルガンの音にうっとりした。

初めの一年は、リュウユンはとても幸せだった。旅行や他家を訪問し、見知らぬ人に会い、見知らぬ土地を訪ねた。時間がたつと、生活が単調に思えてきて、仕事に出たいと思うようになった。だが、おひげさんは、そんな必要ないよ、お金は十分あるだろ、という。のち、フィリップが生まれると、家事はどんどん増えたが、リュウユンはすべて一人でこなした。

リンナが生まれたとき、リンナの祖父母がやってきた。だが、一か月たったとき、リンナのパパがリンナのママにいった。

「お父さん、お母さんに、いつまでもここにいてもらうわけにはいかない。ぼく、くつろげないよ。疲れて帰ってきても、家にお客がいるんじゃ気をつかうよ。それに、ぼく一人の稼ぎで、みんなを養えっていうのかい」

「なんて冷たいの？　わたしの両親にしたら、これが最後かもしれないし、それに助けてくれているじゃない。毎日、ご飯を作ったり、家事をしてくれているわ。それなのに、じゃまもの扱いするなんて」

だが、リンナのパパには通じなかった。

「子どもを生んだんだから、これもするな、あれもするなって。君は何かい、エンドウ豆のお姫さまかい。フィリップを生んだときは、君は何でもできていたじゃないか。ドイツの女性は、子どもを生んでも洗濯もするし、買い物にも出かけるさ。ご飯を作ってくれている、ってかい。毎日作る中華料理では、油っぽい煙にむせるばかりか、我が家が塹壕みたいに黒ずんでしまう……」

リンナのママはすっかり腹を立ててしまった。

「こんな人だとは思いもしなかったわ。フィリップを生んだときは、ほとほと困ったわ。産後の一か月は、まともにご飯がのどを通らず、涙を流しながら飲み込んでいたのよ。今ごろになって、ドイツの女性がいいなんて、初めからドイツの女性を妻にすればよかったんじゃないの」

二人の口げんかは、どんどん激しくなり、とうとう、リンナのおじいちゃんとおばあちゃんをあわてさせた。二人は、娘に迷惑をかけないために、早々に帰国した。

おじいちゃんとおばあちゃんが帰った後、家の中の空気は、火から下ろしたスープのように、見る見る冷めてしまった。リンナのパパとママは数年別居したが、最後まで二人の仲は元に戻らなかった。

リンナとフィリップはママにつき、生活保護で暮らすことになり、もともと住んでいた庭つきの家から農家の屋根裏部屋に引っ越した。家庭内のごたごたは、フィリップの心に悪い影響を与えた。フィリップは宿題をしているとき、いつも鉛筆で紙を突き刺して穴だらけにした。彼の世界はたくさん穴があいた一枚の紙だとでも思っていたのかもしれない。だが、リンナはいろんな面で、今まで以上に強くなった。成績は上がるばかりで、下がることはなかった。参加するクラブ活動も前より増えた。リンナはもともと、区の少年バスケットチームのメンバーだったが、今では市のチームに昇格している。また、区内の柔道クラブにも入っていた。

柔道クラブでは、日本語で書かれた段位証明書が、壁に張ってあった。リンナはその証明書を指さしてコーチに尋ねた。

「どういう意味ですか」

「これは青帯の証明書だよ」とコーチ。

「あたしが聞いているのは、上に書かれている日本語の意味です」とリンナ。

コーチはばつが悪そうに、

「正直にいうと、読めないいんだ。日本の道場でけいこしたときに、もらったのだ」

リンナは意地悪く笑った。リンナは中国語教室で勉強しているから、当然、証明書の日本語の漢字が読めた。ほんとのところは、〝柔道〟の二文字だけだが。

今、柔道クラブは、女の子はリンナだけだ。ほかにも数人はいたのだけれど、回を重ねるうちに、自然といなくなってしまった。週末には区や市の柔道大会にしょっちゅう参加していた。女の子がいないチームのときは、リンナは男の子と試合したが、いつもチームに栄誉をもたらした。

チームメートたちは、この頭がよくて強く、品のあるお弟子に一目置いていた。当然、リンナを好きになる男の子も少なくなかった。特にトーマスは夢中だった。トーマスは肉が好きだったが、リンナが肉を食べないと知ってからは、リンナに嫌われたくないために、肉を敵みたいに避け、もう三か月我慢していた。試合で外出したとき、トーマスの心はソーセージに千々に乱れたけれど、我慢して、リンナと一緒に野菜ものやサラダを食べた。

トーマスのママはよその人にこう話した。

「うちの哀れなおバカさんは、好きになってもらえるかどうかもわからないお嬢さんのために、おなかをすかせて、青い顔をしているのよ」

だが、リンナはトーマスに一目置いていた。ベジタリアン組に入るという犠牲的精神に対しても、評価していた。今度の誕生祝いには、二人の柔道仲間が招かれている。一人はスーウェンで、もう一人はトーマスだ。

誕生パーティーは柔道クラブを借りて開かれた。アイルアンとタンヤンはリンナと一緒に、リンナのママの車で送ってもらったが、ほかの客は直接クラブに来ていた。にぎやかに遊んだ後、二階で食事だ。だが、すぐに食べられる料理ではない。テーブルの上には、よくこねた小麦粉が置いてあり、いくつかの器にはそれぞれ色とりどりのピーマンやカボチャ、きのこにからし菜、細く削ったチーズに、うすく切ったソーセージ、細切れのまぐろが入っており、トマトケチャップは、辛いのと辛くないのが置いてあった。

おのおの、席の前には、小さな木の板と長い柄のシャベルが置いてあった。

六、七人のお客にリンナが説明した。

「今日は、手作りのピザを召し上がっていただきます。ご自分で材料を選んで焼いてくださいね」

いいおわったリンナが肉のないところに腰を下ろすと、トーマスもその横に腰を下ろした。みんなは大喜びで、こねた小麦粉を自分の板の上に取り、平べったく伸ばし、好きな具を載せていった。

テーブルの真ん中に、何層もの鉄の棚を置いたガスがまがあった。みんな自分が作ったピザをシャベルごと鉄の棚の上に置いた。シャベルの柄の色が違うので、焼き上がったときに、間違って他人のを持っていかなくてすむ。

厚いピザ、うすいピザ、形のきれいなピザ、ゆがんだピザ……かまの火に、期待のまなざしが加わって、ピザはじゅうじゅうと音を立てた。

ついに、おいしそうなにおいが漂った。

スーウェンがトーマスをからかっていった。

「ぼくのまぐろピザを食べてみない？」

トーマスはリンナを見て、鋼鉄の意志できっぱり断った。リンナが魚も食べないことを知っていたからだ。しかも、トーマスはちょうどダイエットをしていた。リンナが、男の子が肥えるのは、食いしん坊か、ねぼすけだからだ、といったからだ。トーマスは今、ウサギと同じで野菜しか食べない。さらに、毎日五十回腕立て伏せをして、体重はすでに五キロ減っていた。

アイルアンときたら、太るだのやせるだのなんておかまいなしに、ピザ三枚、ぺろりとたいらげた。恥ずかしいことに、あと三枚おかわりしても、おなかいっぱいになりそうもない。シャベルが小さすぎて、大きなピザが作れないのだ。だが、シャベルの数が足りないとアイルアンは思っても、シャベルなんて余計だと思っている人だっている。

リンナの隣人アンジェラは菩薩のようにじっとそこに座っていた。スーウェンがそばに来ていった。

「何か手伝おうか」

アンジェラが手を横に振る。

「アンジェラは何も食べないのよ」とリンナ。

タンヤンは驚いて、柳のようなアンジェラを上から下まで見た。

「こんなにやせているのに、ダイエットしてるの？」

第十五章　リンナの誕生会

「やせてるって、思えないのよ」とアンジェラ。それじゃ「やせているって思える」女の子って、どんなだろう、とタンヤンは想像する。そんな女の子が座ると、背中の骨がナイフみたいになって、ソファーを切り裂いてしまうのではないかしら。

タンヤンがいった。

「新聞によると、今、十四歳から十九歳までの女の子がたくさんダイエットをしているけれど、実際にその中で太っているのは、たかだか六パーセントなんだって。むやみにダイエットすると、内分泌がくるってしまうし、やせすぎると、突然、どんどん食べだし、どんなにたくさん食べても、何も感じなくなってしまうそうよ」

アンジェラはそれを聞くと、うなだれて何もいわなかった。スーウェンがすぐさま助け舟を出した。

「それ、ぼくも知ってるけど、女の子だけじゃないよ。男の人もそんなだって。ぼくのおばさんが、おじさんにダイエットさせたんだ。三日目ぐらいまではよかったんだ。一日リンゴ一個とバナナ一本と、紅茶一杯。四日目、おじさんは昼間食べずに、夜中、人が寝静まったころ、冷蔵庫を開けて、むしゃむしゃ食べだした。次の日、家族の朝ご飯はすっかり食べられていたんだ。もっとよくないことに、おじさんは散歩だといって、こっそりチョコレートを買いに出ていたんだって。その結果、ダイエットしていなかったときより、五キロ、肥えてしまったんだって」

家に帰ってから、アイルアンはパーティーのようすを母さんに話してやった。リンナが部屋に閉じ込もって一時間もお化粧をしていたことも話した。

一学期がすんだばかりのころ、今度は母さんが「思いがけないこと」に出くわした。

ある日の放課後、下校したアイルアンの髪の毛に母さんは異常を発見した。額にかかる髪の毛が青やら紫やらに染まり、おまけに、きらきら光っている。

「それ、どこでしてもらってきたの。早く洗い流しなさい」と母さん。

「してもらったんじゃないよ」とアイルアン。「自分でスプレーしたの」

「なぜなの？」母さんはいぶかしげにいった。「今は、謝肉祭でもないのに」

「大人って、すぐに尋問したくなるんだね。——なぜ？　なぜ？　なぜ？　って」とアイルアン。

母さんはすぐに黙り、アイルアンが自分から説明しはじめるのを待った。

「理由なんてないんだ」アイルアンは手を広げた。「やりたくなっただけさ。今日はホント、面白くなかった。新米の体育の先生ったら、時間がいいかげんで、やたら長ったらしい話をしてから、やっと着替えてサッカーさ。だが、サッカーが盛り上がる前に、着替えて、その場所をほかのクラスに明け渡さなくてはならなかったんだ。今日、テストが二つもあったから、体育の時間、試合をして発散しよう、ってみんなと決めていたのにさ。あのグズ先生のおかげで台なしさ。ダニエルが髪の毛に吹きかける粉を持ってきていたんだ。兄さんの誕生日のあまりだって。それでぼくたち、楽しむことにしたんだ。ぼくと、アーノルド、ステファン、そのほか何人かがみんな、自分の髪の毛に粉を吹きかけたんだ。おかしい？」

母さんはいいともよくないともいわなかった。ただちょっと「パンク・ファッション」みたいといっただけ。

「パンクで悪かったね」アイルアンの口ぶりは納得していないようす。「パンクは七十年代の、ロンドンの産物さ。今ではロンドンの絵はがきにはみんなパンクがついている。ロンドン名物だともいえる」

母さんはため息をついた。

「そんなふうにいっても、母さん、ついていけないわ」

「母さんったら」アイルアンは当てが外れたかのようにいった。「母さんは大騒ぎしすぎるときもあるけれど、でも、まだウェンリアンの父さんよりましだよ」

数日前、アイルアンは家族でウェンリアンの家に招かれた。ウェンリアンの父さんは招待するとき、いわくありげな言い方をした。

「必ずいらしてくださいよ。次では、もう見られませんからね」

ウェンリアンの家に着くと、ウェンリアンの姿がない。なんと、自分の部屋に隠れたのだ。ウェンリアンの真っ黒な髪が黄色に染まっていた。

ウェンリアンがアイルアンの母さんにこう尋ねる。

「父さんが、ぼくを見にくるようにいったんでしょ」

ウェンリアンが髪を染めたのは、物珍しさからで、遊びでしたことだった。散髪屋で染めると高くつき、数十マルクはいる。ウェンリアンとクラスの友だちは自分で染料を買って、互いに染めあった。その友だちは褐色の髪の毛だったから、一回分の染料で十分だった。だが、ウェンリアンは黒髪だから、染料がたくさんいる。一回分では足りなくて、さらに一回分買い足したので、数十マルクもつかってしまった。

ウェンリアンは髪の毛の色を変えてから、アイルアンのようなこわいもの知らずのところがなくなった。つかったのは自分の小遣いなのに、父さんが好きにさせてくれるはずがないのがわかっていたので、その晩、父さんが地方の仕事から戻ってくると、ウェンリアンは早々と寝床に入った。翌日、朝ご飯のときは、帽子をかぶった。昼ご飯でも帽子をかぶっていたので、父さんに疑われた。悪いことはできないものだ。

ウェンリアンの父さんは、帽子の下の真相を知るなり、大声でどなりちらした。

「何で、こんな、人ともおばけともわからんことをするんだ。中国人が黄色い髪にするなんて、けしからん。いっそ、緑に染めて、ラクダにでも食ってもらえ。（ハノーファー動物園で、うたた寝していた若者が、緑の髪を青草と間違えられ、ラクダにかじりつかれた。その若者の頭がテレビニュースで流された。）」

髪の毛の黄色い染料は容易には落とせない。もう一度黒く染めるとしたら、またたくさんお金をつかう。ウェンリアンの父さんは息子にこういいわたした。

「今度、この手の悪さをしたら、家に入れてやらんからな」

アイルアンが母さんに自分の意見をいった。

「どってことないと、ぼく、思うんだけれど。好きなようにさせてあげたらいいのに。かっこいいかどうかは、自分のことだし、誰にも迷惑かけないと思うよ。それに、大人だって髪を染めているじゃない。年とって髪が白くなれば、黒染めしようとするじゃない。なぜ、若者だけがほかの色に染めてはいけないの。クラスにも髪の毛を染めている人がいるよ。オスマンは、初めは赤い髪の毛だったけれど、今は緑色の髪の毛になっている。親は何もいわないよ。小遣いは自分のだし、当然、どうつかうかは自分の勝手だよ。親は干渉すべきではない」

ちょっと極端すぎるところもあるけれど、道理がないともいえない、と母さんは思った。

アイルアンが母さんに尋ねた。

「もし、ぼくが髪の毛を染めたら、母さん、どう思う？　ぼく、染めるなら紫色がいいなあ。きれいだもん」

母さんはちょっとためらった。が、こういった。

「少しなじめないかもしれないわね。でも、アイルアンのいうとおりよ。これはアイルアン自身のことだから、母さんは干渉しないわ」

アイルアンは母さんに難題をぶつけると、愉快そうに笑った。

「けど、ぼく、今はまだ小遣いを髪の毛につかいたくないなあ。だって、ぼく、目立つの嫌だもの。かなわないよね。でしょ？」

小遣いといえば、家から毎月もらう五マルク以外に、アイルアンは自分で少し稼いでいた。

秋休みに、アーノルドから電話がかかってきた。

「労働力を売らないかい？」

何をするかによるね、とアイルアンは答えた。

アーノルドのママは、刃物工場を引き継いでから、目が回る忙しさで、一年で一回休みをとって旅行しただけ。そのほかの休みは、アーノルドは一人、家で過ごしていた。今回、ママがアーノルドにこういった。

「興味があるなら、工場を手伝ってくれないかしら。してほしいことがあるし、小遣い稼ぎにもなるわよ」

アーノルドはアイルアンにも来てもらおうと考えた。

そこで、アイルアンはアーノルドと、アーノルドのいとこと刃物工場で一日働くことになった。一時間五マルク。仕事は二つあった。一つはラベル張りで、もう一つは原料入れである。アーノルドとアイルアンは語学がわりとできたので、ナイフの柄に輸出用のラベル張りを任された。いとこが通っているのは職業高校で、外国語はあんまり勉強していないので、いすに腰かけて、半時間おきに、ジョウゴの中にナイフの柄の原料を入れる仕事だ。アーノルドはいとこを見て、ぶつくさ文句をいった。座っていても、お金になるなんて、らくちんだなあ。アイルアンはアーノルドの言い分には不賛成だった。座っていても集中しないといけない。原料を入れるのは早くても、遅くてもいけないし、原料の入った容器も重たいよ。

帰ってきてから、アイルアンが母さんにいった。

「一日働いて、アーノルドは時間給たった二マルク半だったんだ」

「どうしてなの」

「ラベルを全部張りまちがえたんだ。ベルギー向けのナイフに、オランダのラベルを張ってしまったんだ。アーノルドのママ、怒ったのなんの！　アーノルドは張りまちがえたラベルを一枚ずつはがして、その上に新しいのを一枚ずつ張っていったんだ。ねえ、母さん、全部で何枚張りまちがえたと思う」

「何枚かしら？」

「きっちり千枚だよ」

よく練習して、二度と間違わないようにと、アーノルドは腕にいろんなラベルを張っていた。あるとき、スグハト先生は、腕にラベルを張っているアーノルドをからかってこういった。

「スペインに売るのかね。君もその荷物と一緒に送ってもらったら、どうだい。スペインサッカーのリーグ戦が見られるよ」

稼いだ小遣いは、アイルアンは勝手につかわない。ふだん、きりのいい数字になったら、母さんに渡して、自分の銀行口座に入れてもらっていた。親の誕生日や、友だちの誕生日のプレゼントを買うときに、このお金をつかった。コンピュータゲームの雑誌を買いたいと思うときもあるが、値段が十マルクと高すぎる。だが、高い品物をそんなに高くないように、彼らには自分たちなりのやり方があった。

あるとき、母さんは、アイルアンの机の上に、新しいコンピュータゲームのCDを見つけた。どこから持ってきたの、と尋ねると、仲のよい友だち三人で、お金を出し合って買ったとアイルアンが答えた。一人十五マルクずつ出すと、全部で四枚のCDが買えるので、みんなでかわりばんこに遊べる。また、こんな場合もある。つかいたくないのに、つかわざるを得ないときもある。

アイルアンはつかったお金はみんな、小さなノートにつけている。母さんがどうしてもわからない書き込みがあった。

「切符代　六十マルク」

通学はバスだから、こんなに高い切符はありえない。

アイルアンはしぶしぶ話した。今日、バスがやたらと混んでいて、切符が買えなかった。運悪く、切符の検査にひっかかり、罰金を払わされることになったのだ。かっこ悪いから、家族にはいわないで、自分の六十マルクを持ちだして、こっそり支払いにいったというのである。

また、こんなこともあった。ハンドボールチームと外部試合に行ったとき、予備のメガネをなくしてしまったので、小遣いで新しく買ったのだ。

母さんの反応を不思議に思った父さんが、

「てっきりお小言をいうだろうと思ったけどな」といった。

「わたし、我慢したの」と母さん。

そのとおり。子どもが自分で教訓を引きだしたときは、再度教訓をたれてはいけない。

第十六章　中国語学校

中国語学校に先生は一人、女性で、チュ（礎）といった。勉強するために中国から来たチュ先生は、大学で学びながら、大学の教室を借りて中国語学校を開いている。

力のある先生は、どの時間も面白い授業をするもので、チュ先生がそうだ。

あるとき、チュ先生がみんなにいった。

「みんなの笑い話が聞きたいわ。ただし、ディズニー雑誌からのではなく、自分に起こった、中国語に関するものをね」

最初に、ウェンリアンが話した。

お客さんが来ることになった。母さんは、忘れないようにとウェンリアンに、キッチンの掲示板にメニューを書かせた。

「いうから、書いてね」

「いいよ」

「紅焼鶏块（鶏肉の醤油煮）」

ウェンリアンは「紅焼鶏快（醤油煮の鶏速い）」（注1）と書いた。まるで、醤油味の鶏と塩味の鶏がかけっこして、醤油味の鶏が勝ったみたいだ。

「涼拌腐竹（湯葉のあえもの）」

ウェンリアンは「両半父猪（父豚を半分こ）」（注2）と書いた。父さん豚にとっちゃ、とんだ災難。母さん豚にはどってことないが。

「清炒蝦仁（エビのいためもの）」

ウェンリアンは「青草下人（青草の下の人）」（注3）と書いた。

母さんは心配になって、掲示板に目をやると、声を上げた。

「人間を食べるつもり?!」

次はリンナが話した。

リンナと兄のフィリップが、母さんに連れられ中国のおじいちゃんたちを訪ねた。おじいちゃんたちが住んでいる中庭の入り口に守衛室があった。

その日、母さんが二人を遊びに連れだした。母さんとリンナは自転車を押しながら入り口を通り抜けたが、気のはやるフィリップは自転車でかけぬけた。

「おーい、おーい！」

守衛室のおじいさんがしきりに叫んでいる。

「前の男の子を呼んでらっしゃるんですか」

母さんがおじいさんに尋ねた。

「そうだ、あの子だ」

母さんがフィリップを呼びもどした。

「この字を読んでみなさい」

おじいさんはそういって、門の前の看板を指さした。

フィリップはぽかんとした。手伝いを頼まれるのかと思ったのに、そうではないらしい。なんか、とても怒っている。フィリップは看板の上の大きな文字をじっと見つめていたが、ぽつ、ぽつと、

「やま……ひと……あお……おり……くるま」（注4）と読んだ。

今度はおじいさんがぽかんとした。

「バカなふりをしとるんかね」

「〝バカなふり〟って何?」フィリップがおじいさんに尋ねた。

母さんがあわてておじいさんに言い訳した。

「この子、ほんとに、この字、読めないんです」

おじいさんがフィリップをじろじろ見ている。目が悪くて、この男の子が外国人みたいなのに気づかない。誰だって、目の前に立ちはだかっているこんな大きな子が「出入請下車（出入りは自転車を降りて）」という字が読めないとは思いもしない。

最後に、おじいさんはリンナの母さんを気の毒そうに見た。

母さんは苦い顔していった。

「もっとしっかり中国語を勉強しないと……」

これまでにも、母さんは兄妹に中国語を少しは教えていたが、練習をしないものだから、習っていないのと同じだった。

「ショックだったんだわ」とリンナ。「ドイツに戻るなり、ママはすぐに二人分申し込んだの、絶対、中国語学校に通わせるんだって」

「人のこと、いうなよ」フィリップがすぐさまいいかえした。

「中国に行ったとき、『臭いところはどこ?』って、リンナがおばあちゃんに聞いたんだ。『お便所っていうのよ。どうして臭いところなんて言い方するの』っておばあちゃんがいうと、リンナが『今までずっとそういってたの。だって、臭いところなんだもん』といったんだ」

みんな、笑った。

チュ先生も笑っていった。

「それは無理もないわ。リンナは〝便所〟なんて字を見たことがないんですもの。街なかでは〝WC〟って書いてあるものね。みんな、リンナのことを笑うけれど、あなたたちだって、この字が書けるかどうか、あやしいものよ」

先生は、黒板に書いていたウェンリアンのメニューとフィリップの「出入りは自転車を降りて」に、「便所」を書き足した。

タンヤンが、

「チュ先生、わたしの作文に出てくる言葉も書いて」といった。

チュ先生はちょっと考えて、「いいわ」というなり、黒板に「電閃雷鳴、狂風大作（いなずまが走り、雷が鳴り、狂風吹き荒れる）」と書いた。

タンヤンは自分の日記や作文を家族に見せたことがない。わからない字があっても、両親に聞こうとしない。というのも、タンヤンはしょっちゅう、両親のドイツ語を笑いの種にしていたので、この機会にかたきうちされたくなかったからだ。だから、書けない字があったら、字典で調べた。だが、しばしばどの字をつかったらいいのか決めかねた。今回、作文に、中国のテレビドラマに出てきた言葉をつかってみた結果、「電扇雷明、狂風大坐」（注5）と書きまちがえたのだ。

アイルアンはピーターの話をした。この話はピーターのパパに起こったことだったが。ピーターのパパが、香港でピーターへの土産にTシャツを買った。髑髏（どくろ）の図柄で、ピーターは大喜び。Tシャツを買ったとき、店員が、文字のプリントをご希望でしたら、すぐにさせていただきます、といったので、ピーターのパパは「さよなら」（チュース）というドイツ語を思いつき、この発音どおりの漢字を書いてほしいと頼んだ。店員はちょっと考えていたが、「チュース」と音の近い「去死（チェース）（死ね）」（注6）とプリントした。この漢字と髑髏の図柄がぴったりだと思ったのだろう。もし、魚の図柄だったら、「厨師（チューシ）（料理人）」（注7）とでも書いただろうが。

ピーターは「死ね」のTシャツを着て、見せびらかすように歩き、大いに人目を引いた。それでも、不服で、この字の意味を知りたがった。たくさんの人にどういう意味かと聞かれたのに、答えることができなかったからだ。

「それで、ピーターがぼくのところに聞きにきて、ぼくがこの笑い話を知ったってわけ」とアイルアンがいった。

すると、チュ先生がいった。

「中国人にとってこの話が笑い話になるのは、不吉なことを服に書くのはおかしいと感じるからなのよ。でもピーターはおかしいと感じていないわ。ピーターが髑髏を嫌だと思わないなら、〝死ね〟も嫌だとは思わないかもしれないわね」

当のピーターは、後ろに座っている。ドイツでは中国人は「外国人」だ。だが、中国語学校では、ピーターみたいな中国系でない子どもは自分を外国人のように感じている。

ピーターのパパは、本当は息子に日本語を学ばせたかった。会社の製品はヨーロッパではすでに一定の市場を得ており、現在アジアの開拓を考えていて、日本でも顧客がつきはじめていたからだ。ピーターの家族は以前、ノルトライン・ヴェストファーレン州に住んでいた。この州のデュッセルドルフには日本の会社がたくさんあって、小東京と呼ばれている。そこに日本語学校が一校あった。

ピーターのママがピーターを連れて申し込みにいったところ、断られた。

「うちの学校は日本の学生しか受け入れませんので」と日本人がいった。

ピーターのママには理解できない。

「ドイツ人が日本語を学べば、もっと日本人のよき隣人になれるじゃありませんか」

「申し訳ありませんが、学校の規則ですので」

「ドイツに来て、ドイツ人と仲良くつきあっていくいちばんの方法は、ドイツ人にあなたがたの言葉を学ばせることよ。そうすると、日本の文化や歴史も理解できて……」

「まことに申し訳ありません」

日本人はそういって、頭を下げた。

ピーターはしびれを切らしていた。

「ママ、もう、うだうだいうのはやめてよ。〝もやしサラダ〟なんか、ぼく、習うの嫌だよ」

ピーターは日本語ができないが、博覧会で日本人が話すのを聞いたことがあった。日本人は客が帰るとき、いつもぺこぺこして「サヨウ・ナラ」という。それがピーターには「ゾーキ・ザラート」（もやしサラダ）と聞こえた。それで、日本語の「サヨウ・ナラ」が、ピーターのところでは「もやしサラダ」になったというわけだ。

帰り道、ピーターはいまいましそうに何事か考えていたが、ふいにママに問いかけた。

「どうして、ぼくを入れなかったか、わかる？」

「どうしてなの？」

「ドイツ人をどう扱うか、いつも学生に教えているんだ。ぼくを入れたら、秘密がばれてしまうじゃない」

「まさか」

「きっとそうだよ」

ピーターは、ハノーファーに来て、ハンドボールクラブに入り、アイルアンと知り合った。アイルアンを日本人だと思いこみ、日本人とは話さないと決めていたので、ピーターはアイルアンを相手にしなかった。が、その後、アイルアンが中国人だとわかると、アイルアンの頭の後ろを物珍しげに見ていった。

「辮髪（べんぱつ）してないの？」

中国人の男はみんな辮髪にしていると、ピーターは思っていた。

アイルアンが、

「百年前にはあったよ。次に、中国には皇帝がまだいるの、って聞きたいんだろ？」といった。

「うん」

「こんなふうに聞かれたの、一人二人じゃないもん。中国の歴史を勉強するといいよ。ほんとに興味あるなら」

「けど、ぼく、中国語はわかんない」

「中国語学校に通えばいいじゃない」

ピーターは家に帰るなり、両親にこう切りだした。

「中国語を勉強させて」

「いいだろ。中国の面積はヨーロッパと同じくらいだから、将来はきっと、大きなマーケットが見こめる……」

パパはいつも実業家の視点でものを考える。

「ピーターが中国語できたら、中国旅行のときに便利だわ」とママ。

ママは、以前、パパと一緒に、ドイツの中小企業視察団について中国に行ったことがあった。上海、北京に行くと、そこの地下鉄は便利できれいで、ニューヨークの地下鉄よりも数倍よかった。世界都市の華やかさがあって、西洋と比べてもひけをとらない。唯一、国際的な基準に欠けるのは、道路標識だけだ。全部漢字で、見た目は面白いけれど、何が書いてあるのか、わからない。地図もみんな中国語で、チンプンカンプン、自分たちで街をぶらつこうにも難しい。

中国語学校では、ピーターは「外国人」だが、ほかにも、ロシアの男の子アレクセイがいた。アレクセイのパパは科学研究プロジェクトのために、ハノーファー大学に来ていた。アレクセイも、ママも、ここで何年も暮らしている。アレクセイのパパは息子に中国語を学ばせたら、将来、もっとチャンスに恵まれるだろうと考えていた。

アレクセイがレッスンを受けたとき、すでに十一歳になっていた。だが、一言も中国語が話せなかったので、小さい組の子どもたちと一緒に一二三四から学んだ。

「中国語は本当はとても簡単なのよ。一は一画で、二は二画、三は三画……」先生がいった。

「百が百画だったら、やっかいですね」とアレクセイ。

先生が笑って、

「中国人は賢いわ。四からはほかの書き方をするのよ」といった。

絵を描くのが好きなアレクセイは、漢字を書くのも絵を描くようなものだという。「〝大〟は人のこと」アレクセイは両手両足を広げた。「上に、一を横に足すと〝天〟だ。天は人の頭上にあるからね。〝日〟って、太陽だろ。カメラの四角い枠からのぞいた太陽……」

アレクセイは、ロシア人がバカではない証拠に、漢字の形を自分の体験に照らして表した。アレクセイはよくがんばり、半年ほどで上のクラスのアイルアンたちと一緒に勉強するようになった。

彼らは一緒に練習問題をする。

先生が「……だけでなく、さらに……」という構文をつかって短文を作らせると、

「人は朝ご飯を食べるだけでなく、さらに昼ご飯も夜ご飯も食べる」とハジャリン。

「ジョーダンは、美しいシュートをするだけでなく、さらに正確な三点シュートもする」とアイルアン。

「中国語学校には、中国人だけでなく、さらにロシア人、ドイツ人、トルコ人もいる」とアレクセイ。

「ママは、負けん気の強い娘を生んだだけでなく、さらに意気地なしの息子も生んだ」とリンナ。

また、先生は「漓江の水の清らかさよ、川床の泥すら見える」という文を手本に、文章を作らせた。

「賞味期限の切れたパンの固さよ、鳥ですらつつけない」とアイルアン。

「ボーイフレンドのなんという多さよ、クルニコワ（注8）自身ですら覚えきれない」とピーター。

「リンナの化粧の長さよ、部屋の中で倒れていると勘違いさせるよ」とフィリップ。

教科書で七夕の古詩を習った。

　　はるかなる牽牛星
　　きよらなる織女星
　　……
　　あふれる一筋の河
　　ただみつめあうのみ

「中国の昔の人って上手ねえ。数行で一つの悲劇を書き上げるなんて」タンヤンがいった。

だが、ウェンリアンは、

「昔の人ってなんて面倒なんだろう、実際は、二言、三言ですんじゃうのにさ。遠すぎて会えないから、それぞれふさわしい人を見つけましょう、ってね」といった。

ピーターがいうには、ドイツ人の中国語教科書はつまんないよ。パパが香港に行く前に、二か月間、

中国語強化クラスに通ったんだ。テキストは「これは一本の鉛筆です。あれは一本の筆です。鉛筆も筆も筆記具です」ってね。中国語がこんなに面白いものだったなんて、意外だったなあ。ピーターがチュ先生に、「親愛な」ってどう書くのと聞いた。好きな女の子にメモを渡すときに、漢字をつかいたいんだ。チュ先生はピーターに教えてやりながら、この言葉は中国ではドイツよりも慎重につかうものだといった。

ドイツでは、さまざまな公文書、督促状や罰金納付票にまですべて書き出しに「親愛な」を用いる。アイルアンが一度、乗ったバスが混みあっていたため切符が買えず、車掌に罰金を払わされたことがあった。その罰金納付票にはこうあった。

親愛なる乗客へ
貴方は、乗車の際には切符を持っていることという規則に違反したため、六十マルクの罰金を支払わねばなりません。
一週間以内に無人街四七九号で支払ってください。
取り扱い時間　月曜日から金曜日　午前九時~午後五時
貴方の街の交通局

「貴方」という言葉も事柄に関係なくつかわれ、一種の和やかさをかもしだしている。テレビでこんな実況が映された。社民党議長を刺した女性をガードマンが取り押さえながら、「貴方は誰だ？」としきりにいっていた。

今年の中秋節は土曜日だ。中国語学校の授業があったし、ウェンリアンの誕生日でもあった。誕生日のお祝いはいつもなら卵を持ってきてみんなに配るのだが、この日が中秋節だったので、ウェンリアンの母さんはみんなに落花生入りの月餅を作ってくれた。

みんなで月餅を食べながら、チュ先生が問いかける。

「ねえ、なぜウェンリアン（聞亮・亮は明るいという意味）って名前をつけたと思う？」

「この日は月のおまつりだから、記念のために」とアレクセイ。

「ウェンリアンが丸々と肥えて、顔がお月さまのようにまあるくなりますようにって、ウェンリアンのママは願ったのよ」とリンナ。

先生は「長く久しく、ともに同じ月を望まん」（注9）の詩詞を引きながら、中国ではこの日の夜はどの家でも月餅を食べて月を愛でるのだと説明した。仲秋の月はいちばん丸く、団欒をも象徴している。だから、どの家でもこの日に家族が仲良く集まることを願う。中国には月を詠んだ詩歌がたくさんあるが、それは月が家を思い、家族を恋しくさせるからだ。

するとウェンリアンが、

「でも、ドイツは違うよ。満月のときは、気持ちを不安定にさせるからよくないと考えられている。不眠症になる人も多いし、精神疾患もこのときに発病するらしい」といった。

「《狼男》ってこわい映画があるだろ。ふだんは普通の人なのに、満月のたびに顔に毛が生えて、狼に変身して人を襲う……」とピーター。

「そうねえ、月は一つで、同じように照らしているのに、東洋と西洋では違う光を放つのでしょう

「中国人とドイツ人は習慣も違うよ。ぼくのパパとママが中国に行ったとき、レストランで食事をしたんだ。すると突然、横のテーブルの二人の若者があぁだこうだといいだして、いいあいみたいになり、二人は腕まくりして手をつきだした。そのうちの一人ときたら、片足をいすの上に載っけている。ママはこわくなり、急いでそこから離れようとしたんだ。ところが、通訳さんは、大丈夫ですよ。こわがらないで。飲んで浮かれて、ゲームをしているだけですよ、っていうんだ」

ピーターがいった。

中国人の「拳を打つ」ゲームはアイルアンの母さんが、ドイツに来たばかりのころに、中国人にもドイツ人にはわからないことがある。アイルアンの母さんが、ドイツに来たばかりのころに、一度、州の文化部の通訳をしたことがあった。部長は宴会であいさつをした。だが、その日、あいにく風邪を引いていて、ちょっと話すとすぐティッシュを取り出し、満場の客の前で音を立てて鼻をかんだ。一回だけでは足りずに、二、三回くりかえした。アイルアンの母さんやその場に居合わせた中国人客は気まずく感じたが、ほかのドイツ人を見ると、何とも感じてない。部長は納得するまで鼻をかむと、何度もつかったティッシュを折りたたみ、平然とポケットにしまいこんだ。数年たっても、アイルアンの母さんは、ドイツ人が食事のとき、おおっぴらに鼻をかむのに慣れないでいる。

この中国語学校では、いつも先生がきちっと授業準備をしているわけではないので、授業が進んでいくうちに、しょっちゅう脱線した。

《北京人の昔の生活》を習ったときのこと。チュ先生が教科書を読ませた。一斉に読むのではなく、一人ずつ順番に読ませた。本文にこんなくだりがあった。

数十万年前、北京の周口店一帯は気候が暖かく、森林が繁茂し、野草が群生していた。象、サイ、サルが、山中でえさをあさり、恐竜がまだ絶滅していなかった。野生の馬の群れや野生のヒツジが平原をかけまわり、水牛や鹿が川辺で水浴びしていた。林にはさまざまな鳥がいた。動物は角突きあわせ、獰猛な野獣は北京原人をも追い払い、威嚇した。生存していくために、北京原人は大きな野獣を見つけると、数十人が一斉に大声を上げて野獣を追い、棍棒で打ちすえ、石器で切り裂き、年寄りも子どもも松明（たいまつ）を持って加勢し、みんな一丸となって野獣狩りをした。

リンナの番だったが、読み進むうちに、リンナは読みつづけられなくなった。動物を傷つける内容に耐えられなかったのだ。リンナはふだん、肉も食べず魚も食べず、動物愛護に徹している。普通の女の子のように子猫や子犬のペットをかわいがるのではなく、リンナは心から動物の友になろうとした。リンナはいつも母さんに、この世界では、人類と動物と植物は一つの家族で、家族は互いに尊重しあわなければならないといっていた。だから、「棍棒で打ちすえ、石器で切り裂く」まで読んでくると、声がだんだん小さくなり、とうとうこらえきれず、「ここ、読まなくてもいいですか」と先生に聞いたのだ。

先生はリンナの気持ちをくみとり、許した。リンナは、

「人間ってなぜこんなにも残忍なの。動物を打ち殺すなんて。人間と動物とは一緒に暮らせないものなのかしら」と問いかけた。

するとと、先生が、

「じゃ、みんなで話し合ってみましょう。リンナの疑問に誰が答えられるかしら」といった。

アレクセイが、

「これは生存するためには必要なことだ。でないと、人間は動物に食べつくされてしまう。昔は人間は自分を守らなければならなかったが、今は人間は動物を保護できるようになった」といった。

フィリップはこのときとばかり、リンナをやりこめた。

「家で蚊やりをつかうときは、リンナだって反対しないじゃないか。蚊だって動物だぞ。リンナは蚊と一緒に暮らして、嫌じゃないのかい？」

みんな笑い、リンナもとっさにいいかえせなかった。

「これって、人間が自分を守らなくていい段階にまだ来ていないっていってことだよね」とウェンリアン。

ふいに、アイルアンが面白いことを思い出し、すぐにみんなに話して聞かせた。

イギリスへ旅行したとき、アイルアンはロンドン動物園に遊びにいった。見学の終わり、道の真ん中にかごが置いてある。人目を引く看板が吊るされ、そこに「世界で最も破壊力の大きい動物」と書かれていた。さらに、看板にはこの動物の産地、習性、分布区域が書かれていた。

「何の動物か、当ててみて」とアイルアン。

「ライオン」

「トラ」

「どれも違うよ」とアイルアン。

すると、フィリップが、

「恐竜のクローンを作ったんじゃない？」といった。

「まだできてないさ」アイルアンはみんなにヒントを与える。

「この動物は世界各地に分布し、繁殖力は強く、どんどん増えています。肉も食べ野菜も食べ、どんなものでも口にします……」

「ネズミだ」ピーターが叫んだ。「ネズミは何でも食べるし、何にでもかみつくし、破壊力も最大だ」

「最後まで聞いて——世界じゅうのほとんどの動植物が、ますます大きくなるこの動物の脅威と破壊をこうむっています」

「人間！」みんな声をそろえて答えた。

そのとおり。かごには世界じゅうの人種の集合写真が張られていた。かごの入り口が開き、中に木の板が立てかけてある。木の板には穴があって、その穴から顔を出して写真が撮れる。時々、若者がかごの中に入って、「世界で最も破壊力のある動物」である自分の写真を撮っていた。

先生はにこにこしながら、環境問題の話題がどんどん広がっていくにまかせていた。

ウェンリアンがいった。

「ぼくのおじさんがいうには、広東の人は食道楽で、空にあるものなら、羽根のあるものは、飛行機以外何でも食べるし、地上にあるものなら、足のあるものは、机といす以外何でも食べるんだって。ハノーファーに来て、湖で泳ぐアヒルを見るなり、おじさんたちはこういったんだ。冬のアヒルは滋養があるんだぞ。今すぐスープにできんとはなあ」

ハジャリンもいった。

「前に、ドイツの博覧会に来た中国人客がうちの店で食事をしたら、ここの肉も魚もみんな冷凍で少しもうまくないというんだ。広州ではどれも新鮮で、蛇や猿ですら生きたまま食べるんだって」

「ひえぇ！」子どもたちは悲鳴を上げた。リンナは急いで顔をおおった。その恐ろしい場面がすぐ目の前にあるかのように。前に、先生が中国語の構造と言葉の意味について話したことがある。「鮮」という字は、「魚」と「羊」とから成っている。魚肉と羊肉はどちらも「鮮」（おいしい）でしょ。みんなは面白がったけれど、リンナにはそう思えなかった。

「中国の文字は、どうして食べることから離れられないのかしら」


ある日のこと。リンナがビニール袋をさげて、中国語学校に来た。袋の中には腹の割かれた、血まみれの魚が入っていた。

「魚を殺したの？」アイルアンがリンナに尋ねた。

リンナはしかたなさそうに、

「あたしじゃないわ。でも、あたし、魚が殺されるのを見ても、助けられなかったの」といった。

こういうことだ。その日の生物の授業で、先生は魚をみんなに一匹ずつ配り、解剖して内臓を観察させた。リンナは友だちに頼んで解剖してもらった。授業が終わると、それぞれ自分の魚を家に持って帰る。リンナがアイルアンにいった。

「この魚、あたしは食べられないから、ママにあげるの」

何でも食べる中国人は、やりすぎだと思うし、動物愛護のリンナの見方もすごいと思うけれど、でも、アイルアンは肉を食べずにはおれない。アイルアンがリンナにいった。

「肉を食べると、ぼくたち、人体に必要なタンパク質やその他の微量の元素が補給できるんだよ。もし、野菜しか食べなかったら、ハンドボールしても力が出ず、相手に負けてしまうよ」

「そんなことないわ」とリンナ。「あたしは野菜だけしか食べないけれど、柔道大会ではいつもどおり力が発揮できたわ。うそだと思うなら、試してみる?」

リンナはかろやかに型を決めた。

アイルアンは、ちょっとためらったが、最後には降参した。

(注1) よく似た漢字の書きまちがい――「抉」(塊・かたまりの意)と「快」(速いの意)。
(注2・3) は発音が似ているので、書きまちがったということ。
(注4)「出入請下車(出入りは自転車を降りて)」と書いてあるのを、「出」は「山」と、「入」は「人」と、「請」は「青」と見まちがったということ。
(注5)「電閃雷鳴、狂風大作」(いなずまが走り、雷が鳴り、狂風吹き荒れるという意)で、「閃」を「扇」と、「鳴」を「明」と、「作」を「坐」と、それぞれ発音が同じなので、書きまちがったということ。
(注6・7)「去死」の発音は「チュース」、「厨師」の発音は「チューシ」で、共に、ドイツ語の「tschues」(さよなら)と発音が似ているということ。
(注8) ロシアの美しいテニス選手。
(注9) 蘇軾の詩詞「但願人長久　千里共嬋娟」

第十七章　新「三度怒った周瑜」

アイルアンは学校から帰ると、いつものように郵便受けから手紙を取り出した。ちょうど、隣のハイルさんが、花に水をやり、夫人が小さな木の家に鳥のえさを置いていた。（小さな木の家は買ってきたもので、鳥のえさも買ってきたものだが、鳥は買ってきたものではなく、あちこち飛び回る自由な鳥だ。鳥たちは、鳥好きの人から、えさと宿をただでいただくのだ。）アイルアンはハイル夫妻にあいさつした。

ハイルさんも夫人ももうすぐ八十歳になる。二人には子どもがなく、これまでは旧市街に住んでいた。住居は夫人の両親が残してくれた古い家だったが、年をとり維持していくことができなくなった。毎日の掃除のほかに、家の補修もしなくてはならない。ドイツの個人の住宅は、三年に一度、小さな補修をし、五年に一度、大きな補修をする。大きな補修では、外壁を塗りかえる。これには、労力とお金がかかる。古い家にはガーデンがあり、ガーデンの雑草を抜かないでいると、隣近所から苦情が出る。美観をそこなうというわけだ。左官屋や植木職人を雇うのは、ハイル夫妻にしたら、ぜいたくなことだった。夫妻は、限られたお金を、毎年、三、四度、よそでレジャーを楽しむためにつかう。夫妻にとって、レジャーは療養だ。体によいことのためにお金はつかう。それで、彼らは古い家を売り払い、八十年代に建てられたマンションを買ったのだ。マンションには管理人がおり、ハイルさんは、自分の小さな庭で花を植えるだけですむ。ガーデンの植木は、植木職人が世話をしてくれるからだ。それに、ここは隣人が多く、おしゃべりする相手にことかかないし、必要なら手も貸してもらえる。

「今日は、請求書のほかに、手紙が来てるのかい」ハイルさんがアイルアンに尋ねた。

「ええ」とアイルアン。「中国のおじいちゃんから、手紙が来ています」

「ほおう。中国語が読めないと、郵便屋さんは配達もできんのう」

「いえ」アイルアンがハイルさんに封筒を見せながらいった。「ドイツ語の住所が書いてありますから」

「あなたのおじいさまはドイツ語もおできになるの」と夫人。

「できないですよ。でも、ぼくたちが書いたとおりに書き写せばいいので」そういいながら、アイルアンは宛名書きをじっと見る。「この上のとこ、つづりが違っているでしょ。でも、届くんです」

「中国に出すときには、そうはいかんだろ」とハイルさん。

「たぶん。中国語はちょっと間違えても、意味がずいぶん変わりますから。たとえば、三番地なんか、横棒一本少ないと、二番地になってしまいますからね」

翌日、アイルアンの母さんと顔を合わせたハイル夫人はうれしそうにいった。アイルアンは、礼儀正しくて、いつもあいさつしてくれるし、中国語の説明もていねいにしてくれたのよ、と。

「当然ですわ。年配のかたを敬うのは」アイルアンの母さんがいった。

ハイル夫人がいった。

「でも、近ごろ、ドイツでは、若い人たちは年寄りと話したがらないわ。年寄りは暇人だと思っているのよ。この間なんか、道を歩いていると、子どもがよそさまの郵便受けに石ころを入れているじゃありませんか。そんなことしちゃいけませんって、わたくし、すぐに止めましたの。そしたら、その子ったら、『ほっといてよ。今日は子どもの日なんだから、ぼくのやりたいことをやるんだ』ですって。こんなにいわれて、一日じゅう、腹を立ててましたのよ」

ハイル夫人はこうもいった。アイルアンには中国人としての教育が身についているようですわね。ドイツの親は見習わなければなりませんわ、と。

ある日、アイルアンが中国語学校の教科書を読んでいた。チュ先生が編集したもので、アイルアンが読んでいたのは、唐詩の《遊子吟》だった。

慈母手中の線(いと)
遊子　身上の衣
行に臨んで　密密に縫う
意に恐る　遅々として帰らんことを
誰か言う　寸草の心
三春の暉(き)に　報い得んと　(注1)

「中国では、この詩を暗唱できる人って、たくさんいるのよ」と母さん。

「へえ？　じゃあ、父さんは」

「できるわ、きっと」

アイルアンが父さんのところに行って、暗唱してよといった。

だが、父さんは母さんの期待に反して、かろうじて初めの二行が暗唱できたにすぎない。

アイルアンは、首を横に振りながら、

「きっと、おばあちゃんは父さんに服を縫ってくれたことがないんだね」といった。

そういいながらも、アイルアンは父さんをなかなか解放しようとしない。

「暗唱できなくても、意味ぐらいはいえるでしょ」

「そりゃ、いえるさ」

父さんも負けてはいない。

「それじゃ、〝誰か言う　寸草の心　三春の暉に　報い得んと〟って、どういう意味なの」

「うーん、それはだな。〝寸草〟って〝寸草心〟のことだろ」

父さんの答えは、あやふやだ。

「〝三春の暉〟ってのは、三つの春の暖かさってことだろ」

「それじゃこういうことなの。〝誰かいった寸草の心〟で、母さんに三つの春の暖かさで報いることができるっていうことなの」

アイルアンは意地悪く問いかける。

父さんは平然とごまかしにかかる。

「そんなところだろ」

「全然違うよ」

アイルアンが徐々に攻撃にかかる。

「寸草って灯心草（とうしんそう）のことではなく、小さな草のことだよ。三春って、三つの春のことではなく、うららかな春の日差しのことだよ」

「大して違わんだろ」

「大違いだよ。おばあちゃんは三歳まで父さんを育てた後、ほったらかしにしたかい」

母さんが話題を文字のこだわりから引きはなすために、中国の多くの慈母、慈父が子どものために苦労してお金を稼いでいるといった。ウェンリアンのいとこの親御さんのように、いとこがドイツで勉強するために、定年退職後はセールスの仕事をしている人もいる、と。

そんなやり方を、アイルアンは不思議に感じた。

「中国人は、子を育て老後に備えるっていうけれど、どうして現在は子どもをいつまでも養っているの。お年寄りが働けなくなったとき、若者が面倒見るのは理屈に合う。とすると、年寄りがいつまでも若者の面倒を見ているのは、理屈に合わないじゃない。ドイツのやり方は正しいと思うよ。子どもは大人になると、親を頼っちゃいけないんだ。こうして、親は自分の命を全うするんだ」

アイルアンは、いつも生活と命を「命」という一語でいう。（それは、ドイツ語ではこの二つの言葉の読み方が同じだからだ。）「そうじゃないと、年をとっても、ほかの人のための生活のために生きるってことになるじゃない」

母さんが笑っていった。

「親のためを思ってくれているのね」

「ぼくのためでもあるんだよ。将来、ぼくも子どもをもつだろう。どの人にも、自分の考え方に沿って、自分の命を全うする権利があるんだ。自分を養っていけないで、いつも年老いた親のお金を当てにして生活するなんて、それって、ふがいないじゃないの。ウェンリアンのいとこはアルバイトをすればいい。学生にさせる仕事って、たくさんあるよ」とアイルアン。

だが、事実はこうだった。ウェンリアンのいとこは、彼氏を連れてきていて、あちこちでお金を借り、オーディオを買ったり、車の運転を習ったりして、しまいには、ウェンリアンの家に借金の取り立てにこられたりして、ウェンリアンの親は頭を痛めていた。

あるとき、ハイル夫人がアイルアンに尋ねた。

「中国とドイツはどんなところが違うと感じる?」

ハイル夫人のこの質問はアイルアンにはちっとも不思議じゃない。というのも、これまでドイツでよく聞かれた質問はちょっと変で、彼らは「君は、中国がいいかい、それともドイツがいいかい?」と聞いてくるのだった。

どんな質問であれ、アイルアンはいつもこう答えた。

「食べるものは中国のほうがよくて、環境はドイツのほうがいいです」と。

「アイルアン、明日の朝、何が食べたい?」

南京ではおばあちゃんがこう聞いてくれる。だが、ドイツの子のおばあちゃんは、こんなことは聞かない。というのも、そんなにいろいろ選べないからだ。アイルアンが望めば、今日はシャオロンパオ(小籠包)、明日はシュウマイ、あさってはツーパ(もち米の飯をねって作った餅)、しあさっては焼き芋を食べ、十日か半月ほど同じものがない。

おばあちゃんと市場に行くときには、弁当箱を持って豆腐を買う。帰ってきてもまだ熱々だ。だが、ドイツでは、一週間前に作った豆腐を食べても、何ら文句も出ない。おじさんが中国から旅行でやってきたとき、豆腐を一口食べたきりで二度と口にしようとしなかった。それればかりか、こんな豆腐、中国ではとっくに捨ててしまってるといった。「ぼくは悪くないと思うけどなあ。ここはドイツだよ」とアイルアン。

ドイツでは、アイルアンの家はご飯を作るのに最も時間をかけているといえる。毎日、昼ご飯はあったかいし、晩ご飯もあったかい。昼ご飯を簡単にすますときは、マカロニやピザを作ったりする。夜は、少なくても二種類のおかずで、スープがつくときもある。クラスの友だちの多くは固いパンを食べてるよ、とアイルアンが母さんにいった。

同じクラスのベンジャミンが、ある日、姉さんと昼ご飯を食べに帰り、ママが作ったエンドウとごぼうの入ったスープが気に入らず、ベンジャミンが顔をしかめて「オートミールのほうがまだまし」といった。

腹を立てたベンジャミンのママは、「それじゃ、明日から何も作らないことにするわ。オートミールが好きなんでしょ。手間が省けて大助かりよ」といった。

次の日ベンジャミンのママは四種類の異なった包装のオートミールを買ってきた。チョコレート味だの、ピーナッツ味だの、はちみつ入りだの。初めこそ、張り切って食べていたベンジャミンだったが、三日たつと嫌になった。だが、ベンジャミンのママはあいかわらず、オートミールだけ出しつづけた。

「ママは昼ご飯を食べないの」とベンジャミンが尋ねると、「気にかけてくれて、ありがとう。ママはもう食べたわ」

「オートミールを？」

「いいえ、あなたたちが食べたくなかったものよ」

なんと、ママはご飯を作っていたのだ。けれども、ベンジャミンたちは牛乳でひたしたオートミールを食べつづけなければならなかった。

それが五日目になると、ベンジャミンと姉さんはもう耐えられず、ママに許しを請うしかなかった。明日はおいしいご飯を作ってくれませんか。ママが何を作ろうと、あたしたちは文句をいいません、と。

アイルアンはため息をついて母さんにいった。

「二人がうちでご飯を食べたら、絶対、オートミールがいいなんていいっこないのになあ」

アーノルドはしょっちゅう遊びにきた。遅くなると、母さんはアーノルドに晩ご飯を食べていくように勧めた。どっちみち、アーノルドは家に帰っても一人だった。アーノルドのママは遅くまで忙しくしていて、声をかけると、アーノルドは大喜びで招待を受けた。

こんなことがあった。アイルアンの母さんが作ったのは、手羽先の醤油煮込み、からし菜と豚肉の細切りのいためもの、豚の骨つきもも肉と大根のスープ。先に出てきたスープに、アーノルドが尋ねた。

「スープの中の白いものは何？」

「大根を切ったものだよ」とアイルアン。

アーノルドは眉をひそめた。

「大根、食べたことない」

アイルアンはアーノルドにレクチャーする。

「この種の大根はとってもおいしいんだよ。大根と肉のスープを作ると、おいしいんだ。それに、今みたいに冬になったら、風邪を予防する効果があるって、母さんがいってたよ」

「へえー、大根が薬にもなるの？」

「もちろんさ。ぼくたち中国人は〝薬を飲むより、おいしいものを食べるのがいちばん〟っていうんだよ」

母さんがアイルアンにいった「薬補不如食補（薬で滋養補給するより滋養食のほうが勝る）」を、アイルアンはわかりやすくアーノルドにドイツ語に訳してやるのだが、適当な言葉が見つからず、こんな言い方になったのだ。

「中国人の言葉って理にかなってるね」とアーノルド。「だけど、ぼくにしたら、薬よりもっと食べにくいものもあるよ。たとえば、ぼく、野菜が大嫌いなんだ」

「どんな野菜も嫌いなの？」とアイルアンは不思議がった。「じゃ、ビタミンはどうしてとるのさ」

「ぼく、トマトだけ食べられる。ほかはみんなだめ」

ドイツのママたちは、野菜をぐつぐつ煮込む。黒いノリのようになるまで煮込んだスープなんて、子どもたちは食べたがらないのも無理ない。

「まず、これを食べてみてよ」アイルアンは大根の一切れをアーノルドの前の小皿に入れた。

アイルアンがつかうのはおはし、アーノルドはフォークのみ。アーノルドは大根の一切れをフォークで突き刺して、ゆっくりと口に入れる。疑わしげな表情が明るくなった。

「ホント、おいしい」

アーノルドはつづけざまに二切れ食べた。

さらにアイルアンはアーノルドにいう。

「からし菜も薬になるよ。高血圧の人にいいんだ。君が、今後、ぼくの父さんみたいにおなかが大きくなったら、血圧が高くなるだろう。からし菜を食べるって覚えておくといいよ」

「じゃ、これって、何にいいのさ」アーノルドは豚のもも肉を指して尋ねる。

「太ももにいいんだ」とアイルアン。「中国人がいう〝食べれば滋養がつく〟って、つまりは豚のもものことさ」

アーノルドは中国のご飯を一度食べて、学んだのか、「これ食べたら、腕にいいんだろ」と、さもわかったふうに鶏の手羽先を指さした。

食に関して、中国人には作り方も言い方もたくさんあって、ほんと、すごいけれど、だが、中国の環境はアイルアンには不満だらけだった。

夏休みに南京に行ったときのことだ。アイルアンはおばさん夫婦と親戚回りをした。そのとき、紅木のらせん階段にシャンデリアを吊るした、宮殿のようなインテリアの建物があり、アイルアンはまるで十八世紀のヨーロッパみたいだといった。だが、「宮殿」の外には、ヨーロッパのような緑の芝生もなかったし、池でのんびりと遊ぶ水鳥も見かけない。おまけに、ごみが散乱し、やたらと広告が張ってあったのだ。

「中はきれいなのに、外はまるで大きなごみ箱だね」とアイルアン。

階段を下りるとき、廊下の汚いのが目についた——階段を上がったとき、廊下は外と大して変わらなかったので、ことさら汚いと感じなかったけれど、今宮殿を見学した後だったから、その汚さが我慢ならなかった。

「ここには、廊下を掃除する人はいないのかな?」

ドイツだったら、お金のある人は掃除する人を雇うし、ない人は自分で掃除するから、掃除する人がいないなんてありえない。

おじさんが笑った。

「そのうち方法を思いつくさ。ここは中国だよ」

おばあちゃんちに泊まって、これまで受けたことのない難儀な目にあった。上の階の人がリフォームをしていて、かなづちでたたく音が割れんばかりに頭に響き、電気ドリルが神経に食い込んでくるようだった。最悪なのは夜も同じようにやっていて、音がしたりやんだりで、やんだときでも眠れやしない。やっと寝入ったら起こされるので一層つらく、じりじりと次の爆発を待つような思いだった。

「ここには、居住法ってのはないの？　ドイツでは夜の八時から朝の八時まで、昼の十二時から午後三時まで、隣人の休息を妨げるような物音を立ててはいけないことになっているんだ。ピアノやトランペットなどのすべての楽器演奏、洗濯機、掃除機もつかってはいけない……」

家で誕生日祝いをする人は、客を招いてにぎやかにやる。だが、時間が長びくようなら、お隣さんにあいさつをしておかなくてはならない。でないと、迷惑をこうむった人は、いつでも警察に連絡してやめさせることができるのだ。

「ここの警察はこんなことを取り締まらないの？」とアイルアンがおじさんに尋ねた。

「おそらく取り締まらんだろうね」とおじさん。「だが、リフォームしている人が隣に迷惑をかけても、また、隣の人から迷惑をかけられることになるよ。今、生活がよくなってきたから、みんなリフォームをしたがるんだ。うるさくして、うるさくされて、お互いさまだ」

「お互いさまかもしれないけど、どの家もどの家も次々とうるさくしていたら、みんな戦場に住んでいるみたいだ」現在のこのような音響効果は、《大将軍レイアン救出》とさほど変わらない。「こんなふうにやかましくして、最後の家がリフォームしおえて、やっと静かになるってわけ」

「そうともかぎらんよ」とおじさん。「当時、最初にリフォームした家が新しい型でないのが嫌で、新たにリフォームするだろうし」

「何てこと。これじゃ永遠に静かにならないや。これで暮らしがよくなったたっていうの？」

アイルアンはハイル夫人にこんな話をした。中国に泰山という有名な山があるんだけれど、中国人の中には、この有名な山を大切にしない人もいる。母さんと泰山に行ったとき、南天門の路上で、観光客が捨てたごみを掃除する人がいたんだけれど、その人が立ち去ると、スーツを着た男の人が平気でペットボトルを地面に捨てた。アイルアンが拾って、ほんの二歩ほど離れたごみ箱に捨てた。

ハイル夫人はほほえんでいった。

「ドイツにもみだりにごみを捨てる人はいるわ。ハンブルクやベルリンにはいくつか汚れた街角があって、薬物やアルコール中毒者が集まっているわ」

「その人たちは、意識がはっきりしていない人でしょう」アイルアンはぼやく。「意識がはっきりしている人なら環境の清潔さと自分の家の清潔さは同じように大切だってこと、わかるはずだけれどなあ」

中国にはもう一つ、黄山という有名な山があり、アイルアンはそこの環境にはほぼ満足している。アイルアンは初めて野生のリスが、自分の周りをちょろちょろしているのを見て、興奮して持っていたカメラでリスたちを何枚も写したのだ。アイルアンはリスの写真をハイル夫人に見せてやった。

南京にいたころ、ときおり、鈴の音が聞こえてくると、ひとしきり物売りのような声。

「何を売ってるの？」アイルアンが母さんに尋ねる。

「売ってるんじゃなくて、買ってるのよ。よく聞いてごらん」と母さん。

なんと、こう叫んでいるのだ。

「くずやーお払い。ぼろに空きビン、くず鉄、ありませんか」

くずを買った後どうするのかと聞いたアイルアンがいった。

「こいつはいいや。ごみがなくなる、材料も再利用、しかもお金が稼げる。このやり方、ドイツより実用的だ」

「母さんたちが小さいころ、あるいは、それよりずっと前から、くず屋さんはいたわ。昔は、古新聞に、紙くず、ねり歯磨きのつかいおわった入れ物なんか、買い取ってくれたのよ」

「それじゃ、中国はずっと前から、ごみの分別してたってこと？　ドイツのごみの分別は、ここ数年のことなんだよ。どうして中国はずっと続けずに、やたらごみを捨てるようになったんだろう。ホント、残念だなあ」

市場で、アイルアンは大小のビニール袋をさげた人たちを見かけると、またもや文句をいう。

「ドイツで買う買い物かごはほとんど中国製なのに、ここではかごをつかわないで、環境を汚染するこんなビニール袋をつかうなんて、ホント、おかしい。これじゃ、ごみは増えていくばかりだよ」

だが、アイルアンは上海の地下鉄の切符には感嘆した。改札を出るとき、機械が切符を回収するのだ。列車はドイツ製だけれども、くりかえし切符をつかううまい方法をドイツ人は思いつかなかったのだ。ドイツの地下鉄の切符は一度つかったきりでごみになってしまう。

アイルアンがドイツの友だちに紹介するのを楽しみにしているのは、中国のトイレのことだ。中国の都会では、一般の住まいはヨーロッパと大して変わらない。ほとんどの家にトイレがある。だが、そのトイレが違うのだ。北京の親戚では、しゃがむタイプで、アイルアンがいつもつかう座るトイレではない。特に、公衆トイレのしゃがむタイプは、下側は深い溝になっていて、気をつけないと落ちてしまう。アイルアンは初めは慣れなくて、「仕事」に集中できず、いつも下側の溝に気をとられてばかり。緊張するため、ちょっとしゃがんだだけで、腰も足もだるくなってしまった。「ホント、ハンドボールの試合より疲れる。あの姿勢、ゴールキーパーよりきついんだから」。アイルアンが母さんにいった。

その後、フランスのブルターニュの海辺で休暇を過ごしたときのことだ。アイルアンは珍しい発見をした。そこのトイレは、座るタイプかしゃがむタイプか、どちらかを選ぶのだ。各トイレのドアに図形で表示してあった。しかも、しゃがむタイプを選ぶ人が少なくないみたい、とアイルアンが両親にいう。どうやら、ここの人たちが優先させるのは、衛生面であって、快適さではないようだ。「けど、中国人はとっくに考えついてたよねえ！」。アイルアンはさもほこらしげにこういった。

万里の長城のトイレはアイルアンに強い印象を与えた。

「ここはどうして使用料が特別高いんだい」

おじさんがお金を払うとき、トイレの番人にこう尋ねている。

「入ればわかるよ」とトイレの番人。

トイレに入ったアイルアンが、出てきたとき、トイレの番人にいった。

「手を洗うところもないし、下水道もない」

いくつもある小便用は飾り物で、その上にひもでビニール袋がくくりつけてある。用を足すときは、そのビニール袋の中にして、いっぱいになると、ふもとまで運んでいくのだ。

「下水道がないから、人の手で運ぶのさ。それで費用も高くなるんだ」とトイレの番人。

このトイレは急ごしらえで作られたものだ。アメリカ大統領のクリントンが万里の長城を見学するというので、臨時にこしらえたものだという。トイレの番人はトイレに入る観光客に再三注意している。

「大便はしないように。大便はしないように」

アイルアンは思った。この規則は、クリントンだって例外ではないだろうけれど、決していえるもんじゃない。「大統領、閣下のために新しくお造りしたトイレですが、大便はなさらないでください」って。

アイルアンの空想はどんどんふくらむ。クリントン大統領が中国の食文化を理解しようと、おなかに負担をかけすぎて、万里の長城でとうとう我慢できなくなり、このトイレのビニール袋をつかうはめになった。このような大人物がおしりをつきだして立ったまま事を行うなんて、思っただけでアイルアンは愉快でたまらない。ここにはトイレットペーパーもない。クリントンはやむなく護衛に大声でいうのだ。「紙、持ってきてくれ！」……

アイルアンはクリントンから古代の中国の皇帝へと想像をふくらます。周の何とか王がここで「のろしで諸侯をもてあそんだ」という。王は妃を喜ばせるために、万里の長城ののろし台に火をつけ、遠方から馳せ参じた兵士たちに無駄足を踏ませた。最後、敵が本当に攻めてきたときには、周の何とか王がいくらのろしを上げても救援の兵士たちはかけつけず……これはアイルアンが「連環画」（注2）で読んだ物語だ。

この連環画のシリーズはおじいちゃんがアイルアンにプレゼントしたものだ。アイルアンはハイル夫人に『史記』の物語を読んでやったことがあった。ハイルさんは、ある障がい者協会でボランティアをしていて、しょっちゅう外出していた。だが、ハイル夫人は大腿骨を二回手術していて、長い間立ったり座ったりできなかったので、一人でずっと家にいた。アイルアンはハイル夫人に物語を読んでやることで、ハイル夫人は寂しさをまぎらわせることができた。

物語を話し終えると、アイルアンはいつもひとくさり自分の意見を述べる。

「ほら、中国の皇帝はみんな一人で決めるでしょ。間違っていてもほかの人はいつも従わなければならなかった。でもヨーロッパの古代ギリシャ時代には議会があって、国家の大事はみんな相談した。これは一人で考えるよりはるかにいいよね」

家で、アイルアンはだんだん父さんと議論するのが楽しくなっていた。以前なら、「これはしなくちゃならないの」といわれるだけで、アイルアンはもう尋ねることはなかった。だが、今は、この「しなくちゃならない」を容易に受け入れることができなかった。

父さんがいった。

「小さいときは、大人は子どもに口答えさせなかったね。大人のいうことを子どもは聞くものだった」

アイルアンがいった。

「《史記》にあることは数千年も前のことだ。どうして、現在もこんなんなの？　それじゃ、大人は家の中の皇帝だっていうことじゃない。子どもは子ども自身の権利をたくさんもっているって、知るべきだよ」

「どんなの？」と父さんは聞きたがった。

アイルアンは児童権利九条を父さんに諳んじてやった。

「第一、平等。第二、健康。第三、学習。第四、遊戯と余暇の時間。第五、自由な意見表明。第六、体罰のない教育。第七、戦争中の生存の保証。第八、抑圧からの避難。第九、両親のような庇護。ユニセフは世界各地にある児童協会に監督する機関を設置するよう取り計らったんだ」

「ほう」父さんは目を丸くして口をあんぐり。

アイルアンが力説する。

「この中の第五条は子どもは自由に意見を述べる権利があるとうたっている。父さんはぼくのこの権利を奪うことはできないんだよ。父さんはぼくと対等に議論を戦わせなくっちゃ。でも大人は往々にして理由がいえないと、子どもに圧力を加えて、弁明させない。保護者の中には、暴力で問題を解決しようとしたりする。実はこれは逃げ腰の表現なんだよ」

父さんはぼやいた。

「君は結局、将来エンジニアになりたいのかい、それとも弁護士かい」

「そういうことじゃないって。今、父さんがぼくの権利を認めるかどうかなんだ」

「認めるよ。ユニセフがやってきたら、たまらんからな」

実際、父さんはふだん、ほとんどアイルアンにかまわなかった。ただ、母さんが臨時の通訳の仕事で数日家を空けるときだけ、アイルアンのことを頼まれる。母さんはアイルアンの中国語の勉強にはとても力を入れていて、中国語学校から出される宿題以外に、ほかの本を読んだり、旅行記を書いたり、ディズニー雑誌から探しだした笑い話を翻訳したり。そうでなかったら、母方の祖父母や父方の祖父母、従弟たちに手紙を書いたりするのだ。母さんは出かける前に、中国語の宿題を父さんに引き継ぐのを決して忘れなかった。だが、帰ってからチェックしてみて父さんがまったく当てにならないことがわかった。

「半分しかできてないわ」母さんは父さんに「どういうことなの？」と尋ねる。

父さんはちょうどテレビのサッカーに釘付けになっていて、口の中でぶつぶつ。

「君が母親なんだから、君がやるべき……」

そばで聞いていたアイルアンが、

「子、教えざるは、父の過ちでしょ。どうして母さんのせいにするのさ」

アイルアンはさも得意げに、中国語の古典を父さんに当てはめた。

あるとき、また、母さんが外出することがあり、出かける際にアイルアンに作文を書く宿題を出した。

「何を書くの？」

「オーストリアにスキーに行ったときのことを書けばいいわ」と母さん。

だが、帰ってきた母さんがスキーの作文を読むことはなかった。アイルアンが書いたのは《新三気周瑜》（新「三度怒った周瑜」）だった。アイルアンが《三国演義》のテレビドラマのビデオを見て、大いに発奮して書いたのだ。


周瑜はいつも諸葛亮孔明とどちらが賢いかをはりあっていた。

あるとき、東呉と蜀漢とがまた戦争を始めた。周瑜は早く戦場に着いた軍が優勢になるとわかっていたので、兵士に早く寝て、次の朝早く出陣するように命じた。ところが、次の日、周瑜が目を覚ますと太陽がすでに高く上がっているではないか。周瑜は怒ったのなんの。「どうして、オンドリが時を告げるのを聞き逃したのだ」。兵士が鶏の毛と骨と、一通の手紙を持ってきた。手紙を読んだ周瑜は、いきなり口から血を吐いて倒れた。諸葛亮の手紙にはこう書いてあった。「貴君のお休みを妨げないために、貴君の鶏を処分させました」

冬が来た。各商店は値下げセールを開始した。これを知った周瑜は、セールの初日に部下の大将を連れて街へ買い物に出かけた。だが、商店の店主たちはみな周瑜にこう告げた。いちばん安い品はさきほど諸葛亮さまが買っていかれました、と。またしても孔明に出遅れたかと思った周瑜はまたもや気絶してしまった。

「休暇をとって、気晴らしをしたほうがよい。決して二度と腹を立ててはいけない」。医者が周瑜にこう勧めた。周瑜は医者を伴って馬車で旅に出た。観光スポットに着いたが、思いがけず観光客が多く、駐車場は車でふさがっていた。やっとのこと、唯一の空いた場所を見つけたのに、地面にこう書いてあった。「申し訳ありません。ここはすでに諸葛亮さまが借りておられます」。周瑜は一声叫ぶと、後ろに倒れた。医者が急いで手を施したが、最後にゆっくりと首を横に振った。「今度は助からない」。

その夜、諸葛亮が本を読んでいると、突然、奇妙な物音が聞こえてきた。頭を上げると、わあっ！　周瑜の魂がふわりと窓から入ってきた！　周瑜の声がする。

「孔明よ、孔明。今度はおまえさんの見こみ違いだったな、わたしのほうが一歩、早かったな」

ある日、アイルアンがうれしそうにハイル夫人に尋ねた。

「今日、スーパーで買い物されましたか」

「買ったわ。どうかしたの。また、食中毒のニュースなの？」

「食中毒ではありません」アイルアンは夫人を安心させた。「スーパーに行ったなら、例のメガネ店の前を通ったでしょ？」

「もちろん」

「メガネ店の前を通ったとき、気づかれたでしょ。ショーウィンドーの中国の文字が、前と変わっていたの、気づかれませんでしたか」

ハイル夫人は申し訳なさそうにいった。

「ごめんなさいね。気づかなかったわ」

事情はこうだ。アイルアンのメガネのねじがはずれたので、近所のメガネ店で修理した。客の奪い合いで、ここら辺のメガネ店はどこも無料で修理する。しかも、ここで買ったかなんて聞きもしない。母さんはふだん、アイルアンを市内のメガネ店に連れていく。そこは少し安いからだ。そうだったから、近所のメガネ店で修理してもらうとき、アイルアンは気兼ねした。いつもただでサービスしてもらうからだ。けれど、修理しなくちゃならないときは、便利だからつい、あつかましくも近所で修理することになる。今日、ねじをつけてもらい、お礼をいって帰ろうとすると、「ちょっと待って」と店の主人が呼びとめた。

アイルアンの顔がたちまち、真っ赤になった。とうとう、店の主人が耐えかねていいだすんだ。

「何度目だね。修理してやったのは。五回目かね、それとも六回目かね。だが、君は、これまでうちの商売に何もしてくれてないじゃないか」

アイルアンの思い違いだった。

「君は日本人かい？」と店の主人。

「ぼく、中国人です」とアイルアン。

「そいつはいい」。店の主人は喜んだ。「中国人でよかったよ。ショーウィンドーの中国文字が正しいかどうか、見てほしいんだ。かまわないかい？」

「もちろんです！」

アイルアンは、お返しするチャンスを与えてもらったことに感謝した。これからは、またメガネの修理にきても気まずい思いをしなくてすむ。

主人はアイルアンをショーウィンドーの前に連れていった。今はちょうど六月。ショーウィンドーの右斜めに、東洋風の模様の紙で作られた傘が吊るしてあり、左下には金色の切り絵の「秋」をあしらった赤い紙。そのそばには、いろんな形のサングラス。

主人は、金色の字を指さしてアイルアンに尋ねた。

「これは〝夏〟という字かい？」

「いいえ、これは〝秋〟です」とアイルアン。

「確かかね？」

「確かです」

「なんてこった。笑い話じゃないか」

主人は急いで紙の箱を持ってきた。中には「春」「夏」「冬」の三文字と切り絵が少しばかり入っていた。

「これは香港から持ってきたんだ。順序どおり並んでいたので間違いっこないんだが。きっと甥っ子が出してごちゃごちゃにしたんだな……」

アイルアンが箱から「夏」の字を選んで渡すと、主人は喜んで「秋」ととりかえた。

中国の文字はまるで絵のように、道行く人たちの目を引きつけることだろう。

（注1）中唐の詩人孟郊の作。遊学の為、旅立つ息子に手縫いの衣服を与え無事を祈る母の心をうたった詩。

（注2）絵物語。一つの物語を多くの連結した絵で説明した絵本。

第十八章　ハイル夫妻

「雨降って地固まる」ということわざがある。友情もときには、不愉快なことから生まれる。アイルアンがハイル夫妻と仲良くなったのもそうだ。

アイルアン一家は、一年ほど前に引っ越してきたハイル夫妻と同じマンションに住んでいる。二人のお年寄りは静かな生活を好み、上の階に、大人でもなく子どもでもないとしごろの男の子がいると知って、いささか気がかりだった。しょっちゅう、仲間を呼んで、深夜までどんちゃん騒ぎをするんじゃないだろうか、と。

ある日、アイルアンは地下室に物を取りに下り、両手がふさがっていたので、扉が自動的に閉まるにまかせた。バーンと大きな音。

ハイル家は一階だ。すぐさまハイル夫人がドアを開けて、アイルアンにいった。

「次からはそっと閉めてくださらない？　わたくし、心臓が悪いの」

きまり悪くなって、アイルアンは次から気をつけますとあやまった。

両家が少し親しくなったころ、アイルアンの母さんがハイル夫人にいった。

「あの日、アイルアンは戻ってくるなり、下のおばあさんは心臓が悪いから、地下室の扉は注意して閉めてよ、っていったんですよ」

「まあ」ハイル夫人はとても心打たれた。「そんなに気にかけてくださっていたなんてねえ。でも、今、何ておっしゃった？　わたくしのこと、おばあさんですって」

「ええ。ハイルさんのお年なら、十分におばあさんと呼ぶにふさわしい年齢ですわ。あの子のおばあさんはまだ六十いくつですけど」

八十歳のハイル夫人は気を悪くして不満げにいった。

「わたくし、誰かのおばあさんでもありませんし、おばあさんと呼ばれる年になったとも思いませんわ。そんなに老けているかしら」

ハイル夫人が気を悪くしているのを見て、アイルアンの母さんは説明する。

「目上のかたを直接名前で呼ばないというのは、中国人が極めた礼儀作法ですのよ。おばあさんという呼び方がお嫌でしたら、アイルアンにはおばさんと呼ばせましょうか」

ハイル夫人は笑った。

「ごぞんじないでしょうが、この辺りのわんぱくどもがわたくしたちをおじいさん、おばあさんと呼ぶのは、年老いて役立たずってことなんですよ。共同墓地の野菜をとろうとする人がいないように……」

ハイル夫人は見たところすこぶる元気で、パーマのかかったたっぷりの銀髪の巻き毛は、毎週やってくるなじみの美容師にセットしてもらっている。ふだんは、アイロンの当たったスラックスの上に、のりのきいたシャツを着て、シャツに合わせた色のリボンをえり口に結んだりすることもある。背は高くなく、一メートル五十センチあまり。ハイル夫人にいわせたら、

「この年になるまでに、筋肉や骨がすりへってしまったのね。今のわたくしは、以前に比べたら五セ

第十八章　ハイル夫妻

ンチは低くなっているわ」ということだ。

身だしなみにとても気を配っているので、ハイル夫人がいろんな病気をもっているとは誰も思わないが、心臓が悪い上に、重い高血圧と高コレステロール症、最近では白内障の手術を二回受けているし、左の肋骨はすでに人造骨に変わっている。

ハイルさんは、夫人より二歳年下で、身長一メートル八十二センチ、たとえ少々「すりへっても」どうってことはない。アイルアンの父さんと同じ会社で働いていたが、アイルアンの父さんが入るずっと前に定年退職していた。会社の百周年記念式典に、旧社員として招かれたハイルさんは、すでに一年ほどの隣人であるアイルアンの父さんと顔を合わせた。父さんの胸の名札にはドクターエンジニアと書かれている。

「どうしてお宅の表札に〝ドクター〟と書かれんのですか」

ドイツでは、修士ですら表札に書けるのにというわけだ。アイルアンの父さんは笑っていった。

「診察を受けたいといわれたら、困りますからね」

「博士」も「医者」もつづりは同じ、Doctorだ。それからというもの、ハイルさんは父さんに会うと、顧ドクターと呼ぶようになった。

ハイル夫妻はアイルアンを好きになりはじめていた。そんなある日のこと。学校から帰ってきたアイルアンが、ハイル家の呼び鈴を鳴らし、ハイル夫人に鍵を持って出るのを忘れたと伝えた。

「父さんに届けてもらいたいので、電話を貸していただけませんか」

「いいですとも。さあお入りなさいな」

アイルアンが電話をかけおえると、ハイル夫人はお菓子と飲み物を勧めた。

「おかあさまはお留守？」

「中国の旅行団の通訳に出かけています。ハイルさんもお留守ですか？」

「体の不自由なかたのお手伝いに出かけたの。ボランティア協会が計画したピクニックに、一週間、うちの人がお手伝いすることになったの」

「お一人だと、寂しいでしょ」

ハイル夫人の表情はこの上なく穏やかである。

「わたくしたちくらいの年になると、人さまのお世話になるより、人さまのお手伝いをするほうがはるかにいいものなのよ。いくらかお役に立っていると思うと、楽しくって。今回、うちの人、集めた切手コレクションをみな協会に寄付したの……」

体の不自由な人のほかに、知的障害のある人もいるので、さまざまな趣味で、彼らの生活を豊かにしたり、考え方を改善したりしている。ボランティアで美術の授業をしたり、陶芸を教えたりしている人もいるので、ハイルさんは長年集めた切手や絵はがきを提供することにしたのだ。

うちの人はね、切手や絵はがきは昔のことをたくさん思い出させてくれるけれど、それは喜びでもあり、悲しみでもあるというの。当時のつらい日々を思い出すからでしょうね。今、障がいのある人につかってもらえば、ただ楽しんでもらえるだけですむわ。ハイル夫人はアイルアンにこう話した。

ハイルさんはすごいなあ、とアイルアン。

「大腿骨の手術をするまでは、一緒にお手伝いにいっていたのよ。わたくしも協会の会員だったから」とハイル夫人。

当時は、祭日に教会や養老院が主催するチャリティーバザーに参加するほか、ハイル夫妻はしょっちゅう、障がいのある友人のもとに出かけていた。その中に、ある夫婦がいた。ご主人は片腕で、奥さんは少し知的障害があり、すでにご主人は心臓病で亡くなっていた。ハイル夫妻は、毎年、春にはいつも車で、外観は美しいが中は乱雑に散らかった別荘にその奥さんを訪ねた。パートの人が掃除したばかりなのに、家の中は、すでにそうは見えなかった。奥さんはハイル夫妻の訪問を大変喜んで、ぜひご飯を食べて帰ってといいながら、玉ねぎとじゃがいもをなべの中に放り込んだ。玉ねぎもじゃがいもも皮をむかないまま。心からの歓待であることはわかっていたが、ハイル夫妻はこの奥さんをさそってギリシャ料理のレストランで晩ご飯を食べた。

「うちの人がしょっちゅう出かけているので、病気がないなんて思わないで。本当は、血中の脂肪も高いし、入隊したときに負傷しているので、腰が痛くなったら動こうにも動けなくなるのよ」

ハイル夫人がアイルアンにいった。

「ハイルさんは兵隊だったんですか」

アイルアンはとても興味を覚えた。

「所属はどこだったんですか」

アイルアンは答えなかった。どうやら、話したくない話題のようだ。

アイルアンは顔を上げて、壁の上の昔の写真を見る。ハイルさんの若いときの写真もあったが、軍服は着ていなかった。

アイルアンの視線の動きにつれて、ハイル夫人が写真の説明をした。

わたくしたちは、それぞれの友だちと一緒にパーティーに参加したの。二人ともパーティーでは一言も言葉を交わさなかったけれど、後で、お互い、友だちに相手のことを聞きあっていたことがわかったの。だから、パーティーの集合写真はわたくしたちにとっては特別の意味をもっているのよ。ほら、これは結婚して十年目よ。うちの人、ハンサムでしょ。

「白黒写真では色がわからないわね。わたくしが着ていたワンピースは濃い紫で、胸の花は淡い黄色だったの……」

ハイルさんは戦場にいたから負傷した。だが、戦争のことは話したがらないし、ハイル夫人も話そうとしない。それは最後には負けたからだ。勝っていたとしても、輝かしい歴史とはいえなかったけれど。

そんなことを考えていると、父さんが鍵を持ってきた。アイルアンはハイル夫人にいとまを告げた。ある日、アイルアンが楽しくピアノを弾いていた。ピアノ曲ではなく、歌のメロディだった。そこへハイル夫人が訪ねてきた。

「その曲、学校で習ったの？」

「ええ。今日習った〝ドクター・アイゼンバルト〟です」

「まあ」ハイル夫人は手をたたいた。「学生のころ、わたくしたちも歌いましたわ」

そういうなり、ハイル夫人は歌いだした。

吾輩ドクター・アイゼンバルト
治療の腕は　天下一
見えない人も　歩きだし
動けぬ人も　目が見える

ウィダウィダウイ　バン！　バン！
ウィダウィダウイ　バン！　バン！

ドーデルドームの患者さん
吾輩　アヘンを　十ポンド
年がら年じゅう　お休みで
いまだに　おめめが　覚めません
ウィダウィダウイ　バン！　バン！
ウィダウィダウイ　バン！　バン！

吾輩　治した　患者さん
虫歯が　痛くて　大騒ぎ
バーンと　一発　口の中
すっかり静かになりました
ウィダウィダウイ　バン！　バン！
ウィダウィダウイ　バン！　バン！

この愉快な歌は何番もあって、とても長いから、先生が歌詞を配ってくれていた。だが、ハイル夫人は歌詞も見ないで、どんどん歌いつづけた。

歌い終わると、ハイル夫人がアイルアンにいった。

「これは庶民の口から口へと伝わったドイツ民謡なの。歌だけでなく、面白い物語もあるのよ」

「その物語、ごぞんじですか？」興味をそそられて、アイルアンが聞いた。

「ええ。ドクター・アイゼンバルトの物語は十七世紀に生まれたの。人並み外れた外科医で馬車でどこへでも治療に出かけたの。患者たちもつわものぞろいよ。ドクター・アイゼンバルトは手術のとき、患者に酒を飲ませるだけで、麻酔は一切しなかったんですもの。ほかの医者と違うのは、診療所ではなく、騒がしい市場で治療したってことなの。患者の叫び声に耐えられないってわけ。市場だと、豚が殺されるようなわめき声でも喧騒にのまれてしまいますからね。ほら、想像してごらんなさい。前は野菜売りの呼び声、後ろは果物売りの呼び声、左ではバグパイプ（注）が鳴り、右では大道芸が演じられている。そして、ドクター・アイゼンバルトは大道芸でもするように手術する……」

「それって伝説でしょ」アイルアンは疑わしげに「麻酔もなしに、人の体にメスを入れるなんてできるんですか」

「それは可能よ。できるわ。うちの人が衛生兵だったときもそうして……」

ハイル夫人はまたもや話を途中でやめた。

だが、アイルアンには、ハイルさんが衛生兵で、人を殺したのではなく、人を救ったのだということがわかった。戦場で麻酔が手に入らない状況であれば、ハイルさんだって、ドクター・アイゼンバルトのように手荒なことをするしかなかっただろう。だが、傷病兵の叫び声を飲み込んだのは、音楽や物売りの声ではなく、耳をつんざく砲声だった……。

復活祭かクリスマスに、男の子と女の子が遠くからハイル夫妻のもとへやってきた。ハイルさんの姪の子どもだ。男の子のジョニーは十八歳で、自動車部品工場の実習生、女の子のハンナはまだ六年生だった。ジョニーとハンナは何度か来るうち、アイルアンと親しくなった。

あるとき、ジョニーがアイルアンにいった。

「ミッシェルとイライザー（ハイル夫妻の名前）には変なくせがあるんだ。パンを食べ終えた後、必ず皿やテーブルのパンくずまで一粒残さず、きれいに食べつくす。うちなんか、パンは毎日残るし、最後は、捨てるか池のカモのえさになるのにね」

「つらい経験があったのかもしれないよ。上海のいとこから聞いた話だけど、いとこが小さいとき、うっかり雑巾をスープの中に落とし、それを見た家族全員が息をのんだ。おじさんは雑巾を取り出すと、一人おもむろにそのスープを飲み干したというんだ」

「げえ!?」

「おじさんは昔、農村で苦労したのさ。いとこの話だと、おじさんと昔の同級生は共に、農民だった時期がある。その後、その同級生は上海の大病院の医者になったけれど、家であろうと外であろうと、床に落ちた食べ物は必ず拾って食べるんだって」

「医者って、衛生にいちばんうるさいのにね」ジョニーはいぶかる。「まったく、わけわかんないよね。ミッシェルもイライザーも昔、ひもじい思いをしたんだね。ミッシェルがいってたけど、兵隊だったとき、四日間、何も口にしなかったこともあったって」

アイルアンは両親とフランスのブルターニュの海岸で休暇を過ごした。出かける前に、ハイルさんから旅行の資料を提供してもらった。ハイル夫妻は三度も出かけていたからだ。旅行から帰ると、母さんはハイル夫妻を食事に招いた。ハイルさんは食事にすっかりご満悦で、おはしの使い方まで試し、もう少しで魚のだんごがつかめるくらいに上達した。

「いろんな国に行ったけれど、アジアにはまだ行ったことがない。わたしたちくらいの年になると、まず、そこの生活習慣がここと大して違わないかどうかを考えてしまうからね。だが、今は中国に行ってみたいと思うね。少なくとも、中国のおかずが好きなのは確かだね」

アイルアンの母さんは、ハイル夫人にも中国旅行を勧めた。ハイル夫人は長時間飛行機に乗れないから、中国へ行くことはないだろうと答えた。

「でも、うちの人は、ビデオを撮るのが好きだから、この人の行ったところは、わたくしも行ったようなものですわ」

食事がすむと、今回フランスで撮ってきたビデオを映した。スクリーンには、父さんの後頭部が映っている。父さんが運転していたからだ。車はベルギーを抜けて、フランスの国道をひたすら西に向かう。海をまたぐ大きな橋がスクリーンに現れたとき、ハイルさんは小さくつぶやいた。

「ノルマンディー」

当時、連合軍はここから海峡を渡り、世界を揺るがしたノルマンディー上陸作戦を成功させ、ドイツファシストを終焉に追いこんだのだ。アイルアンは思わずハイルさんに尋ねた。

「どこで戦っておられたのですか」

母さんは急いでアイルアンに目配せして、やめさせた。

半月後、ハイルさんはまた泊まりがけで外出した。その日の午後、母さんは春巻きを作り、アイルアンにハイル夫人のところへ持っていかせた。

アイルアンは春巻きを持って階下に下りた。ドアは開いているが、ハイル夫人はいない。皿を置き、庭に回る。野鳥が地面のえさをついばんでいる。ふだん、鳥のえさは小さな木の家の中に置かれているのに。木の家は、野鳥たちの旅館兼食堂だからだ。さらに奥へ進む。と、ハイル夫人は小さな木の家に寄りかかり、地面にへたりこんでいた……。

アイルアンはハイル家にかけもどり、電話で救急車を呼ぶと、ハイル夫人に水と薬を持っていった。――アイルアンの母さんも心臓病だったので、こんなふうにしたことがあったからだ。これまでなら、ハイル夫人自身が電話で救急車を呼んでいた。だが、今日は外にいて家に戻る気力すらなかった。後で、アイルアンは巣箱を見ながら思った。何があったのか野鳥にわかっていたら、きっと救急車を呼ぼうとしただろうに。

ハイルさんが戻ったときには、夫人は退院していた。またもや関門を切り抜け、ハイル夫人は以前のように、女性の美容師にたっぷりある銀髪をきれいにセットしてもらっていた。

ある日、アイルアンが学校から帰ってくると、ハイルさんに花の鉢を部屋まで運んでほしいと頼まれた。

「兵隊のときの話を聞きたいんだろ？」

ハイルさんは、自分の小さなグラスに酒をつぐ。

「妻はチョコレートを食べすぎぎんように、わたしは酒を飲み過ぎぎんようにと医者にいわれておる。だが、わたしたちはお互い、自分には甘くてね。妻はしょっちゅうマーケットでいろんなチョコレートを買ってくるし、わたしはしょっちゅう地下室からいろんな酒を持ってきておる……」

この小さなグラスの一杯がハイルさんの口をなめらかにした。

当時、ドイツの男たちはみな軍服を着ていた。ハイル夫人の父親はもともと髪飾りを造る職人だったが、徴兵され海軍陸上部隊に入った。ハイルさんはまだ若く、飛行士になりたいと思っていたが、ドイツ空軍はアメリカ軍に攻撃され、大量に飛行士を養成する能力を失っていた。ハイルさんは空軍で兵役についていたけれど、輸送機でわずか二回、貨物を運んだにすぎない。その後、部隊はソ連、フランス、イタリアへと兵を送りだした。誰がどこへ行くかは、すべて、上官のペン先次第、丸がつけられた者がそれに割り当てられた。ハイルさんはまずイタリアのシチリア島に送られ、つづいて送られた戦場で、一か月もしないうちに、マラリヤにかかり、イタリアに送り返された。病気が治った後、その野戦病院で衛生兵となった。

「君に、パンの話をしてあげよう。三十センチほどの黒パンの面白い話だよ」

「面白い？」

「戦場では面白いことなんてありえないと思うだろ」

戦争の最終段階では、ドイツの供給線は完全に断たれていた。ハイルさんが所属していた救急班は三人おり、まだパンが二つ残っていた。この二つのパンの保管は最も若いハインリッヒに任された。ところが、わずか二日で、自分にはできないとハインリッヒがいいだした。

「見てくれ――」

ハインリッヒは我慢できず、パンをかじっていた。

新たにパンの保管役を選び直し、ハイルさんがすることになった。ハイルさんは意志が強い上に、農村出身で食べられる野草をよく知っていたから、最後のパンは、ハイルさんの背嚢の中で、まる四日間保管されていた。三人にとって、このパンは希望の象徴だった。分けたくなかった。パンを見ることは望みをつなぐこと、パンを分けることは絶望をもたらすことだったからだ。

五日目、三人はイギリス軍と交戦した。初めにシモンが負傷した。ハイルさんがシモンに包帯を巻いてやっていると、背後で手りゅう弾が炸裂した。三人は急いで塹壕にもぐりこんだ。手りゅう弾の破片がハイルさんの背中に突き刺さっていた。だが、そんなに深く入りこんではいない。ハインリッヒがハイルさんの背嚢を開けてみると、パンに穴があいていた。パンが衝撃をやわらげていなかったら、破片は肺にまで達し手の施しようがなかっただろう。

「体の中に残った破片で化膿することを恐れて、わたしはハインリッヒにかみそりの刃でそれを取り出してもらったんだよ」ハイルさんがいった。

戦場でドクター・アイゼンバルトになったのは、ハイルさんではなく、ハインリッヒだったのだ。中国古代に関羽という名将がいた。あるとき、関羽の腕に毒矢が当たった。腕を残すには傷口を開いて骨から毒を削りとるしかないと医師がいう。関羽は将棋をさしながら医師に骨の毒を削らせた。アイルアンはこの話をハイルさんにして、

「ハイルさんは関羽のように勇敢ですね」といった。

ハイルさんは笑った。

「それじゃ。この格好は勇敢かい？」

ハイルさんは両手をあげ、投降のしぐさをした。

捕虜にはなるな、死ぬまで戦え。上官は何度もこういいきかせていたけれど、ハイルさんたちは、毎日神に平和を祈り、故郷への帰還を願い、死にたくないと思っていた。だから、イギリス軍が攻撃してきたとき、すぐに「この格好」で捕虜になった。

三人はまず、イタリアにあるイギリス軍の野戦病院に送られた。そこでは、虐待されることもなく、

傷の手当てまでしてもらえた。シモンは足を負傷し、ハイルさんは背中に傷を負った。だが、ハインリッヒはどこも負傷していなかった。ハイルさんから破片を取り出したときについた血がもとで病院に送られたのだ。ハインリッヒは二人の仲間から離れたくなかった。仲間と一緒だと勇気づけられるし、世話もできる。だが、イギリスの軍医がハインリッヒの傷を治療しようとして、何やらつぶやいた。意味がわからなかったハインリッヒは、てっきり「ペテン師め！」とか「バカにするな」とかいわれたと思った。

ハインリッヒは連れていかれた。

「銃殺されるんじゃないか」とシモン。

「それはなかろう。イギリス人は紳士的だ。だが、ハインリッヒにはもう会えないだろうな」とハイルさん。

二人とも間違っていた。二十分後、ハインリッヒが現れた。

「ぼくが衛生兵だとわかると、人手が足りないから、ここに残ってドイツ兵の世話をしろだって。イギリス人は実にいいね。彼らに神のご加護を」

だが、イギリス人のよさは、三人の予測をはるかに越えていたことが、その後の事実で証明された。なんと、ドイツの傷病兵はイギリスの傷病兵と同じテーブルにつき、分けへだてなく同じものを食べるのだった。

宣伝と事実がいかに食い違っているか、ハイルさんは思い知った。ナチスのゲッベルス宣伝相はイギリスの状況がどんなにひどいものであるか、いつも口にしていた。

「イギリス人と食卓を共にしたとき、三人とも目を丸くしたね。焼きたてのパンとバター、ジャム、魚肉の缶詰、最後に食べたのがいつだったか思い出せないくらいだったからね……」

その日、ハイルさんと二人の仲間は、何日も胃の具合が悪くなるほど、夢中で詰めこんだ。だが、後からわかったんだ。毎日腹いっぱい食べられるのだから、そんなにむさぼり食う必要はなかったのだと。

しばらくして、ついにイギリスの傷病兵と別れるときが来た。ハイルさんたちはイタリア北部のイギリス軍が管理する捕虜収容所に送られることになった。恵まれた日々は終わり、いよいよ捕虜生活が始まるのだとハイルさんは思った。

「捕虜収容所に着いたとき、笑い話が一つあるのだよ」

その日、ドイツの捕虜たちを乗せたトラックが収容所に着いた。トラックから降りると、倉庫の扉に「No Smoking!」と大きく書かれている。

そのころ、ハイルさんは英語ができず、知っているのはYesとNoだけだった。しかもドイツ語のSmokingは男性用のタキシードのことだ。ハイルさんは心中ぼやいた。こんなくたびれた格好にタキシードも何もあるものか。バカにしているとしか思えん。納得がいかないハイルさんは、扉の字を指さしてそばにいる捕虜に尋ねた。

「持っていないのに、どうして注意するんだ」

「君は持ってなくても、ほかの者が持っているだろうよ。一人でも持っていたら、危険だからね」

ハイルさんはますますいぶかる。

「タキシードを着るのが何で危険なものかね」

そこで初めて相手は、ハイルさんが英語のタバコを吸う「スモーキング」とドイツ語の「タキシード」を取り違えていることに気づいた。

アイルアンはハイルさんの話を聞きながら、いささか感慨にふけっていた。戦争映画から受ける感じと全然違い、実際の生活は常に目新しく予測がつかない。筋書きどおりなんてありえないんだなあ。

戦後の苦しさに比べたら、収容所の二年は四十年代の中で、最も快適な時期だったよ、とハイルさんがいった。

「捕虜の多くは職人で、パンを焼く者もいた。わたしらは空のドラム缶に泥のレンガを積み上げてほかほかのパンを焼いた。当時のわたしの仕事は、重油をたくかまの番で、わたしはこっそり重油を油壺に入れて鉄条網のそばに運び、現地のイタリア人に売って、その金で収容所で必要な物を買った。クリスマスには、トラックを運転する捕虜に頼んで二羽のアヒルを手に入れ、それで祝ったものさ。もちろん、こんな祝いごとは秘密裏に行う。見張りを立て、誰か来たとなると、さっと隠す。

話し終わったハイルさんが、突然、何を思い出したのか、顔じゅうしわだらけにして笑いだした。

「収容所でしでかした悪事を思い出したんだ。ハハハハ」

「どんな悪事ですか?」

「このことは、うちの奥さんにも話したことがない。ハハハハ」

ハイル夫人も興味をそそられた。「どんなことですの?」

ハイルさんは笑いすぎて話せない。おまけに、咳こんで顔が真っ赤になった。ハイル夫人はかけよって、ハイルさんの背中をたたきながら、怒っていった。

「本当に悪いことだったのね。何もいわないのに、これほど苦しむなんて」

とうとう、ハイルさんが話しだした。

「近くにトイレはなく、寝泊まりしていたのはテントだった。いつもテントの後ろでしていたら、においがたまらない。しかたなく、少し離れたところでするようにしていた。だが、寒風吹きすさぶ日には別の方法を思いついた。貨物を運ぶトラックがいつもそばに停めてあったので、わたしらはそのトラックの中をつかわせてもらったのさ。翌日、運転手がしきりにののしっておったが……」

アイルアンも笑い、夫人も笑い、ハイルさんの顔はいたずらをした子どものように楽しげだった。

(注) 皮袋に数本の音管をつけた吹奏楽器。皮袋に満たした空気を押し出しながら吹き鳴らす。ヨーロッパに広く見られ、特にスコットランドの民族楽器として知られる。風笛、袋笛。(「広辞苑」)

第十九章　悪い点数と仲良しの男の子たち

新学期になり、アイルアンは八年生になった。

学期が変わると、必ず、転校していく者、転入してくる者がいる。前の学期には、デーヴィッドが転校していった。父親の転職で、別の都市に引っ越したのだ。

今学期に転校したのは、ダニエルだ。

ダニエルは勉強で苦労した。特に語学。十三年制の学校では、ドイツ語と英語のほかに、フランス語かラテン語のどちらかを選択し、さらに数学が加わって、四科目が主要科目となる。もし、二科目が五点か、または、一科目が六点であれば、留年だ。ダニエルは三科目が五点だった。一度留年しているので、今回はもう留年できない。ダニエルは十年制の学校に転校することになった。そこは語学を三科目も勉強する必要がなかった。

別れの日の帰り道、アイルアンとダニエルはゆっくり歩いた。

「十年制だと、ちょっと楽だね」とアイルアン。

だが、ダニエルは不満げだった。

「学校に行かないですんだらなあ。教室に入ったとたん、そこは、全宇宙で、いちばん暗くて嫌な場所に思えるんだ。君は、学校が好きなんだろうな」

「正直、ぼくだって好きじゃないよ。でも、やんなきゃならないことだから」

「そうだよな。法律で、九年生が終わらないと働けないと決められているもんな。けど、九年生を終えても、雇ってくれないよ。最低、中学を卒業していないとね。それに、学校をさぼると警察に捕まるんだって」

「君は体が大きいから、まだ中学で勉強しているなんて警察も見抜けやしないよ」

「見抜けないなんて、ありえない。見抜いた上に、罰金まで払わせるのさ。百マルクもするんだって。ぼく、まだ働いてもいないのに、払えやしないよ」

働いてもいないのに、罰金を払わないといけないなんて。アイルアンはダニエルに同情した。というわけで、警察に捕まらないためにも、罰金を払わないためにも、ダニエルは、暗くて嫌な場所に留まることにしたのだった。

二人は夢を語り合った。

ダニエルがいった。

「ぼくのやりたい仕事は、コンピュータゲームの検査員なんだ。ずーっと、新製品のゲームばかりやってるんだ」

「いいね。君にぴったりだ」

正直、アイルアン自身もやりたい職業だったが、一つしかない席をダニエルと取り合うくらいなら、喜んでダニエルにゆずる。ダニエルはコンピュータゲームの天才なのだ。

「けど、こういう仕事は大学の卒業資格がいるって父さんがいうんだ」

ダニエルの表情がまた暗くなった。

ダニエルが好きで、そんなに勉強しなくても就ける職業がないものだろうか。アイルアンはダニエルのために考えこんだ。

「そうだ。ぼく、エレベーターの運転士になる！　これなら簡単だよね」ダニエルが叫んだ。

「うん。指でボタンを押すだけだからね」

「こういう仕事なら大学の卒業資格はいらないだろ？　だけど」

ダニエルはまた眉根にしわを寄せる。

「アメリカの映画で見ただけだからな。ドイツにはないかもな。いつも、乗った本人がボタンを押しているもん」

「そんな仕事、中国にもあるよ。君、中国に行けばいいよ」

アイルアンがダニエルに勧める。

「ぼく、前に、北京に行ったとき、母さんとお呼ばれしたんだ。七階だったのでエレベーターに乗った。ごく普通のエレベーターだったけど、中にエレベーターを管理する、五、六十歳ぐらいの女の人がいたんだ。アメリカに比べたら、はるかに快適だよ。アメリカの運転士は立ったままだろ。その女の人は、座って開け閉めする。隅に四角いテーブルがあって、テーブルの上には急須に湯飲み、弁当箱。テーブルの下には水差しとかごが置いてあって、まるでその人の事務室みたいなのさ。その人は、上の階の人も、下の階の人も、みんなよく知っていて、乗った人もその人に何やら話しかけていた」

「面白そうだね」

ダニエルはいかにもあこがれるかのようす。

「けど、それじゃ、ぼく中国語を勉強しないといけない。フランス語よりずっと難しいんだろ？」

小学生のとき、アイルアンは母さんに輝かしい未来を語ったことがあった。大きくなったら、店を二軒もつんだ。遊べるお店と食べ物屋のお店だ。遊んでいるうちにおなかがすいたお客は、食べ物屋で腹いっぱい食べて、それからまた、遊ぶ……アイルアン自身も、店番をしながら、食べて遊ぶことができるというもの。

ダニエルと同じ理由で転校していった男の子がさらに二人いた。彼らの空きはすぐに埋まった。転入してきた三人のうち、二人は留年生のマリオンとリチャードだった。彼ら二人は、ダニエルの以前のクラスメートだった。そのクラスは、全校で有名なやんちゃクラスで、そのため、留年生の温床となっていた。ただ、ダニエルが一年早く留年し、彼らが一年後に留年したにすぎない。

だが、マリオンとリチャードは性格が違っていた。リチャードは落ち着きがなく、人と違うことをして他人の気を引こうとした。帽子をかぶったまま授業に出て、わざと先生に何度も注意された。マリオンによると、リチャードのパパは、彼らの教区の牧師で、十四歳を迎える若い信徒に宗教の授業を行っている。これは学校の宗教の授業とは別だ。キリスト教徒は、十四歳になったら、みな教区の堅信式を受け、その日までに、さまざまな理論やきまりを学ぶことになっている。リチャードのパパが受け持っているのはその授業のことだ。子どもたちの動作一つ一つに厳格で、ちょっとでも間違えると叱られる。

「おそらく、リチャードは家でずっとピリピリしてるんだろうな。みんなは家に帰るとくつろげるけど、リチャードは学校でくつろぐしかないのさ」マリオンがいった。

マリオンは内向的な男の子だった。彼の家庭は、ドイツ五十万のシングル家庭の一つだった。アイルアンがマリオンの家に行ったとき、マリオンの部屋にテレビもパソコンも置いてあるのを見て、うらやましかった。アイルアンの家では、テレビもパソコンも応接間に置いてあったからだ。

マリオンは苦笑いしていった。

「ぼくの家の事情を知ったら、うらやましいなんて思わなくなるさ」

マリオンがそれ以上話そうとしなかったので、アイルアンも聞こうとはしなかった。

しばらくして、マリオンが数学の宿題のことでアイルアンに電話をしてきて、あさっての数学のテストは自分にはとても大切なんだといった。

どうしてなの、とアイルアン。

「パソコンがつかえるかどうかがかかってる」

アイルアンには解せない。

「パソコンは君の部屋に……」

「今はないんだ」

マリオンの声がしょげている。

「この前の英語が五点だったので、ママが地下室にしまいこんだのさ。今度の数学で最低でも二点取らないと、パソコンは返さないってね」

なんと、マリオンのテレビもパソコンも流動的だったのだ。一つでも五点があれば持ち去られ、取り戻したければ二点以上取らないといけない。いつだったか、マリオンはたてつづけに五点を二つ取ったので、二か月近くも、テレビ、パソコンなしだった。

アイルアンはマリオンに深く同情した。母さんに一週間、テレビもゲームも止められたら、どんなにつまらないか、アイルアンには想像すらできない。

「こんな悩み、君にはないだろう」

マリオンはうらやましげにいった。

「どれも、一点か二点だし、数学とラテン語はさらにプラスがついている。点数をお金に置きかえたら、君はクラスの大金持ちだよ。金持ちは貧乏人を助けるもんだ。一点をいくつか、恵んでほしいよ。ぼく、まだ取ったことがないんだ」

何かあれば、いつでも電話してきてよ、とアイルアンは快く応じた。さらに、マリオンのためにテストの点数の悪い原因を探してやった。その一つ。

「食べ方に関係があるのかも。君、昼は何も食べないで、ガムだけですますみたいだけど、栄養が足りないんじゃないの」

マリオンの成績がだんだんよくなっていき、数学と英語はすでに三点、さらには二点、取ることができた。アイルアンの手助けのほかに、しょっちゅう、しまいこまれたテレビやパソコンも多少なり効果があったのだ。試験を受けるとき、マリオンにはいつも「助けてくれ、助けてくれ」という彼らの叫び声が聞こえるのだ。

だが、マリオンのラテン語はいまいましい五点を振り切ることができなかった。ラテン語の試験のとき、マリオンはアイルアンのそばに座りたがった。だが、新しく来たラテン語の先生は学生の心をよくわかっていて、成績のよく似た者どうしを一緒に座らせた。

試験が終わった後、マリオンがアイルアンにいまいましげにいった。

「ふへー。あいつ、ぼくよりできないんだぜ。アチマのやつ、答案用紙にいっぱい書いてるくせに、どれも間違ってやんの」

結果は、マリオンが五点、アチマが六点だった。

マリオンがいつも恐れているのは、ママのパソコンを修理させられることだった。ママのパソコンはゲームをするためのものではなく、パソコンに熟練すると、もっと収入のよい仕事に就くことができるからだ。だが、そのパソコンはよく故障した。故障するたびに、マリオンが修理させられた。

マリオンがアイルアンにこぼした。

「パソコン、ちゃんと直せても、ほめられようなんて思わない。ただただすぐに壊れませんようにと願うだけだ。でないと、ぼく、修理のたびに悪くなるって責められるんだ」

木曜日の映画館は優待日だった。マリオンはアイルアンと一緒にジャッキー・チェンのカンフー映画を見にいく約束をしていた。ところが、その日の午後になって、行けなくなったと電話があった。

「ママのパソコンがまた故障したんだ」

「帰ってから、修理したらだめなの？」

「だめなんだ。君はママの性格を知らない。修理してといわれたら、すぐしないとまずいんだ」

だが、一時間後、マリオンがうれしそうに電話してきた。

「行けるようになった！」

「もう直ったの？」

「いや。直せなかったので、いとこに頼んだよ。ぼくは、もういいんだ」

いとこはすでに就職していた。保険会社で働いていて、ふだんからパソコンを扱い慣れていて、マリオンよりはるかにうまかった。

映画を見た二人は満ち足りた気持ちで別れた。

だが、次の日、マリオンがまたしょんぼりしたようすで、アイルアンにいった。昨日、ママといとこがけんかして、腹を立てたいとこが、パソコンを半分ばらしたまま帰ってしまったというのだ。

「またぼくが修理することになったよ」

マリオンがいちばん不満に思うことは、ママが、しょっちゅう友だちの前で自分を叱ることだった。アイルアンがマリオンの家にゲームのカードを取りにいったことがあった。ちょうど、美術の先生が成績を発表した日で、マリオンのママは声をはりあげていた。

「また、五点なの。いくつ五点を集めたら気がすむのよ」

アイルアンはマリオンのしょげきったようすを見て、マリオンのママに、美術は主要科目ではないから、期末の進級には関係しませんよ、といった。

それでも、マリオンのママは息子を許そうとはしなかった。

「五点は五点。どの科目であろうと、今度進級できなかったら、学校を変わるしかないのよ」

今度進級できなかったら、ダニエルのように、十年制の学校に転校することになる。マリオンはとても恐れた。

マリオンの通学路に二つの学校があった。一つは十年制、もう一つは九年制だ。腕に自信のある男の子たちが、いつも校門の前でたむろしていて、気にくわないと見るなり、近づいてきていちゃもんをつけた。マリオンはいつも急ぎ足でその前を通り過ぎた。彼はダニエルのように大柄でなかったから、こんな学校で勉強することになったら、とても彼らに太刀打ちできない。

男の子たちがスリラー映画についてしゃべっているとき、マリオンはアーノルドのママをとてもうらやましがった。アーノルドのママは工場経営が忙しく、アーノルドはしょっちゅうおばあちゃんの家に預けられた。だが、ママはアーノルドと一緒にいる時間を捻出しては、勉強を見てやったり、一緒に外出したりした。

ある日のこと、アーノルドがママにいった。

「映画を見につれていってよ」

「何の映画なの」

「『透明人間』っていうの。とっても面白いんだ」

ママは映画の広告をほとんど見ることがなかったので、喜劇だと思いこんで、すぐに承知した。

「ぼくにだまされたなんて、ママ、気づきもしなかったんだ」

アーノルドは得意げに話した。映画館の規則で、大人の同伴がなければ、十六歳以下の子どもはこのような映画を見ることができなかったからだ。

映画はこんな内容だ。ある科学者が注射薬を発明する。注射すると、初めは骨格だけ見えているが、そのうち、姿がまったく見えなくなる。科学者はこの透明の技術を犯罪に利用する。やがて彼に恋人ができる。恋人は次第に科学者の行為に疑いをもちだす。この透明人間にも弱点があって、雨の日に、もし体に色がついていたら、それが光るのである。恋人は雨が降るときに、科学者の体に色を塗りつける。秘密の発覚に気づいた科学者は、恋人を殺そうとする。手に汗握る二人の攻防の末、恋人が光の点に向かって火炎放射器を発射し、科学者にやけどを負わせるのだ。

アーノルドのママは恐ろしい場面のたびに、手で顔をおおった。たとえば、科学者が他人の部屋にしのびこみ、カミソリを手に浴室のドアの陰に身をひそめる。と、階段をのぼる足音が聞こえてくる……アーノルドのママはすぐに顔をおおいながら、こう尋ねる。

「今、どんななの。見ても大丈夫かしら」

「ドアを開けて、中に入った」とアーノルド。

やはり、アーノルドのママは見ることができない。しばらくしてまた尋ねる。

「今、見ても大丈夫かしら」

「洗面所に入って顔を洗ってる。科学者のカミソリが上に上がっていく……ママ、手は下ろさないで、そのままにしておいたほうがいいよ」

やっと映画が終わると、ママがいった。

「ママをだましたのね。面白いといったじゃない」

「面白かったじゃない」とアーノルド。「顔をおおったママの格好、面白かった！」

アイルアンのクラスでは、ダニエルが十年制の学校に転校したほかに、フェビアンが九年制の学校に移った。

答案を返してもらうたびに、フェビアンは四点だというだけで、「やったあ！　四点だ」と、飛び上がって喜んだ。いつもこんなふうだった。極端な場合、ひとくさりぶつこともあった。ドイツ語で四点を取ったときのことだ。

「先生がいってたよな。ゲーテは数十年書きつづけて大作家となったたって。ぼくら、数年勉強しただけで四点取ったなんてすごいよね」

初めのうち、女の子たちは彼のことを笑った。四点一個であんなにうれしがるんだから、二点だったら、救急車を呼ばないといけないかもしれないわね。そんなことが続くうちに、みんなも珍しがらなくなって、フェビアンの喜ぶにまかせていた。幸いなことに、フェビアンが最高の三点（体育）を取っても、救急車を呼ぶ必要がなかった。

フェビアンは一人っ子だった。彼のパパは製品のセールスをしていて、稼ぎがよかった。だが、しょっちゅう出張していて、家にいることがなかった。ママは美容診療所を開業していた。一家は三階建ての豪邸に住んでいた。一階は応接間で、テレビは壁掛け式、さらに美しいグランドピアノがあった。フェビアンのママは、この辺りではみんな子どもにピアノを習わせているのを見て、フェビアンにも習わせた。フェビアンは教えにきたピアノの先生にいった。

「いつも来なくていいよ。ママにはわかんないんだから。ぼくがちゃんと習っているといえば、授業料が減らされることはないから」

その結果、いくらもしないうちに、ピアノの先生は来なくなり、ピアノは室内装飾品となった。二階は両親の寝室、ゲストルーム、コンピュータルーム。三階はフェビアンの部屋で、テレビ、パソコン、ゲーム機など何でもそろっている。外ではやっているものは何でも持っているが、フェビアンには友だちがいなかった。

フェビアンのママは子どもを溺愛していたが、奇妙なきまりを決めていた。彼女が留守のときには、家の中に友だちを入れさせなかった。ある日、アイルアンはクラスの二人の友だちとフェビアンの家に遊びにいった。彼のママが出かけるので、雨が降っているにもかかわらず、外で遊ぶようにいわれた。フェビアンはしぶしぶ、みんなを花園の小さなあずまやに連れていき雨宿りした。風が吹き抜ける小さなあずまやで、四人は体を寄せあった。頭をかばえば、おしりが濡れる。鍵のかかった美しい家を見ながら、みんなはフェビアンにこう宣言した。

「二度と来ないからな！」

フェビアンはクラスでいちばん、小遣いをたくさんもらっている。毎月、二百マルクは下らない。彼はおやつが大好きで、普通なら、せいぜい映画館でポップコーンか、アイスキャンディーなのに、フェビアンはアイスキャンディーもポップコーンも食べ、さらにポテトチップスを食べ、おまけにコーラ、スプライトを飲み……みんなは夢中で映画を見、彼は一心不乱に食べている。最後に、みんなが映画の筋についてあれこれ話していると、彼はいつもその後どうなったのと聞いてくる。結局、わかってなかったんだ。

彼が転校していくとき、アイルアンは忠告してやった。

「食べすぎちゃいけないよ。若い人が食べてばかりで運動しなかったために、とうとう肥えすぎて家から出られなくなり、ボランティアの救助隊員に壁をぶち壊してクレーン車で吊り上げて出してもらったんだよ」

フェビアンもうなずいていった。

「ぼくもテレビで見たよ」

「クレーン車で助け出されないようにな」とアイルアン。

ある日の午後遅く、アイルアンが帰宅した。

おかずがすっかり冷めたから温めるわね、と母さん。

「いいよ。食べてきたから」とアイルアン。

「誰にごちそうになったの」

「ピザ屋の店長だよ。母さん、前にぼく話したんだけど、覚えてる？　屋台で朝ご飯を売っていたイタリアの若い人」

「覚えているわ。用務員のケーニッヒさんも朝ご飯を売りだして、イタリアのその人を校門の外へ追い出したっていう」

「そう、その人だよ。その人、今、店を出しているの。ベンジャミンが教えてくれたんだ。その店は、ピザを一枚買うごとにスタンプを一個押し、スタンプが五個になったら、一枚負けてくれるんだ。それに、特別賞があって、試験で一点取った学生には無料で一枚食べさせてくれるんだ。ベンジャミンの兄さんも姉さんもみんな無料なのに、ベンジャミンだけいつも自腹なんだ」

ベンジャミンがアイルアンにいった。

「君のような一点のプロだと、あの店、破産してしまうかもな」

食べにいってみよう、一度だけなら破産はするまい、とアイルアンは思った。

アイルアンはラテン語の答案を持ってピザ店に行った。店長は、一点の横にプラスがついているのを見て、たちまち感心することしきり。

「ちょっと待ってて。特製のピザを作ってやるから。このプラスの一点には、特製ピザをもらう価値があるよ」

ピザができあがった。アイルアンが食べているのを、店長はうれしそうに見ていた。

アイルアンは食べながら、みんな店長のために憤慨して、「国王」ケーニッヒに抵抗し、ケーニッヒの高くてまずいピザを買わなかった、と話した。

店長は友人たちの援護にとても感謝し、アイルアンにいろいろ話した。

彼はパチアーノという名で、イタリアのシチリアから来たという。中学校（つまり九年制の学校）

を出てすぐに見習いになった。ちゃんと勉強してないのが、いつも心残りで、店をもった後に、子どもたちの勉強を応援しようと決心し、ピザの賞品を考えだしたのだ。

「このお店が学校にもうちょっと近かったら、もっとはやるんじゃない」とアイルアン。

「君たちの学校の向かいに店を借りることもできたんだけど、番地が気に入らなかった。番地の最後が八なんだ」とパチアーノ。

「中国では、八や六はとても喜ばれる数字なんだよ」

アイルアンが門標を見にいった。門標には「カールス大通り七号」と書かれている。戻ってきたアイルアンがパチアーノに尋ねた。

「七が好きなの？」

「そうだよ。生まれたときに、占ってもらったら、七がぼくの幸運の数字だといわれたんだ。ぼくは七月七日生まれで、その日は日曜日、その週の七日目だろ。ぼくの兄弟姉妹は七人でぼくは七番目。ぼくが七歳のとき、両親がドイツに来て……」とパチアーノ。

すかさずアイルアンがいった。

「これから七回恋愛して、最後に七十七キロの奥さんと結婚するかもしれないね。宝くじを七枚買って、そのうちの一枚が七七七七七七七七七で、当たった賞金が七万マルク」

パチアーノはあははははと大笑いした。

パチアーノは、少しばかり迷信を信じている。世界各地にはいろいろな迷信がある。たとえば、ドイツでは、七という数字が嫌いな人は、もしも六月二十七日に雨が降ったら、つづけて七週間、雨になるらしいという。新しい年を祝うのに、わざと「首の骨を折り、足の骨を折るように」などと縁起でもないことをいいあったりする。原っぱで四つ葉のクローバーを見つけたり、外出するときに黒ずくめの煙突掃除夫に出会ったりすると、よいことが起こると思われている。だが、十三日が金曜日だったら、不運にみまわれるともいう。マリオンのおばあちゃんがいうには、出かけるとき、黒猫が左から通りを横切ったら、その日は特別に気をつけるんだよ。突発事故が起こったりするからね。また、おばあちゃんは、昔の人は、今みたいに好きなときにふろに入り、髪をとかしていたわけではないんだよともいった。中世では、日曜日は絶対ふろに入ってはいけなかったし、平日も、きまりに従って行動していた。たとえば、月曜日は酒飲みがふろに入る日で、火曜日は金持ち、水曜日は冗談好きの番だった……。（「それじゃ、金持ちで、酒飲みで、冗談好きは、いつふろに入ったらいいの？」マリオンがおばあちゃんにこう尋ねると、おばあちゃんはしばし返答に困った。）

髪をとかすのにもこだわりがあった。なぜなら、多くの伝説の中では、髪をとかすことは一種の魔法だったからだ。ライン川の崖に腰を下ろしたローレライは美しい歌を歌いながら、地面に届かんばかりの長い金髪をくしけずった。船の舵とりは、崖の下にかかると、彼女を一目見ようときまって顔を上げ、その結果、人も船も二度と帰ることはなかった。そのため、その当時、場合によっては髪をとかすことを禁じるといった文章もあった。

農村には、今も迷信が残っている。マリオンのおばあちゃんの妹は今も田舎に住んでいて、誕生祝いはまえもって知らせてはいけないと信じている。というのも、陰で盗み聞きした魔物が、誕生日に悪さをするからだというのだ。

マリオンは、小さいとき、このおばあちゃんのところに行くのが好きだった。そこでは馬に乗ることができるし、クリームたっぷりの新鮮でおいしいイチゴケーキもあったからだ。マリオンは八歳のときに休暇で遊びにいった。外で雨に濡れ、次の日病気になった。おばあちゃんは山羊を探してきて、山羊にマリオンの靴の中のにおいを三度かがせ、こうやれば病気を追っ払うことができるといった。三日目、マリオンの病気がよくなった。だが、マリオンは山羊のおかげだとは思っていない。おばあちゃんが煎じた薬を飲んだからだ。その薬にははちみつも入っていたのだ。

第二十章　インターネットをしよう！

金曜日はいつも、学校の宿題は出ない。アイルアンは学校から帰り、昼ご飯を食べると、すぐにコンピュータの前に座った。

ふだん、宿題をやってしまえば、コンピュータでゲームをしてもかまわないことになっている。でも、今日は、ゲームをしないで、アイルアンはホームページを作るつもりだ。今、母さんの友だちのチャン（張）おばさんが、メールで、アイルアンにホームページの作り方を教えてくれている。アイルアンはネットから図柄をダウンロードして、それを組み合わせ、ユニークなクリスマス・カードを作ってみるつもりだ。既成のネットのお祝いカードはいくらでもあるが、自分で作ったのはやはり一味違う。これができたら、徐々にコンピュータプロミングを学んでいけるわよと、おばさんはいう。アイルアンの学校の高校生の一人が、全市規模のホームページデザインコンテストで一位になり、彼がデザインしたホームページが、当地の青年ウェブサイトに採用された。アイルアンがその生徒に感服したのは、彼が八百マルクの賞金を手に入れたからばかりではない。

アイルアンはインターネットをする前にパスワードを入力する。S．H．A．N．G．W．A．N．G（中国語でインターネットをするという意味）。中国語の発音記号を組み合わせたパスワードは、ドイツのハッカーにはちょっとやっかいだろう。ハッカーたちはかなり頭をつかわなくっちゃならない。だが、アイルアンはこんなふうにも考える。彼らは面倒になってアイルアンに対する興味を失い、有名なアメリカのソフト会社のネットシステムを攻撃するかもしれない。このほうがもっと刺激的だろうから。もちろん、ソフトはそんなにだましやすいものではなく、手を尽くしてハッカーたちへの防備が増強されている。こんなニュースがあった。アメリカ人の一人のハッカーが他人のホームページに侵犯したかどで刑務所送りになった。ハッカーたちはアメリカに彼らの同業者を釈放させるために、世界児童基金会のホームページに攻撃をしかけた。ハッカーの中には、イギリスの軍事衛星傍受センターのパスワードを変えてしまうほどの能力をもっている者もいて、元に戻してほしければ、金を出せと持ちかけたりする。

アイルアンは検索していろんな図柄を探した。まず、独眼をまばたきさせながらたえず舌を出す宇宙人を選び、次に、頭に長い角、手にサスマタを持つ赤い身なりの小鬼を選び、さらに、すぐに転ぶスキーヤー……。

だが、編集しようとすると、ふいに画面に黒ずくめのしゃれこうべが飛びだしてきた……。

ヨッ！　おまえの最期の日が来た。死神のようなウイルス降臨。

アイルアンはびっくり仰天。

二、三日前、家のコンピュータがインターネットできなくなり、帰宅した父さんが、ホットラインに電話したり、メールで問い合わせたりした結果、当直の三人の係員が四つの可能性を指摘した。父さんが、この四つの可能性を排除しても、コンピュータは直らない。いろいろ調べたあげく、やっと

第二十章　インターネットをしよう！

アイルアンが災難にあったことが判明した。アイルアンが、もっと早くゲームができるようにと、マリオのソフトをインストールした、そのときからパソコンがおかしくなってしまったのだ。父さんは、やむなくコンピュータ内のすべての文書を消去し、新たに挿入しなおして、やっとのことで正常に戻ったのだった。ところがなんと、今また、ウイルスが出現したのだ！

しゃれこうべが姿を消すと、つづいて次の一行が出た。

シャットダウンして、再起動させせよ。

助かるかもしれない。アイルアンは急いでコンピュータのスイッチを切った。しばらくして、おそるおそる起動させてみると、果たして、何事も起こらなかった。

次の日、学校に行くと、ヨハネスがアイルアンにこう尋ねた。

「昨日、インターネットをしただろう？」

「うん」

「ウイルスが現れただろ？」

「変な警告が出て、その後すぐに消えてしまったんだけど、ホント、驚いたのなんの」

そこまで話してきて、アイルアンは奇妙に感じた。

「昨日、ウイルスが出たこと、どうして知ってるの」

「心配すんなって」

ヨハネスはアイルアンを慰めていった。

「あれは、ニセのウイルスで、人を驚かせるためのものだ」

そこで初めて、ヨハネスのいたずらだったことがわかった。

ヨハネスがこれほどの腕前をもっているのは、彼のパパがコンピュータ関係の商売をしているばかりか、彼のおじさんが専門的にプログラムの編集に携わっていて、ヨハネスはおじさんを師と仰いでいるからだった。

アイルアンがヨハネスに尋ねた。

「このニセのウイルスも君が造ったの？」

「まさか。ぼくのレベルはそんなに高くないよ。これはコピーしたんだ。いいこと、教えてやるよ」

ヨハネスは秘密めいた顔になった。

「ぼくらは仲良しだからな。絶対、誰にもいうなよ。ぼく、ハッカークラブに入ってるんだ」

「ホント？」

「うそじゃないよ。ネットのハッカークラブなんだ。誰でも入れるわけじゃない。審査に通らないといけないんだ」

「どんな審査があるの」

「君も入りたいのかい」

「えっ、いや。聞いてみただけだよ」

ヨハネスは自慢げにいった。

「まず、やすやすと人に乗っ取られることがないと保証すること。ハッカーが、他人を攻撃する前に、先にやられてしまったら、面目ないし、このハッカーが入っているクラブも面目丸つぶれだからな。

ぼくのコンピュータには異なる機能のガードが三つつけてあるんだ」

アイルアンは笑っていった。

「その点だけでも、ぼくは失格だな。うちには一つのガードもないから」

ヨハネスは、宿題で頭をつかうのは嫌だけれど、コンピュータとネットの話になると、とどまるところを知らない。ここ二、三日、ヨハネスはウイルスや他人のコンピュータシステムをぶち壊すことについて、延々と話した。中には、アイルアンが初めて聞くこともあった。ヨハネスは自分のホームページをこしらえていた。そのホームページに載せていたデータが盗まれそうになった。が、幸いガードと監視システムがあったおかげで、すぐに誰のしわざかつきとめられた。それは、ハッカークラブの談話室で知り合った「ハッカー仲間」だった。

「そいつは、なんと、ぼくのホームページに侵入するつもりだったんだ」

ヨハネスは腹の虫がおさまらないようすでいった。

「そいつは、まだぼくのすごさを知らない」

ヨハネスのコンピュータには、盗難防止機能が備え付けられている。もし、誰かが彼のホームページに侵入しようとすると、相手の画面に弓矢を手にした小鬼が躍り出てきて、「おい、君は何をしているんだ」という。それでも侵入を続けようものなら、小鬼は、矢を弓につがえて警告する。「すぐに君の企てをやめるんだ。さもないと、容赦しないぞ」。三度目になると、小鬼の矢は放たれ、「自業自得だ」とばかり、相手のシステムを破壊するまで攻撃しつづけるのだ。

この日、アイルアンはネットからいくつかの流行歌をダウンロードしていた。クレイグ・デビッドの「セブンデイズ」など。一曲をダウンロードするのに、少なくても十分から十五分はかかる。ヨハネスの家のブロードバンドだったら、どの曲も一分もかからないのに。だが、ブロードバンドにしようと、父さんが電子メールで電信局に申請すると、可能かどうか、まず機器で測定してみますといわれ、二日後、届いたメールの回答には、「まことに残念ですが、あなたがお住まいの区域の測量結果は陰性と出ました」と書かれていた。人間ならネット上でやりたい放題になりがちだけど、電信局の公文書まで冗談っぽい。陰性だの陽性だの、まるでドーピング検査みたいだ。

「セブンデイズ」のダウンロードにアイルアンはいらいらした。そのとき、画面の右上の隅のオンライン場所に「Ｍａｆｉｏ　Ｈｅ」とあった。「マフィア　ハ」という意味で、これはハジャリンのことだとアイルアンにはわかった。

ハジャリンは、性格は穏やかなのだが、リ・シアオロン（李小龍〔ブルース・リー〕）やチョンロン（成龍〔ジャッキー・チェン〕）のカンフー映画やイタリアのマフィア映画が大好きだった。ハジャリンは今までけんかしたことがなく、口げんかだってしたことがないくらい。きっと家でも両親に口答えしたこともないのだろう。だが、それが、こんなことを考えないという保証にはならない。ネットでは自分の選んだ名前が自由につかえる、ハジャリンはそのことが楽しいのだろう。でないと、彼の両親が「マフィア　ハ」なんて名乗るのを認めるわけがない。

ハジャリンがインターネットしているとわかったので、アイルアンは「ハロー」と打ってみた。

ハジャリンからすぐに返事が来た。

「誰？　アイルアンなの？」

アイルアンはまだメールアドレスをもってなくて、親のアドレスをつかっていたからだ。

アイルアンが答える。

「聞くまでもないさ。オリジナルのアイルアンだよ」

「こいつはいいや。ちょっと教えてくんないかな。キーボードがおかしいんだ。どうしても打てない字があるんだ」

ハジャリンから来たメールを見てみると、果たして、hの字がすべてなかった。アイルアンははたと思い当たった——「トロイの木馬」ウイルスだ！

「トロイの木馬」ウイルスは、ドイツで聞いたことがあるだけでなく、中国のいとこの手紙にも書かれていた。いとこの家のコンピュータがこの手のウイルスに侵されてハードディスクがすっかりいかれてしまった。幸い、保証期間だったので、経済的には損はしなかったものの、もともと入っていた文書はすべて失われた。ヨハネスが以前、アイルアンにいったことがある。この手のウイルスはまるでトロイの木馬のように、君のシステムの中にひそんでいて、ある一定のときになったら出てきて悪さをする。君のコンピュータをかき乱し、キーボードをくるわせ、打ちたい字と違う字が出てきたりして、まるで何かにたたられているみたいなんだ。今、ハジャリンもこの幽霊にとりつかれてしまったのだ。

ハジャリンの兄さんが、バカンスで二週間家を空けるので、ハジャリンがおだてたりすかしたりしてやっとのこと、兄さんからコンピュータを貸してもらったのだ。今、機器が壊れてしまったら、兄さんに大目玉をくらい、次から二度と貸してもらえなくなる。ふだん機会のない哀れなハジャリンは、この機会にとばかり思いっきりつかいまくった。インターネットをし、友だちと一緒にゲームをした。このような状況だったので、たやすく不正アクセスされてしまったのだ。ヨハネスは三つのガードをしているから、いつでも心おきなくコンピュータで遊べる。たくさんの人が不正アクセスしようと待ち構えているのがわかるんだとヨハネス。今、アイルアンはハジャリンのために気をもんだ。だが、彼自身も感染するかもしれない。アイルアンは電話でハジャリンとやりとりし、最後には、プロのチャンおばさんに検査してもらってからのことにしようよと提案した。事件の発覚後、幸いにも事なきを得た。ハードディスクは壊れてはいなかったので、新たに挿入しなおすと、正常につかえるようになった。

クリスマスは数日休み、ひきつづき学校も冬休みに入る。元旦とあわせると、二週間になる。外国の祭日だけど、ここの中国人はこの長期休みを利用して、よく集まる。通常は、今回チャン（張）さんの家だったら、次はリ（李）さんの家というふうに、順番に招待しあう。母さんたちは中国にいるとき、仕事や勉強に忙しくて、ふだん、あまり料理をしない。おいしいものが食べたければ、レストランにいけばいいのだから。でも、ここの中国レストランはドイツ人の口に合わせていて、多くの料理は甘ったるい甜酢のトマトソースをかけるので、中国人はめったに行かない。仮に、中国料理に舌つづみを打ちたいと思うなら、レシピ本を開いてまねて作るしかない。どの家にも中国から持ってきたレシピ本がどっさりある。理系であれ文系であれ、修士であれ博士であれ、ひとたびエプロンをつければ、みな腕のいいコックだ。だんだん、父さんたちの味の好みは食べるにつれてわがままになり、おまけに子どもたちのたえまない要求も加わって、母さんたちの料理の腕前もたえず上がっていった。アイルアンは大人が食事に集まるのが大好きだ。そのときは、中国にいるのと同じで「大いに飲み食い」ができるからだ。お客が来ると、いつも七、八品の料理が作られ、それに前菜とデザートが加わると十品だ。アイルアンには何よりの楽しみとなる。おまけに、同胞の子どもたちとも会える。今度のクリスマスに、母さんは新しい料理をいくつか作りたいと思っている。だが、レシピ本の料理は、すでに作ってしまっていたり、難しすぎて作れなかったりした。

アイルアンが母さんにいった。

「おじいちゃん、料理うまいじゃない。聞いてみたら」

「どうやって作るか、おじいちゃんに教えてもらうって？　一つ教えてもらうのにかかるお金で、レストランのお料理が十品は買えるわ」

「電話で聞けって、いってないよ。うちにはコンピュータがあるじゃない。おじいちゃんにメールすればいいんだよ」

「でも、おじいちゃんはコンピュータがつかえないし、キーボードも打てないわ」

「おばさんに手伝ってもらえばいいよ」

「そうね。あなた、メールしてよ」

アイルアンはすぐさまコンピュータの前に座り、キーボードをたたきはじめた。

おじいちゃん

こんにちは。クリスマスにぼくたち、友人を招いて大いに飲み食いします。母さんがおじいちゃんの得意料理二、三品のレシピを欲しがっています。南京に帰ったとき、おじいちゃんが作ってくれた料理、ぼく、大好きです。どんな秘密があるのか、ぼくたちに教えてください。

おばあちゃんとおばさんとおじさんによろしく！

イエウェイ（頁威）

ベルリン時間午後一時に発信したこのメールは、時差のため、北京時間夜七時におばさんのもとに届いた。おばさんはすぐにおじいちゃんに電話し、おじいちゃんはちょっと考え、すぐに、おばさんに口頭で返事した。

おばさんからの返信は北京時間夜七時二十分で、ベルリン時間午後一時二十分に、アイルアンのもとに届いた。

イエウェイ

こんばんは。メール、受け取ったよ。三品なら、「炸蟹丸」、「清炖獅子頭」、それに「天下第一菜」がいいなら、いいと思うね。作り方は何ら問題ない。ちょっと母さんに聞いてみておくれ。母さんがそれでいいなら、レシピを書いて送るからね。

父さん、母さんによろしく。

おじいちゃん

アイルアンはメールを開き、母さんと一緒におじいちゃんの返信を読んだ。

「おじいちゃん、問題ないなんていうけど、母さんにとっては大ありだわ。『炸蟹丸』っていうけど、蟹はどこに行けばあるの。おそらくオランダに行けば、手に入るでしょうけど」

「ねえ、母さん、もっとこわい料理があるよ。『清炖獅子頭』、ライオンの頭の煮込み料理って、ぼく、食べられないよ。『天下第一菜』だなんて、この名前、いかにも大ほらだよ。どんな料理なの？」

「母さんにもわからないわ。もう一度、聞いてみてよ」

中国人の想像力はとても豊かで、料理の名それぞれが人を引きつける謎であった。だが、ドイツの食品法では、食品に芸術的な名をつけて販売してはならない。買おうとする品物がどんなものか、消費者が一目でわかるようにしなければならないのだ。これこそ典型的なドイツ流で、すべて、物事は実用から出発する。ドイツのレストランのメニューは客には一目瞭然。内容だけでなく作り方までわかるのだ。

アイルアンは再びメールで尋ねた。すぐにおじいちゃんの返信メールが届いた。

イエウェイ

今から三つの料理の説明をするよ。「炸蟹丸」(揚げ蟹だんご)は蟹で作るのではなくて、もち米と大根の千切りが主な材料なんだよ。油でいためると黄金色になる。外形が蟹みたいになるだけでなく、食べると蟹の味がするんだ。湖北省の名物料理の一つだ。江蘇省揚州独特の料理に、「扒焼整猪頭」(豚の頭の丸煮)、「折燴鰱魚頭」(ハクレンのあんかけ)、「清炖獅子頭」(煮込み肉だんご)の三つがある。昔、鎮江の人は「獅子頭」でお客さんをもてなした。動物園に獅子(ライオン)を探しにいく必要なんてない。市場で上等な脂身の多い豚肉(脂身が七割、赤身が三割)を買ってくるだけでいいんだ。だが、ひき肉にするとき、決して機械をつかってはいけない。包丁をつかって手で切るのだ。肉を全部ザクロくらいの大きさにきざんで、調味料を加えて混ぜるのだ。できあがると、肉は柔らかく、脂っこくなく、口当たりがよくおいしい。この「天下第一菜」(天下一の料理)はね、無錫一の料理ともいわれているが、実際にはむき身エビのおこげというべきなんだ。エビのむき身にトマトとおこげを加え、鶏のスープをかけるんだ。エビのむき身の白、トマトの赤、おこげの黄色、一目見たとたん、よだれが出ること間違いなしだ。

（以下は詳しい作り方です。）

アイルアンがいった。

「ねえ母さん、母さんの料理、ここでは誰も食べたことがないし、聞くのも初めての人ばかりじゃない。母さんががんばって作るだけで、ドイツ一の料理になるよ」

食事のとき、アイルアンはある問題に思いいたった。

「将来、インターネットが普及したら、おじいちゃんみたいな人、手助けしてくれるおばさんのような人がいないと、ほかの人と連絡を取り合うのって、とても不便じゃないかな？」

母さんがいった。

「テレビで紹介していたんだけど、コンピュータを持っていなくても、電子郵便を受け取ることができるんですって。郵便局で、配達の必要な手紙をダウンロードして打ちだし、受取人のもとに届けてくれるの。ただ、料金は普通の手紙の二倍になるし、そうなったら、その人だけに知らせたい事柄が、ほかの人にも知られることになるわね」

「こんな電子郵便の配達サービス、中国にもあるさ」と父さん。「中国のネットの発展はドイツにひけをとらないよ」

アイルアンが階下のハイル夫妻とコンピュータや電子郵便について話したとき、ハイル夫人がいった。

「わたくしたち、コンピュータのことはずいぶん前から知ってたわ。まだ定年退職する前で、六十年代の末。会社がコンピュータを入れはじめたの。みんな、その機器が信じられず、コンピュータがした計算を、もう一度手で検算したのよ。勘定が合わず、一ペニヒ多かったことがあって、財務課長が、みんなに調べさせたの。わたくしたちは、コンピュータを脇に置いたままつかわず、数人がかりで夜の十一時まで計算したのよ」

アイルアンは不思議なものだと思った。

「そのコンピュータが、もししゃべれたなら――」

「きっと〝バカもの〟って、叱りつけたでしょうね」

ハイル夫人はホホホと笑った。

「今はもう、こんなことはないわ。コンピュータは速くて正確よ。でも、わたくしたちくらいの年になると、コンピュータはもういらないわ。手紙はめったに書かないし、ふだん、電話ですませるもの。実際、現代的すぎるのも、よいとはかぎらないわ。ねえ、テレビ電話やコンピュータがそこにあると、わたくし、とても緊張するの」

「どうしてなの？」アイルアンにはわからない。

「わたくしがまだ身支度をしていないのに、テレビ電話がかかってきたら、電話に出たほうがいいのかしら、それとも出ないほうがいいのかしら」

ハイル夫人には、髪ぼうぼうでスッピンのまま他人の前にいる自分の姿が想像できないのだった。

クリスマスが近づき、アイルアンのネットのクリスマス・カードも間もなく完成だ。だが、アイルアンはもうちょっと付け加えたかった。テレビでクリスマスに関連するウェブサイトを紹介していた。

そこに、欲しいものがあるかもしれないと思い、アイルアンがそのウェブサイトに接続すると、こう書かれていた。

「あなたは六七五四人目のビジターです」

ページを開くと、サンタクロースの下半身だけが見えている。上半身はプレゼントを配るとき、その家の煙突に挟まれたのだ。しばらくもがいていたが、サンタクロースの頭が現れ、そのついでに煙突からどろぼうをひきずりだしている。クリスマスツリーからは、童話のお話や節句のお菓子のレシピなんかが探しだせるようになっている。「プレゼントセンター」にはきれいに飾り付けた大小のプレゼントがたくさんある。もし、その中の一つを開けようとしたら、こんなふうに書いてあるはずだ。

「まだそのときじゃない。そのときになったらわかるよ」。

クリスマスのプレゼントといえば、アイルアンが小さいころにいちばんよくもらったのは、レゴだった。レゴは、自分でつなぎあわせるおもちゃで、図面どおりにつなぎあわせて海賊船や城塞などを作るのだ。海賊船には独眼で片腕の海賊がおり、さらに宝物を入れた箱がある。城塞の門は上下に動き、何台もある大砲は弾を撃つことができる。去年のクリスマスは、アイルアンは自転車とコンピュータ画像の性能をアップさせるソフトをもらった。今年は、両親はアイルアンに、ＣＤとトランクをプレゼントするつもりにしている。二つともアイルアンが欲しがったもので、ＣＤの曲も彼が指定したものだ。ハジャリンより幸せだとアイルアンは感じている。

ハジャリンは去年、ジャケットをもらった。だが、ハジャリンはさも残念そうにいった。

「あーあ。マフィアのやつじゃないんだ」

ハジャリンの親は、どうしてハジャリンが欲しがるマフィアのジャケットを買ってやらないのだろう。アイルアンはこう思う一方で、ひょっとしてハジャリンはマフィアのジャケットが欲しいといいだせないのかもしれないとも思った。さらに、ハジャリンは辞典と中国歴史の本ももらった。

「明らかに、いつも、学生だってこと、ぼくに忘れさせないようにしている。ぼくの仕事は勉強だってね！」

アイルアンはハジャリンのために憤慨した。

「本はふだんでも買ってあげられるじゃない。プレゼントなんだから、君が欲しいもの、君が喜ぶものでなくっちゃ」

アイルアンはこのホームページで気に入った図案を見つけた。コピーしようとして、マウスの右側をクリックすると、サンタクロースが飛びだしてきて、ワッハハハ、ワッハハハと笑った。明らかに、ヨハネスと同じで、他人にダウンロードさせないようガードしてあるのだ。だが、このホームページのガードはヨハネスのよりうんと控え目で、弓矢を向けてくるようなことはなく、ただ、他人の企てを笑うだけだった。

このホームページには、ビジターに自分の新年の願いを書かせるページが別に設けられていた。お願いしたらほんとにかなうなんて、こんなこと、アイルアンはもう信じてはいなかった。だが、ほかの人がどんな願いごとをしているのかは興味があった。

ある企業の社長はこう書いていた――針のない時計があったらいいのに。

仕事も家事も忙しいお母さん――毎週、週末が二回あればいいのに。

中年の女性――四十歳過ぎたわたしの体重が十キロ増えたことで夫が文句をいいませんように。
二十六歳の女性秘書――今年こそ、クリスマスプレゼントに彼氏がアイロン台を贈るようなことがありませんように。
三人兄弟の六歳の男の子（おそらくママが代わりに書いたのだろう）――ケーキがまるまる食べられますように。
十歳の女の子――これからは優しいおじいちゃんとおばあちゃんになってくれますように。
九歳の男の子の願いごとに、アイルアンは驚いた。その子は、あと一年、命がありますようにと書いていたのだ。
すぐさま、アイルアンはウェブサイトの書き込みを見た。

我々はこの子を探しだし、その子が三年前に、腎臓移植を受け、それ以来ずっと、つらい腎臓の洗浄治療を受けていることを知りました。医師の診断では、移植した腎臓の不適合で、長くても三か月の命だということです。当ウェブサイトと新聞メディアで、クリスマスに彼がアメリカのディズニーランドに行けるように、すぐに募金活動を行いました。現在、予定の金額に達し、この男の子は、間もなく母親に付き添われて、フロリダに出発します。

あとがき

周鋭さんは一九五三年南京に生まれ、上海で育ちました。上海在住の著名な現代児童文学作家で、童話を中心に多くの作品があり、これまで多数の賞を受賞されています。初期の作品は、一九八〇年代に出現した若手作家たちによる童話の新しい潮流『熱鬧派（ドタバタ派）』に属していました。周鋭さんの童話作品は、「現実の生活の中で見過ごしてしまいそうなことや、見過ごされそうな弱いもの小さいものに目を向け、その中から題材を見出し、哲学的な味わいももつ」と中由美子さんが『中国の児童文学』のなかで述べられています。さらに、周鋭さんの作品には明るいユーモア、時にはブラックユーモア的な要素もあって、私にとって好きな作家のお一人で、初期の段階から注目していました。

本作品『中国うさぎ　ドイツの草』は、ドイツで生まれ育った中国人の男の子（うさぎ年生まれ）の誕生から思春期までの日常を描いた作品です。タイトルが言い得て妙。さすが、童話作家周鋭さんだと思います。全二十章からなり、各章ごとにテーマが設定されて、物語が完結しています。主人公のアイルアンは、作者の甥御さんがモデルです。甥御さんの日常のさまざまな出来事を題材に、その母親である作者の妹さん（周双寧）とメールでやりとりしながら、書き上げられた作品で、お二人の共著となっています。

読者は、主人公アイルアンの物語を楽しみながら、ドイツで暮らす中国の子どもたち個々人の日常、ドイツ在住の中国人の生活と意識、ドイツ社会、ドイツ人気質、ドイツの子どもたちの生活、中国文化とドイツ文化との違いなど、この作品からさまざまなことを知り、考えさせられます。そして、日本の読者にとっては、ドイツ、中国に日本をかさねあわせ、三つの国の違いや共通点を考えながら、読み進めることができます。

出典は二〇〇一年四月、江蘇少年児童出版社から刊行された単行本ですが、その年の八月には第三刷が出ているところから、当時の人気の程が窺えます。人気の要因は、作品内容のおもしろさに加えて、一九八〇年代後半から、中国の人々にとって海外との出会いが身近なものとなり、異文化への関心がますます加速していった社会風潮も関係していると思われます。本作品は、二〇〇二年度「陳伯吹児童文学賞」を受賞しています。

訳者と本作品の出会いは、二〇〇一年夏、上海のご自宅に伺った際、周鋭さんからいただいたのがはじまりでした。読みはじめると、すっかり作品の世界に魅了されました。以後、一年に一、二章の遅いペースで訳して、『世界の子どもたち』（後恵子主宰　翻訳児童文学）や『虹の図書室』（日中児童文学美術交流センター刊行）に発表してきました。その間、数えきれないくらいの多くの方々の教えを受けました。特に、原書の購読を長年にわたりご指導してくださった姜志平先生、ドイツ事情やドイツ語の読みをドイツ在住時の体験と共に教えてくださった『世界の子どもたち』同人の関登美子さん、梅花女子大学大学院の研究者仲間の皆さん。素敵な表紙絵と挿し絵を描いてくださった友永和子さん。そして、刊行に際し、的確なアドバイスをくださった「てらいんく」の佐相美佐枝さん。心よりお礼申し上げます。

寺前　君子

〈作者〉

周鋭

1953 年生まれ。上海在住の児童文学作家。中国作家協会会員。『周鋭童話選』『爸爸的紅門』等、著作多数。全国優秀児童文学賞、新時代優秀少年文芸読物一等賞、宋慶齢児童文学賞等、多くの賞を受賞している。

周双寧

1957 年生まれ。現在ドイツ在住。『長江日報』に散文を発表。

〈訳者〉

寺前君子

大阪生まれ。関西大学大学院文学研究科修了。梅花女子大学大学院博士後期課程満期退学。文学博士。日本児童文学学会会員、中国児童文学研究会会員、日中児童文学美術交流センター会員。

〈題字・表紙・挿画〉

友永和子

1943 年生まれ。大阪学芸大学（現大阪教育大学）美術学科卒業後、教職に就く（中学校 10 年、高等学校 33 年）。個展・グループ展で作品を発表、今日に至る。

中国うさぎ　ドイツの草

2020 年 10 月 2 日　初版 第 1 刷発行
著／周鋭、周双寧
訳／寺前君子
題字・装挿画／友永和子
発行者／佐相美佐枝
発行所／株式会社てらいんく
〒 215-0007　神奈川県川崎市麻生区向原 3-14-7
TEL　044-953-1828　FAX　044-959-1803
振替　00250-0-85472
印刷所／モリモト印刷株式会社

Printed in Japan　ISBN 978-4-86261-158-1 C8097